Tod am Geysir

Schon im Lateinunterricht konnte sich Gerlinde Dal Molin am besten solche Vokabeln merken, bei denen es um Verbrechen ging. Ihr Interesse am Kriminellen setzte sich im Jurastudium in Bonn und dem Schreiben von Krimis fort. Die Autorin lebt mit ihrer Familie in Andernach am Rhein und arbeitet für eine Bundesbehörde.

Das reale Andernach ist eine zauberhafte Stadt am Rhein zwischen Koblenz und Bonn. Das Andernach in diesem Buch ist ein ebenso zauberhafter Ort an den wild zerklüfteten Ufern der Phantasie der Autorin. Sämtliche Handlungen und Personen sind frech und hemmungslos erfunden; Ähnlichkeiten mit lebenden oder toten Personen sind nicht gewollt und rein zufällig.

GERLINDE DAL MOLIN

Tod am Geysir

EIFEL KRIMI

emons:

Bibliografische Information der Deutschen Nationalbibliothek
Die Deutsche Nationalbibliothek verzeichnet diese Publikation in der Deutschen Nationalbibliografie; detaillierte bibliografische Daten sind im Internet über http://dnb.d-nb.de abrufbar.

FSC
www.fsc.org
MIX
Papier aus verantwortungsvollen Quellen
FSC® C083411

Umschlagmotiv: mauritius images/Christian Bäck
Umschlaggestaltung: Nina Schäfer, Tobias Doetsch
Gestaltung Innenteil: César Satz & Grafik GmbH, Köln
Lektorat: Susanne George
Druck und Bindung: CPI – Clausen & Bosse, Leck
Printed in Germany 2018
ISBN 978-3-7408-0253-0
Eifel Krimi
Originalausgabe

Für meine wunderbaren Eltern

1

Pffft.

Harry Gräflein senkte die Hände, die er in Erwartung eines mordsmäßigen Knalls über seine Ohren gelegt hatte.

Kein Knall. Nicht mal ein Knällchen. Schon gar keine Rauchschwaden, die das Zeug zum Luftabschneiden gehabt hätten.

Stattdessen löste sich ein mitleiderregendes Wölkchen vom verwitterten Mauerwerk. Der Dunst schwebte einen Moment lang unentschlossen vor sich hin, ehe er sich auflöste.

Harry Gräflein starrte die Stelle an. Eine solche Enttäuschung hatte er nicht mehr erlebt, seit er sich mit sieben Jahren eine vierspurige Autorennbahn zu Weihnachten gewünscht und ihm das Christkind ein Buch über Zündkerzen gebracht hatte.

Trotzdem wandte er sich freundlich an einen älteren Mann in Latzhose, der neben ihm an der Stadtmauer stand und jeglichen Anschein von Ehrgeiz erfolgreich verbarg.

»Ist das jetzt schon alles, mein lieber Herr Münge? Ich hatte mir etwas mehr Dramatik vorgestellt, wissen Sie? Explosion. Funkenregen. Gewaltige Rauchschwaden, die über den Platz ziehen und den Zuschauern die Tränen in die Augen treiben. Dafür wollen wir am Eingang doch extra Taschentücher ausgeben. Sie kennen sicher unseren Werbeslogan ›Andernach – Vergangenheit für alle Sinne!‹. Da brauchen wir schon mehr als so ein niedliches Puffpuff, um die Leute mitzureißen.«

Latzhosenträger Ewald Münge wickelte einen Kaugummi aus und steckte ihn sich ohne Hektik zwischen die Zähne. »Da hab ich auch mitgemacht.«

Harry sah ihn verständnislos an.

»Bei dem Wettbewerb für den besten Werbespruch«, erklärte Ewald kauend. »Ich hab geschrieben: ›Hier bringt Sie Geschichte zum Weinen‹. Wegen der Taschentücher, die Sie verteilen wollen. Ist der gut?«

Es zuckte um Harrys Lippen. »Ganz originell, Herr Münge. Und wie ist das mit den Rauchschwaden?«

»Geht schon. Ist aber teurer.« Er betrachtete versonnen den roten Knopf auf dem Kästchen, mit dem er die Zündung der Sprengkapsel ausgelöst hatte.

»Und es wäre schön, wenn es ein bisschen stinken würde. Nach Schwefel und Pulverdampf. Damit sich die Leute richtig in den Angriff hineinversetzt fühlen. ›Andernach – im Herzen der Geschichte‹. Den Zuschauern soll diese Geschichte mit Kawumm um die Ohren fliegen. Die sollen meinen, da käme ihr Uropa mit dem Rammbock angestürmt.«

Latzhose Münge produzierte eine Kaugummiblase, die er erheblich spektakulärer zum Platzen brachte als zuvor die Sprengkapsel. »Geht schon auch. Ist aber teurer.«

Harry Gräflein schob die Hände in die Taschen seiner etwas abgewetzten Edeljeans. »Das sollte kein Problem sein. Ich meine, man hat mich von London hergeholt, um dem Image der Stadt neue Impulse zu geben und den Tourismus noch intensiver zu beleben. Ich hab da schon jede Menge fabelhafter Ideen. Wir müssen bei so einem Projekt anfangen, in anderen Dimensionen zu denken als bei einer Schneewittchen-Aufführung vom Kindergarten.«

»Räuber Hotzenplotz«, bemerkte Ewald und schob den Kaugummi in die andere Backe. Gleichzeitig kratzte er sich an seiner kartoffelknubbeligen Nase. Und da hieß es immer, nur Frauen seien multitaskingfähig.

»Wer?«

»Meine Enkelin hat in der Grundschule den Räuber Hotzenplotz gespielt.«

Harry Gräflein strich sich über seine graubraunen Haare. Meistens half ihm das, sich zu konzentrieren, aber gegen die Gedankengänge von Elektromeister Münge kamen Harrys Haare nur mit Mühe an. »Ja, sie war bestimmt gut, Ihre Enkelin.«

»Die ist von der Bühne gefallen.«

Harry hob den Blick zu einer jungen Möwe, die eine Schleife um den runden Pulverturm zog. Du hast recht, pflichtete er ihr in Gedanken bei. Man muss die Sache von einer höheren Warte aus betrachten.

»Ich wollte damit eigentlich sagen, gewisse Kosten müssen die Verantwortlichen einfach einkalkulieren. Die holen wir durch steigende Besucherzahlen spielend in zehn Jahren wieder rein. Und der künstlerische Wert so einer Aufführung ist überhaupt unbezahlbar. Ich meine unser Historienspiel«, fügte er schnell hinzu, um Missverständnissen zuvorzukommen. Den künstlerischen Wert einer Räuber-Hotzenplotz-Darbietung von Grundschulkindern wollte er im Moment dann doch nicht diskutieren. Obwohl sich mit den geeigneten Mitteln und etwas Phantasie auch daraus etwas machen ließe. Zauberer Zwackelmann, der den Hotzenplotz mit aufwendigen Licht- und Toneffekten in einen Vogel verwandelte, womöglich mittels Hologrammtechnik. Der Räuber, der sich eine wilde Verfolgungsjagd durch die Turnhalle mit dem Wachtmeister Dimpfelmoser lieferte. Ein Sprung vom Klettergerüst mit Abrollen über die Schulter ließe sich mit Drittklässlern sicher in drei oder vier Monaten einüben, er hatte da mal einen Stuntman von der Crew von »Alarm für Cobra 11« kennengelernt …

Harry schüttelte sich den Hotzenplotz aus dem Kopf. »Haben Sie sich schon überlegt, wo Sie die Lautsprecher anbringen?«

»Ach ja, da haben Sie ja auch noch was von gesagt.« Ewald Münge betrachtete nachdenklich die mittelalterliche Mauer. »Wozu brauchen Sie die noch mal?«

»Wegen der Geräuschkulisse«, antwortete Harry mit aufmunterndem Lächeln. Er machte sich klar, dass der Mann mit dem schütteren grauen Haarzopf stramm auf die Rente zuging und damit fast zwanzig Jahre älter war als er selbst. Da durfte man nicht ungeduldig werden. »Damit wir während des Schauspiels dramatische Musik einspielen können, die die Kanonenschläge untermalt. So etwas wie das Thema aus ›Fluch der Karibik‹. Tamtam ta ta tam tam.«

»Ach, Sie wollen was mit Piraten aufführen? Ich hab da einen Schwager mit 'nem Holzbein.«

Harry Gräflein nahm seufzend seine Goldrandbrille ab. In

London hatte ihn auch keiner verstanden. Vermutlich war das der Grund für das kleine Missverständnis dort gewesen. Er hatte es auf seine zu geschliffene britische Aussprache zurückgeführt, aber offenbar gab es in seiner Muttersprache ebenfalls Verständigungsprobleme. »Wir sind ja hier im Rheinland, nicht bei den Störtebeker Festspielen an der Ostsee. Obwohl«, sein Blick wanderte mit magischem Aufleuchten in kreative Fernen, »wenn wir eine mittelalterliche Kogge bekämen, könnten wir die Feinde stilecht auf dem Rhein heranschippern lassen. Ich sehe es schon vor mir: Fähnchen wehen um die Masten, Segel blähen sich im Wind, die feindlichen Linzer stimmen auf den Planken ein Angriffsgeheul an.« Flämmchen loderten in Harrys Augen.

»Äh, die haben nicht geheult, die Linzer«, bemerkte Ewald. »Die haben sich in der Nacht angeschlichen. Und dann sind die von den Andernacher Bäckerjungen mit Bienenkörben beworfen worden. Danach werden die Linzer dann schon geheult haben, denk ich mir. Mein Schwager ist mal von 'ner Biene in den großen Zeh gestochen worden, also da, wo er kein Holzbein hat, der hat vielleicht gejault.«

Harry Gräflein kam auf den Boden der historischen Tatsachen zurück. »Es geht ja auch lediglich um eine zackige Musikuntermalung. Während die gegnerischen Truppen die Stadt angreifen und sich die Andernacher heldenhaft zur Wehr setzen, kann ich ja schlecht ›Hänschen klein‹ auf der Blockflöte abspielen. Also, Sie machen mir ein schönes Kabumm zurecht, und dann treffen wir uns wieder. Und denken Sie an den Kostenvoranschlag, damit ich ihn der Kulturbeauftragten vorlegen kann. Sie wird von Ihrem technischen Konzept begeistert sein, mein lieber Herr Münge.« Harry strahlte den Elektriker an und fügte mit bescheidenem Augenniederschlag hinzu: »Und meine Vorschläge finden sicher auch ihren Beifall.«

2

Anheimelndes Licht strömte durch die Buntglasfenster des Saals auf die Kramgasse. Von solch friedlicher Atmosphäre war die Sitzung des Stadtrates drinnen allerdings weit entfernt.

»Vier Prozent!« Der Kopf von Bäckermeister Heiner Möntgerath erinnerte mit seiner prallen Rundung und dem Anflug von Farbe schon unter günstigen Bedingungen an eine junge Tomate, die unter den ersten Sonnenstrahlen sittsam errötet war. Nun hatte der Farbton die Intensität einer roten Ampel kurz vor dem Durchbrennen angenommen.

»Um vier Prozent ist der Tourismus in Andernach während des vergangenen Jahres zurückgegangen!« Er wedelte mit einem Papier, auf dem eine erschreckende Menge von Zahlen in verschiedenen Größen und Farben an den Umsitzenden vorbeihuschte. »Sind Sie nicht fassungslos? Also ich bin so was von fassungslos!«

Michi Gabriel überlegte, ob sie ihr Handy dabeihatte, um notfalls einen Rettungswagen herbeirufen zu können. Heiner Möntgeraths leicht erregbares Gemüt war legendär. Sie hatten ihn schon zweimal abtransportieren lassen müssen.

»Jetzt übertreibst du aber, Hein.« Ines Pisalski betupfte ihre Nase mit einem Taschentuch. »Das sind doch ganz normale Schwankungen. Die kommen alle paar Jahre vor, wie eine Studie der Universität Uppsala eindeutig belegt.« Eine voluminöse Wolke krausen Haares umwippte ihren Kopf.

»Schwankungen?« Möntgeraths Tomatenkopf schnellte in ihre Richtung. »In Uppsala können sie Schwankungen haben, bis sie grün werden, das ist mir wurscht! Bei uns ist jeder einzelne Monat mit weniger Gästen eine Katastrophe für die Gastronomie! Die ›Burggrabenstube‹ musste schon schließen, und das ›Café Nikolaus‹ hat auch dichtgemacht.«

Michi geriet in Versuchung, den Kopf resigniert auf den Tisch sinken zu lassen, fand dieses Verhalten einer Kulturbeauftragten aber nicht würdig. Das hatte sie jetzt davon, dass sie in grauer Vorzeit einmal Kunstgeschichte studiert hatte. Sie fühlte sich, als sei das im tiefsten Pleistozän gewesen, als Mammuts über die Erde getrottet waren.

»Nun mach mal halblang«, sagte Jo Stein und lehnte sich zurück. Seine sonore Stimme erschien Michi immer wie eine sanfte Nackenmassage. »Die ›Burggrabenstube‹ ist geschlossen worden, weil sich die Erben da gegenseitig das Inventar um die Ohren gehauen haben. Und die Chefin vom ›Café Nikolaus‹ hat ihren Mann dabei erwischt, wie er in der Backstube die rothaarige Bedienung geknetet hat statt den Teig.« Seine weißen Haare schimmerten im Licht der Deckenlampen. »Unter der Wirtschaftskrise in den vergangenen Jahren haben alle gelitten, da geben die Leute eben weniger Geld für Urlaub und Freizeit aus. Die Besucherzahlen beim Geysir sind aber sogar gestiegen.« Er hob den Zeigefinger auf Schulterhöhe steil in die Luft und sah damit aus wie ein predigender Prophet. »Unser Geysir ist der höchste Kaltwassergeysir der Welt!«, verkündete Jo mit stolzer Stimme eine Tatsache, die allen Anwesenden hinreichend bekannt war. »Andernachs geologischer Schatz aus den Tiefen von Erde und Zeit.«

Bäckermeister Möntgerath schnaubte.

»Trotzdem hat Herr Möntgerath recht«, nuschelte Clemens Olm. »Wir merken den Umsatzrückgang alle.«

»Wovon haben Sie denn in Ihrer Apotheke früher mehr verkauft?«, erkundigte sich Ines Pisalski, bevor ihre Nase in einem frischen Taschentuch verschwand.

»Hühneraugenpflaster und Magentabletten gingen bei den Touristen immer sehr gut«, antwortete Olm, der mit seinen eigenen Produkten offenbar nichts gegen seine schwindende Haarpracht ausrichten konnte, voller Ernst. »Auch Mittel gegen Reiseübelkeit und Kater. Und, äh, Kondome.« Seine ohnehin leise Stimme sank in den Flüstergraben. Verhaltenes Kichern lief durch die Reihen, prallte aber an Möntgerath ab.

»Ich bin fassungslos, wie ihr das Problem auf die leichte Schulter nehmt! Die Hälfte von uns hier lebt doch von den Touristen.

Der Andenkenladen. Die Hotels am Rhein. Die Cafés. Da muss man doch überlegen, was man ändern kann.« Er griff nach einem Wasserglas, das in seiner großen Hand fast versank, und nahm einen tiefen Schluck. »Wir hätten viel weniger Probleme, wenn ich meine Bakerboys Brezeln nach Holland hätte exportieren dürfen. Dann könnten wir uns vor holländischen Gästen hier gar nicht retten, weil alle die Heimat der legendären BBB besuchen wollen.«

»Wer will mich besuchen?«, flüsterte Franz-Hubert Schwalm Michi zu. Der Oberbürgermeister schaute von einem Buch auf, das er schon den ganzen Abend studierte.

»Keiner. Es geht um die BBB«, flüsterte Michi zurück.

»Ach, die legendäre Bakerboys Brezel.« Schwalm blätterte. »Ich schau mal nach, was ›Brezel‹ auf Hebräisch heißt.«

Ines Pisalski beugte sich vor, einen Ellbogen auf den Tisch gestützt. Der Bäcker zog sich instinktiv vor ihrer bedrohlich vorgestreckten Habichtsnase zurück. »Jetzt halt uns bloß nicht wieder eine Jammerrede über deine bescheuerte Brezel, Hein. Hättest du da nicht eine Oblate mit dem Bild eines Bäckerjungen draufgeklebt, der große Ähnlichkeit mit einem völlig zugedröhnten niederländischen König hat, dann hätten die Holländer die Dinger ja vielleicht genommen. Das hat jedenfalls nichts mit den Schwankungen der Tourismuszahlen zu tun.«

»Ach je, wir hatten im letzten Jahr ein bisschen Pech«, bemerkte Jo Stein. »Ein paar unglückliche Umstände, für die wir ja auch gar nichts konnten.«

Michi hatte nicht geglaubt, dass sich Ampelrot noch steigern ließe, aber sie erlebte es gerade. Während sie überlegte, ob diese Farbe nach ihrem Träger benannt werden könnte – das Möntgerath-Rot –, beugte sich Oberbürgermeister Franz-Hubert Schwalm zu ihr hinüber.

»Brezel kann ich nicht finden. Wissen Sie zufällig, was ›Preisermäßigung‹ auf Hebräisch heißt?« Als er sein Buch mit eingelegtem Finger zuklappte, konnte Michi es anhand des blau-weiß gestreiften Einbands mit dem Davidstern als Sprachführer identifizieren. »Hier gibt's nicht mal das Wort ›Oberbürgermeister‹«, murmelte er ungehalten. »Ich könnte höchstens sagen: ›Schalom, ich bin der König von Andernach, bekomme ich die Mazzen billiger?‹ Aber, hehe, das ist wohl doch ein bisschen übertrieben.« Er gluckste leise. Offenbar bereitete sich Schwalm gewohnt gründlich auf eine Dienstreise in die israelische Partnerstadt Dimona vor.

Heiner Möntgerath hatte sich derweil in ein Hecheln hineingesteigert. Michi sah es gelassen. Stadtoberhaupt Schwalm kannte sich neuerdings ein bisschen in Erster Hilfe aus, weil er sich vor Kurzem von einem Reporterteam zu einem Tageskurs beim Roten Kreuz hatte begleiten lassen. Er würde den Bäckermeister also notfalls wiederbeleben können.

Michi hauchte in ihre Hände und klinkte sich aus der Sitzung aus. Sie dachte neidvoll an ihren Mann. Sie dachte häufig an ihn, mal liebevoll, mal unanständig und manchmal auch genervt. Im Moment überwog eindeutig der Neid. Wie brachte es ein so schlanker, kleiner Mensch fertig, nie zu frieren? Wahrscheinlich hing es mit seinem Bewegungsdrang zusammen, der kein Kältegefühl in ihm aufkommen ließ. Selbst im tiefsten Winter, wenn sie mit zwei Paar Socken im Bett zitterte, trug er nur Boxershorts. Wo befand sich in diesem Raum eigentlich die Heizung? Für Mitte Mai war es wirklich verboten kalt. Waren das die Eisheiligen oder die Schafskälte? Sie konnte sich das nie merken.

»Also … also«, hechelte Möntgerath.

Wenn sie sich überlegte, dass sie jetzt unter ihrer Schneesterndecke auf dem Sofa sitzen könnte, statt sich zum dritten Mal diese unfruchtbare Diskussion anzuhören! Anfangs war ihr die Aussicht, hin und wieder einen Abend außerhalb der Hörweite ihrer drei bewegungs- und lautstärkeintensiven Söhne zu verbringen, sehr verlockend erschienen. Da hatte sie aber noch nicht gewusst, wie sich solche Abende gestalteten. Wie auch immer, sie musste das Beste daraus machen. Fern von heißem Tee und der dreizehnten Wiederholung von »Columbo« hatte sie das boshafte Bedürfnis, ein bisschen mitzumischen, und sei es nur, um auf Betriebstemperatur zu kommen.

»Jetzt passt mal auf.«

Bewegung kam in die Gruppe. Alle Ratsmitglieder drehten sich zu ihr.

Michi hatte mindestens zwei Gesprächstermine pro Halbjahr beim Schuldirektor ihrer Söhne und Rosemarie Nill, der Leiterin des Kindergartens. Ganz zu schweigen von ihrem Mann, der gern schon mal die anstehenden Taufen und Beerdigungen verwechselte und Trauungen in Bermudashorts abzuhalten versuchte, wenn Michi ihn nicht entsprechend dirigierte. Es gab nichts, das Michi Gabriel so schnell erschüttern konnte.

»Die Probleme habt ihr euch doch selbst gebastelt«, setzte sie ruhig an. »Ein paar von den Aktionen, die hier in den letzten zwei Jahren gelaufen sind, waren zum Mäusemelken.«

Murren. Möntgerath kurz vor dem Kollaps. Michi blieb unbeeindruckt, Oberbürgermeister Schwalm würde Heiner Möntgerath in die stabile Seitenlage bringen können, sobald der umkippte. Allerdings würden sie damit wahrscheinlich warten müssen, bis die Presse informiert war und ein Foto von Schwalm bei der Rettungsaktion schießen konnte.

»Jetzt stellen Sie uns aber wie die Rumpelstilzchen dar, Frau Gabriel«, stellte Ines Pisalski verschnupft fest.

Michi ging auf diese Bemerkung gar nicht erst ein. »Fangen wir mal an mit der begnadeten Aktion ›Nur nackig ist knackig‹.«

»So heißt das gar nicht«, wandte Ines Pisalski gekränkt ein und entfaltete aufwendig ein neues Taschentuch. »Laut der Studie der Universität von Den Haag heißt das Projekt ›Selbstintegration bei gruppendynamischer Interaktion im Gemeinschaftsmittelpunkt‹.« Schnupf. »Und auf dem Papier sah es sehr vielversprechend aus.«

Michi bedachte sie mit einem mitleidigen Blick. »Jedenfalls kampierten am Ende dreißig Mitglieder eines Senioren-Nudistenvereins in Zelten rund um ein großes Planschbecken auf unserem Marktplatz und präsentierten den Gästen der Cafés und Restaurants dort alle Scheußlichkeiten, die die Natur hervorgebracht hat. Vielleicht seid ihr da ja härter im Nehmen, aber ich möchte so was ehrlich nicht sehen, während ich meinen Cappuccino im ›Café Winzig‹ trinke.«

Jo Stein faltete die Hände über seinem Bäuchlein. »Die Kreisverwaltung hatte uns dieses Vorhaben vorgeschlagen. Es sollte bei dieser Studie getestet werden, wie die Bevölkerung auf die Konfrontation mit außergewöhnlichen, aber nicht bedrohlichen Umständen reagiert. Daraus lassen sich wichtige Erkenntnisse auch im Bereich des Tourismus und der zukünftigen Gestaltung städtischer Aktivitäten ableiten.«

Michi zog zwecks Erzeugung von Wärme ihren Schal enger. »Ob ein Haufen alter Nackedeis nicht bedrohlich ist, darüber kann man geteilter Meinung sein. Und dass die munteren Herrschaften anfingen, herumzugehen und von den Gästen eine Freikörperbesichtigungsgebühr zu verlangen, hat sich auch nicht wirklich tourismusfördernd ausgewirkt.«

»Die Kreisverwaltung hat uns als Anreiz für dieses Projekt Investitionsgelder zur Verfügung gestellt, die allen Bürgern zugutekommen.« Oberbürgermeister Schwalm deutete mit seinem Büchlein auf sich. »Die Renovierung meines Amtszimmers war dringend notwendig, um den hohen Repräsentationsstandard aufrechtzuerhalten, den meine Gäste von mir als wichtigstem Amtsträger unseres geliebten Andernach erwarten dürfen.«

»Wenn ich mich recht erinnere, haben Ihre nichtsnutzigen Söhne auch einiges zum Ausbleiben der Gäste beigetragen«, wandte sich Möntgerath mit Häme und einer erholten Gesichtsfarbe an Michi. »Oder war das nicht Ihr Nachwuchs, der herumgelaufen ist und einer frischen Busladung Engländer erzählt hat, der Laacher-See-Vulkan wäre ausgebrochen?« Kichern und Murmeln. »Und dann haben Ihre Jungs denen auch noch Steine verkloppt, die angeblich von diesem Vulkanausbruch stammen sollten und die sie vorher auf dem Spielplatz aufgesammelt und im Toaster angewärmt hatten, zwei Euro pro Stein. Daraufhin haben die Engländer auf dem Absatz kehrtgemacht und sind mit zehn Kilo dampfendem Geröll weitergefahren.«

Um Michi Gabriel zu beeindrucken, musste man aber früher aufstehen. Besonders in Bezug auf Schandtaten ihrer Söhne hatte sie nach außen hin ein dickes Fell und innerwärts ein tiefes Gefühl von Loyalität gegenüber ihrer Familie.

»Soweit ich weiß, hat Mattis gesagt, ein Ausbruch stünde bevor, und das hatte er von seinem Erdkundelehrer. Wären die Engländer nicht gleich wieder in den Bus gestiegen, um sich den Vulkanausbruch in Maria Laach live anzusehen, hätte er ihnen erzählen können, dass damit erst in den nächsten dreißigtausend Jahren zu rechnen ist. Und er hat nie behauptet, die Steine stammten vom Vulkanausbruch, das haben die Engländer sich falsch zusammengereimt. Außerdem haben meine Söhne die Einnahmen der Andernacher Tafel gespendet.«

»Und dann haben die Briten für den Brexit gestimmt, und danach sind aus Verunsicherung erst mal ein paar britische Touristen weggeblieben«, sagte Jo Stein. »Diese Aufregung hat sich ja inzwischen wieder gelegt. Die Gästezahlen in diesem Jahr sehen schon wieder sehr gut aus, und der neue Innovationsmanager, den wir eingestellt haben, geht die Sache tüchtig an und wuselt schon überall in der Stadt herum. Wirkt sehr kompetent. Wie heißt er noch, irgendwas mit Günther?«

»Nein, Harry. Harry Gräflein.« Ines Pisalski nieste. »Er hat vorher sogar vier Monate in London gearbeitet. Wir können froh sein, dass wir ihn gekriegt haben.«

Oberbürgermeister Schwalm steckte seinen Sprachführer in die Anzugtasche. »Frau Gabriel, reden Sie mal mit diesem Harry. Also dem Herrn Gräflein. Der ist ja Ihrem Wirkungsbereich zugeteilt. Lassen Sie sich erzählen, ob er sich schon ein Bild von der Situation gemacht hat und uns seine Ideen vorstellen kann. – So, Herrschaften, ich denke, wir haben uns jetzt eine kleine Stärkung verdient. Ich schließe also die Sitzung mit einem fröhlichen ›Guten Abend und Schalom‹.«

Michi knöpfte ihre Jacke zu. Der Wunsch nach ihrem warmen Wohnzimmer und einer Fußmassage durch die sehr beweglichen Finger ihres Mannes wurde nun doch übermächtig.

Als sie aus dem Sitzungssaal ins Foyer des Alten Rathauses traten, schlurfte Clemens Olm mit hängenden Schultern und hängendem Gemüt vor Michi her. Die Stadtbücherei hinter den Fenstern auf der anderen Seite der Halle lag im Dunkeln.

Der Apotheker blieb vor einer der Stellwände stehen, an der die Foto-AG der Volkshochschule ihre Werke ausstellte. Eine der Aufnahmen zeigte eine unglaublich deprimierende graue Felslandschaft, in der ein einzelner schwarzer Baum seine knorrigen Äste anklagend in den grau gewolkten Himmel reckte.

Michi zögerte. Ein Glas Wein, ein Haus voller schlafender Kinder und die Zuwendungen ihres Mannes waren zum Greifen nah, während auf Clemens Olm nur seine Frau Ursula mit einem Nadelkissen voller boshafter Sticheleien wartete.

»Herr Olm, ich hab mir die Skulpturen angesehen, die Sie in Ihrer Apotheke stehen haben. Die sind sehr ausdrucksstark. Und die haben Sie alle selbst gemacht?«

Olm blinzelte sie an, vermutlich unsicher, ob sie sich über ihn lustig machen wollte. »Ja, die sind von mir. Sie gefallen Ihnen?«

»Die sind ganz außergewöhnlich«, antwortete Michi mit tiefster Überzeugung. Das jedenfalls konnte sie uneingeschränkt zugeben. Wenn sie ihn mit einer glatten Lüge über die Schönheit seiner Werke hätte glücklich machen können, hätte Michi auch damit kein Problem gehabt. Für sie ging der aufbauende Zuspruch für einen Menschen, der ihn nötig hatte, vor Prinzipientreue.

Olms Selbstvertrauen schien sich vor ihren Augen zu stabilisieren. »Welche hat Ihnen denn besonders gefallen?«

Hier kam ein glücklicher Zufall Michi zu Hilfe. Sie hatte erst am Vortag in der Apotheke Flohpulver für ihre Katze gekauft. »Die mit dem Stein, der an einem Draht hängt.«

Olm sah sie traurig an. »Sie heißt ›Kopf in der Schlinge‹.«

»Tatsächlich.« Michi biss sich auf die Lippe. Der Mann machte es einem aber auch schwer. Neuer Anlauf. »Was für eine gute Idee, Ihre Kunstwerke öffentlich in der Apotheke auszustellen.«

»Meine Frau wollte sie nicht im Haus haben«, murmelte Olm. »Sie meinte, nach ihren Schülern und mir bräuchte sie nicht noch mehr Zeug, das sie runterzieht.«

Michi atmete tief durch. Sie hatte Ursula Olms Bekanntschaft schon in der Schule ihrer Söhne gemacht, und sie hatte eine sehr eindeutige, nicht in der Nächstenliebe verhaftete Meinung über sie.

Hinter ihnen rasselte Sigurd Feis, städtischer Hausmeister und Fünfter im Wettbewerb »Der prächtigste Schnurrbart Deutschlands«, mit einem Schlüsselbund. »So, jetzt alle raus hier, ich will abschließen.«

Sie nahm Olm am Arm und führte ihn hinaus. Der Mond schien, und ein paar Wolken zogen ohne Hast über den Himmel. »Ich denke, Ihre Skulpturen sollten einem breiteren Publikum bekannt gemacht werden. Ich rufe morgen bei der Rhein-Zeitung an, die können einen Artikel darüber bringen.«

Sein Gesicht begann zu leuchten, ein kleines Echo auf den Mond über ihnen. »Wirklich?«

»Klar. ›Kopf in der Schlinge‹ verdient eine angemessene Wertschätzung. Gute Nacht, Herr Olm.«

Jetzt hatte sie sich aber wirklich Wein, Mann und Massage verdient.

3

Hauptkommissar Carsten Fink schaukelte gähnend in seiner Küche auf den Absätzen hin und her und studierte den Kalender neben dem Kühlschrank. Dabei bemerkte er einen Eintrag in der Spalte »Carsten« für einen Dienstag in vier Wochen. Er beugte sich vor, konnte aus Evis Gekritzel aber nur »Schltü« entziffern.

»Schatz, was hab ich denn hier für einen Termin am 20. Juni?«

Evi trug ein freches rot geringeltes Shirt mit vielen kleinen Booten und der Aufschrift »Baby an Bord« und versenkte gerade einen Teebeutel in ihrem Becher. »Da werden im Kindergarten die Schultüten gebastelt. Felix freut sich schon drauf. Mayday, Mayday, wir fliegen durch eine Nebelbank.« Sie nahm die Brille ab, weil die Gläser vom Dampf des Tees beschlagen waren. »Er kann sich aber noch nicht entscheiden, ob er eine Star-Wars-Tüte mit eingebauten Lichteffekten haben will oder eine Tüte mit Kätzchen drauf, deren Schwänze aus Pfeifenreinigern bestehen, der ultimativen Allzweckwaffe des Bastelprofis.«

Fink schaute sie an. Die Hälfte ihrer Informationen war an ihm vorbeigerauscht, ohne Verbindung zu seinem Gehirn aufzunehmen. »Das ist doch wieder so eine Veranstaltung, wo die Eltern ihren Kindern beim Basteln nur helfen sollen, und am Schluss sitzen die Erwachsenen da auf den Pygmäenstühlchen mit Glitzerstaub an der Nase und verklebten Fingern, und die Kinder spielen im Hof.« Er hatte gar nicht gewusst, dass er um diese Zeit und nach einer schlaflosen Nacht schon zu einem so langen Satz mit so vielen zusammenhängenden Wörtern fähig war. »Und da muss man sich auch noch mit den anderen Eltern unterhalten. Warum gehst du nicht mit ihm hin? Du bist viel geschickter in so was.«

Sie lächelte ihn boshaft an. »Schade, schade, da hab ich leider Schwangerschaftsgymnastik. Du wirst das ganz toll machen.

Zieh die Uniform an, da stehen die anderen Mütter drauf. Und durch ein bisschen Glitzer wird die enorm aufgewertet.«

Zwei Köpfe hoben sich, als Carsten Fink ins Büro schlurfte, sich mit glasigen Augen einen Becher vom Regal nahm und ihn gähnend in einen grünen Käfig stellte. Ein winziger grauer Hamster kam aus seinem kleinen Holzhaus getrippelt und schnupperte an dem Becher. Dann stellte er sich auf die Hinterbeine und starrte Fink mit seinen schwarzen Äuglein neugierig an.

Fink starrte zurück. »Hamster«, stellte er fest.

»Das ist Friedbert«, erklärte Kommissarin Carina Bauer von ihrem Schreibtisch aus. »Der Dsungarische Zwerghamster vom Ulf Kissmich.«

»Wo ist die Kaffeemaschine geblieben?«, wollte Fink wissen und zog den Becher aus dem Käfig. Friedbert beobachtete das Aufwärtsschweben des Bechers und erkannte mit dem geübten Auge des Ausbrecherkönigs die geöffnete Käfigtür als einmalige Fluchtgelegenheit. Flink kletterte er an einer Holzwand mit Miniatursprossen hoch und stemmte sich schon durch die Öffnung, als der Hauptkommissar ihn abfing und den Fluchtversuch mit sanftem Griff vereitelte.

»Der Tierpsychologe meinte, gegen Friedberts Burn-out würde ihm eine Änderung der Umgebung guttun. Neue Eindrücke, andere Gesichter und so. Ulf sagt, er wäre sehr kontaktfreudig.«

»Der Psychologe?« Fink hatte die Kaffeemaschine auf einer Aktenablage entdeckt und befüllte den Becher.

»Der Hamster. Äh, ich nehme hier gerade eine Aussage auf. Vielleicht willst du dir das mal anhören.« Carina zog beide Augenbrauen dramatisch in die Höhe und deutete auf die ältere Frau, die vor dem Schreibtisch saß und deren graue Haare ebenso wirr waren wie der Blick, mit dem sie zwischen Fink und dem Nagetier hin- und herschaute.

Erst jetzt registrierte er die Besucherin. Mehr noch, nach einem tiefen Schluck Kaffee erkannte er sie sogar.

»Ja, Frau Nose, guten Morgen. Weswegen sollen wir Sie denn

heute festnehmen? Lassen Sie mich raten: Sie haben die Glocken vom Andernacher Mariendom abmontiert oder unseren Oberbürgermeister Schwalm bei ›Deutschland sucht den Superstar‹ angemeldet.« Er setzte sich auf den freien Stuhl neben ihr und lächelte gutmütig.

Lydia Nose beschäftigte die Beamten der Polizeiinspektion Andernach schon seit Jahren mit abstrusen Straftaten, die sie begangen haben wollte. Sie hatte schon unter Tränen gestanden, die »Mona Lisa« im Louvre durch eine Kopie ersetzt zu haben, die sie in ihrer Küche selbst gemalt hatte, mit Farben, die sie aus Petersilie und Heidelbeeren hergestellt hatte. Für die womöglich gemauschelte Vergabe der Fußballweltmeisterschaft hatte sie von der FIFA offenbar mehrere Millionen kassiert, und bei der letzten Tour de France hatte sie einigen Teilnehmern persönlich das Dopingmittel in Form von roten Gummibärchen verabreicht.

Jetzt leuchteten ihre Augen auf. »Wäre das strafbar? Den Schwalm da im Fernsehen anzumelden?«

»Man müsste befürchten, dass er die Gelegenheit ergreift und tatsächlich singt, und das wäre in jedem Fall Körperverletzung«, antwortete Fink.

Carina kicherte.

Lydia Nose schob die Ärmel ihrer bunten Strickjacke zurück und beugte sich eifrig zu Fink hinüber. »Aber diesmal hab ich gar nichts gemacht. Ich bin hier, um Ihnen zu sagen, dass ich ihn gestern gesehen habe.«

Fink warf seiner Kollegin einen Blick zu.

Carina grinste.

»Wen haben Sie denn gesehen?«, fragte er.

Lydia errötete bezaubernd. »Arnie«, wisperte sie und schaffte es, den Namen gleichzeitig liebevoll und bewunderungsstarr in eine amerikanische Aussprache zu tauchen.

»Arnie?« Fink stellte seinen Becher auf den Tisch. »Sie meinen Arnold Schwarzenegger? Hier in Andernach?«

Ihr Nicken brachte die drahtigen grauen Haare in Bewegung. »Er ging die Hochstraße entlang und dann ins ›Casablanca‹.«

Das wunderte Fink gleich in mehrerer Hinsicht. Zum einen

hatte Lydia Nose offenbar inzwischen ihre Vorliebe für nicht verübte Straftaten gegen die fiktive Begegnung mit Prominenten getauscht. Zum anderen hätte er bei der Erwähnung des »Casablanca« eher die Sichtung von Humphrey Bogart oder Ingrid Bergman vermutet, die als Fotografien in dem beliebten Bistro alle Wände schmückten und den Besuchern beim Verspeisen von überbackenen Burritos und würzigen Tacos über die Schulter schauten.

»Also, ich wüsste nicht, dass Arnold Schwarzenegger persönliche Beziehungen zu Andernach hat«, bemerkte Carina.

Diesen Einwand schob Lydia mit einer Erklärung beiseite. »Er kommt doch aus Österreich, und die Andernacher Partnerstadt Stockerau liegt auch in Österreich, und die haben ihn als Kulturbotschafter hergeschickt. Oder vielleicht dreht er hier einen Film.« Ihre Augen leuchteten, und nicht einmal eine hochwertige Schönheitsoperation hätte dieses jugendliche Strahlen in ihrem Gesicht zustande gebracht. »Und jetzt ist er auf der Suche nach einer Filmpartnerin aus Andernach. Eine mit schönen altblonden Haaren, die mit ihm leidenschaftliche Liebesszenen am Burggraben bei der Schlossruine spielt.« Sie knetete an ihrer grauen Krausfrisur herum. »Wie damals, als wir zusammen ›Conan der Barbar‹ gedreht haben.«

Niemand konnte Lydia Nose mangelnde Einbildungskraft unterstellen. »Sie haben mit Schwarzenegger gefilmt?«

»Aber sicher. Ich war die große Vollbusige, die ihn verführt hat.«

Fink hatte größte Mühe, nicht auf die papierflache Oberweite der kleinen Frau zu starren.

Lydia straffte sich trotzig. »Ich bin eine sehr gute Schauspielerin, ich kann ganz hervorragend große Vollbusige spielen.«

Fink hüstelte und schaute zu Friedbert hinüber. Der Hamster putzte sich mit seinen kleinen Vorderpfoten die Schnurrhaare und gab vor, sich nicht für das Gespräch zu interessieren.

Carina spielte mit einem Kugelschreiber und bemühte sich vergeblich um die Kontrolle ihrer zuckenden Mundwinkel. »Haben Sie denn auch im ›Terminator‹ mitgespielt?«

Lydias Blick pendelte zwischen Fink und Carina hin und her. Offenbar kamen ihr Zweifel, dass man sie ernst nahm. »Da hab ich nur das Drehbuch geschrieben und Regie geführt. Ich kann es Ihnen auch beweisen.« Sie kniff die Augen zusammen und knurrte mit tiefergelegter Stimme: »Hasta la vista, baby. I'll be back.« Auf verblüffende Weise schien sie in diesem Moment die kantigen Gesichtszüge Arnies anzunehmen.

»Und jetzt ist er also in Andernach, um hier einen Film zu drehen?«, erkundigte sich Fink.

»Warten Sie, jetzt weiß ich es!« Lydia wurde ganz aufgeregt. »Er könnte ja bei unserer schönen mittelalterlichen Bäckerjungensage mitmachen, die soll doch dieses Jahr ganz groß aufgeführt werden. Er bewirft die Schurken mit Bienenkörben!«

Fink schmunzelte. »Ich denke nicht, dass Bienenkörbe in Arnies Filmen zu seinem bevorzugten Waffenarsenal gehören, Frau Nose.«

»Dann ballert er eben mit einem Maschinengewehr vom Bäckerjungentor und wirft Handgranaten auf die feindlichen Schiffe.« Jetzt schoss das Feuer ungezügelter Filmleidenschaft aus ihren Augen. »Die Geschichte gehört sowieso mal modernisiert.«

»Sie sind ein echter Fan, was, Frau Nose?« Carina lehnte sich zurück.

»Der eine schwärmt für Arnold, beim anderen ist es Leonardo DiCaprio.« Den kleinen Seitenhieb konnte sich Fink nicht verkneifen, denn mehr Hingabe als von Carina würde Leo sich weder vorstellen noch aushalten können. »Also, Frau Nose, wenn Schwarzenegger in Andernach wäre, dann hätten ihn ganz viele Leute erkannt, und wir hätten sicher schon davon gehört.«

Lydias graue Brauen stemmten sich in einem Akt der Verzweiflung nach oben. »Er ist sicher inkognito hier. Er wollte in Ruhe ein paar Croissants zum Frühstück essen.«

Fink erkannte seine Chance. Er beugte sich verschwörerisch zu ihr hin. »Dann sollten wir dafür sorgen, dass sein Inkognito gewahrt bleibt. Wenn Sie dichthalten, tun wir es auch.« Er zwinkerte ihr zu.

Lydia schaute zu Carina. Die hob einen Daumen. »Arnie und Sie sind ein Geheimteam, Frau Nose. Er verlässt sich auf Sie.«

Lydia schwebte von ihrem Stuhl empor. »Das kann er auch, voll und ganz. Arnie und ich«, flüsterte sie verklärt. »Ich und Arnie.«

Nachdem Lydia Nose gegangen war, gähnte Fink noch einmal herzhaft.

»Hattest du eine harte Nacht?«, fragte Carina mitfühlend. Seit vor Kurzem der sanftmütige Philosophiestudent Florian ihr Herz erobert hatte, waren nicht nur Carinas igelig kurze dunkle Haare ein Stück gewachsen und ließen ihr Gesicht weicher erscheinen. Auch ihr Sanftmut-Akku hatte sich deutlich aufgeladen.

Fink stand auf und streckte sich. »Schwangerschaft ist toll, Wadenkrämpfe in der Nacht sind Mist«, antwortete er. »Als Evi mit Felix schwanger war, hatte sie das nicht.«

Sophia Birre erschien in der Tür. Ihre Berufe als Polizistin und Mutter dreier ordnungsferner Teenager ergänzten sich auf erstaunliche Weise, besonders was den geschickt dosierten Einsatz von Autorität und Einfühlungsvermögen anging. »Warten Sie ab, bis sie nachts Sodbrennen kriegt, dann habt ihr echt gelitten.« Ihre überkrause Dauerwelle war fast herausgewachsen und hatte dem malträtierten blonden Haar einen Genesungsurlaub gegönnt. »Das Kopfteil des Bettes ist wegen dem Sodbrennen hochgestellt und das Fußteil wegen der Wadenkrämpfe, und Ihre Frau liegt da gekrümmt wie eine schwangere Banane. Und lassen Sie mich erst gar nicht von den geschwollenen Füßen anfangen.« Sophia bückte sich, um ein heruntergefallenes Centstück aufzuheben. »Manche Männer bekommen während der Schwangerschaft ihrer Frau einen Sympathiebauch. Als ich mit den Zwillingen schwanger war, hat meiner aus lauter Anteilnahme Schwellfüße gekriegt.«

»Sei froh, dass du noch in deinem Bett schlafen darfst«, sagte Carina. »Meine Freundin konnte ihren Mann während der Schwangerschaft nicht mehr im Schlafzimmer ertragen, und er musste fast die ganzen neun Monate auf dem Sofa kampieren.«

Carsten Fink warf einen Blick zum Hamsterkäfig. Friedbert hatte sich in Anbetracht heikler Schwangerschaftsthemen diskret zurückgezogen. »Wenn Evi mich noch öfter aus dem Bett kickt, wäre das vielleicht das kleinere Übel.«

»Da hilft Magnesium«, wusste Sophia. Ihr Blick verklärte sich leicht. »Hach, da kriegt man beinahe Lust, noch mal schwanger zu werden.« Was sich angesichts der besprochenen Übel nicht wirklich rational erklären ließ.

4

Mattis legte sein Rad neben das seines Bruders und huschte zu ihm in das Gebüsch.

»Ist Rodrigez auf seinem Posten?«, flüsterte Mattis.

Sie hockten neben dem Alten Krahn am Rheinufer und schauten zu dem weiß getünchten runden Gebäude, das massiv und kompakt auf einem Basaltsockel am Ufer der Rheinbiegung stand.

In den Bogen des kunstvollen Steinfrieses saßen ein paar schimpfende Spatzen, und aus dem Kegeldach ragte der große hölzerne Kranausleger, mit dessen Hilfe jahrhundertelang Schiffe beladen worden waren, hoch in die Luft. Ein Haken an einer Metallkette schwang an der Spitze des Auslegers sacht und leise quietschend im Wind. Über der schweren Holztür mit der Basalteinfassung prangte das steinerne Stadtwappen, und aus den vier löwen- und krokodilköpfigen Wasserspeiern tropften hin und wieder die Reste des Nieselregens.

Johannes deutete zur Tür, wo neben einigen Sträuchern ein paar alte steinerne Mühlsteine lehnten. »Ist in Position.« Er schaute auf das Display seines Laptops, über das verschiedenfarbige Linien unaufgeregt von links nach rechts wanderten. Hin und wieder hüpften sie ein Stückchen nach oben oder unten, als hätten sie Schluckauf.

Mattis schob einen Zweig vor seiner Stirn zur Seite und warf einen Blick über die Schulter seines älteren Bruders. »Glaubst du, Rodrigez kriegt das hin?«

»Der ist ein Profi«, antwortete Jojo.

Sie befanden sich in der Nähe der offenen Tür, sodass sie die Stimmen im Inneren hören konnten. Der Raum wirkte zudem wie ein Verstärker und trug den Schall von Gesprächen und Lachen nach draußen. »Achtung, ich stelle jetzt Kontakt her.« Jojo drückte eine Taste.

Sofort gerieten die bunten Linien auf dem Display in Bewegung und begannen, in roten Zacken, grünen Wellen und gelben Kurven durcheinanderzuwuseln.

»Krass!«, flüsterte Mattis.

Sie lauschten eine Weile. »Guck mal«, raunte Jojo. »Das ist Berthold der Quäler.« Er deutete auf die roten Zacken, die die anderen Linien gerade aggressiv überlagerten.

Berthold der Quäler, Physiklehrer am Bertha-von-Suttner-Gymnasium, dozierte gerade über die Funktion des alten Bauwerks. »Hier wurden die Mühlsteine aus Basalt aus dem Mayener Raum auf Schiffe verladen, ebenso Tuffsteine und Weinfässer«, tönte er mit seiner autoritären Stimme. »Die beiden Treträder, neben denen wir hier stehen, haben einen Durchmesser von über vier Metern. Da drin liefen aber keine Esel oder Pferde, wie oft fälschlich vermutet wird, sondern jeweils zwei Männer, die so die Verladekette auf- und abrollten.« Er nieste, und die Linie vollführte einen kleinen Hüpfer. »Die Männer mussten zweihundertfünfzig Meter in den Rädern laufen, um einen Gegenstand vom Ufer auf das Schiff zu bringen.«

Jojo legte den Kopf schief, um die Zahl abzulesen, die neben den roten Zacken aufleuchtete. »Siebenundsiebzig Punkt neun.« Er überflog eine Zahlenliste auf dem Blatt Papier, das er auf einen spitzen Zweig gespießt hatte. »Wir haben eine Übereinstimmung, das ist eindeutig Berthold.«

Mattis grinste. »Das ist irre!«

Dann ertönte eine weibliche Stimme. »So was könnte ich für meinen Mann gebrauchen«, erfuhren sie von Ursula Olm, Englisch und Katholische Religion. »Damit er endlich mal seinen Allerwertesten bewegt. Die Medikamente in seiner Apotheke haben mehr Spaß mit ihm als ich.«

Allgemeines Gegacker, aber auch Raunen und leise Unmutsäußerungen.

Ihre hohe Stimme schob eine hellviolette Linie mit Spitzen wie ein Bergmassiv in den Vordergrund. »Hundertsiebzehn Punkt elf«, las Jojo, glich den Wert mit seinem Blatt ab und nickte. »Stimmt, das ist die Olm.«

»Und wann hat dein Mann das letzte Mal Spaß mit *dir* gehabt,

Olm?« Grüne Wellen mit dem Wert tausenddrei Punkt eins legten sich über die violette Linie.

»Und das ist die Benner«, flüsterte Mattis. »Die ist echt unbezahlbar. Los, Benner, gib's der Olm!«

»Der Kran wurde 1561 in Dienst gestellt und war bis 1911 in Betrieb«, fuhr Berthold fort, ohne auf den weiblichen Giftaustausch zu achten. Wie üblich konnte er sich nicht vorstellen, dass es Menschen gab, die sich für seine Ausführungen nicht interessierten. »Pro Woche wurden drei bis vier Schiffe beladen; dafür war eine Kranmannschaft von ungefähr zwanzig Leuten notwendig. Von ursprünglich hundert Tretradkränen an deutschen Flüssen sind noch fünf original erhalten.«

»Hast du ein Problem, Barbara?«, fragte Ursula Olm schnippisch. »Willst du in deinem Zoo mit geretteten Viechern auch noch meinen Mann aufnehmen? Du kannst ihm ruhig dieses harte Trockenfutter hinstellen, er hat noch gute Zähne.«

Mattis und sein Bruder beobachteten fasziniert, wie sich die grüne und die violette Linie gegenseitig aus der Mitte des Displays zu schubsen versuchten.

»So ein mieses Stück!«, raunte Jojo. »So was sagt man nicht über seinen Mann! Die ist echt fies, die Olm.« In diesem Moment sah er seiner Mutter Michi noch ähnlicher als sonst.

»He, Olm, willst du mal an einem Experiment teilnehmen? Wir hängen dich in deiner Jacke draußen an den Kran und probieren, ob er noch funktioniert. Ich renn auch extra schnell in diesem Laufrad rum, damit du richtig Schwung kriegst.« Barbara Benners Stimme klang höher als sonst. Die Wellen schwangen sich in grüner Dynamik auf.

Ursula Olm keuchte.

»Dort drüben sehen wir einen offenen Kamin zum Heizen und Bereiten von warmen Speisen«, überging Berthold die Störung. »Die Windenfahrer in den Rädern bekamen von der Stadt spezielle Laufschuhe für ihre Arbeit gestiftet. Die hier verladenen Mühlsteine aus der Eifel waren ein Exportschlager und wurden bis nach Südengland verschifft.«

»Der Berthold nimmt mit der Videokamera auf, wie du draußen rumwirbelst, und zeigt es anschließend als Lehrfilm seinen Schülern«, fuhr Barbara Benner fort. »Angewandte Physik und so.«

»Wenn wir noch ein bisschen warten, murksen die sich da drinnen gegenseitig ab«, frohlockte Mattis.

»Besser nicht, das würde die Aussagekraft unserer Studie negativ beeinflussen«, sagte Johannes. Er streckte sich, so weit die Äste es zuließen. »Verdammter blöder Mist, meine Beine sind eingeschlafen. Boah, wie das kribbelt!«

Mattis lachte leise. »Keiner kann so schön zwischen kariertem Gelaber und saftigem Fluchen hin- und herschalten wie du.«

Johannes klappte seinen Laptop zu. »Ich will ja schließlich auch von so einfach gestrickten Typen wie dir verstanden werden.«

Sein Bruder knuffte ihn freundschaftlich. »Hauptsache, du gibst mir von der Nobelpreis-Kohle was ab, die du für das Projekt hier kriegst. Komm, wir sammeln Rodrigez ein und machen uns vom Acker.«

5

Heute war Grünzeugtag.

Deshalb stand Kai Fechter an diesem Vormittag neben einem Pflanzkübel in der Fußgängerzone der Andernacher Hochstraße und sah zu, wie die zwei Gäste aus Hannover Blättchen von Minze zwischen den Fingern zerrieben.

»Das ist echt verrückt. Ich hab noch nie gehört, dass es Minze gibt, die nach Erdbeere riecht.« Der Mann neben ihm, der sich als »der Anton« vorgestellt hatte, steckte das Blatt in den Mund. »Und schmeckt.« Er hatte seinen freundlichen Hängebauch in eine Art schwarze Bikerkluft gezwängt.

»Und hier gibt's noch andere Sorten.« Kai deutete mit seinem langen, schlanken Klavierspielerfinger auf die Schildchen vor den Pflanzen. »Apfelminze, Mentha suaveolens«, las er vor. »Und hier: Bananenminze.« Er bückte sich und schnupperte. »Riechen Sie mal. Und haben Sie die Zitronenminze gesehen? Es gibt zwanzig bis dreißig Arten von Minze, die meisten auf der Nordhalbkugel. Die Minze mag einen feuchten Standort.« Kai tätschelte eines der grünen Pflänzchen liebevoll.

Eigentlich führte er in seiner Freizeit Touristen zum berühmten Andernacher Geysir. Er fuhr mit ihnen auf dem Boot zur Halbinsel Namedyer Werth und erzählte allerhand Wissenswertes und ein paar Anekdoten über den höchsten Kaltwassergeysir der Welt. Dort angekommen, drehte er ein Ventil auf und löste damit die beeindruckende Fontäne aus. Nachdem aber jemand herausgefunden hatte, dass Kai als Student der Biologie über umfassende Kenntnisse der Pflanzenwelt verfügte, war er zudem beauftragt worden, interessierte Gäste über die »Essbare Stadt« zu informieren.

Dieses Projekt erfreute sich allseits großer Beliebtheit und reger Berichterstattung auch in überregionalen Fernsehsendungen und Zeitungsberichten. In ganz Andernach waren in Beeten und Kübeln viele verschiedene Obstsorten, Blumen und Gemüsearten angepflanzt worden. Die Bürger durften kostenlos Johannisbeeren und Möhren an der Stadtmauer ernten und sich bei Zucchini und Kopfsalat rund um die Burgruine bedienen. Das Pflücken von Blumen, um aus den Samen neue Pflanzen zu ziehen, war ausdrücklich erwünscht. Hin und wieder musste die Polizei eingreifen, um besonders Erntewillige davon abzuhalten, in Mannschaftsstärke und mit einem Arsenal von Körben über die Anpflanzungen herzufallen.

»Ich musste aber auch schon mit Leuten schimpfen, die unreife Weintrauben pflücken wollten.« Kai zupfte ein Blättchen Basilikum aus dem benachbarten Holzkübel ab und steckte es in den Mund. »Inzwischen gibt es aber Anzeigetafeln, die auf Grün gestellt werden, wenn die Sachen reif sind.«

»Wie lange gibt es diese Aktion denn schon?«, fragte die kleine dünne Frau mit der Nickelbrille, die neben Anton stand.

»2010 hat alles mit hundert Tomatenpflanzen an der Stadtmauer angefangen«, antwortete Kai. Er machte drei Jugendlichen Platz, die am Fenster der Eisdiele nebenan etwas bestellen wollten. »Jedes Jahr gibt es ein Schwerpunktthema. Dieses Jahr ist es Getreide. Sie finden hier überall Roggen, Hafer und Weizen angepflanzt. Wir haben viele Besucher aus anderen Städten, so wie Sie, die sich informieren wollen, um das Projekt vielleicht zu übernehmen. Die meisten sind ganz erstaunt, dass man die ›Essbare Stadt‹ mit nur ganz wenigen Leuten bewirtschaften kann. Dafür haben wir nur vier bis sechs Mitarbeiter. Schauen Sie mal, hier wachsen Bachminze, Mentha aquatica, und Korsische Minze, Mentha requienii. Und da drüben Rosmarin und Bohnenkraut.«

Sie setzten sich in Bewegung, denn es gab noch viele andere Stellen in der Stadt mit Pflanzen aller Art vorzustellen.

Kai liebte die Grünzeugtage.

6

Harry Gräflein betrachtete die liebevoll restaurierte Fassade des Stadtmuseums. Vier ionische Säulen mit ihren wie alte Pergamente gerollten Kapitellen flankierten den Rundbogen des imposanten Holztores. Harry bewunderte vor allem die vier bunt bemalten Büsten, die den himmelstragenden Titan Atlas aus der griechischen Mythologie darstellten. Schon seit mehr als vierhundert Jahren trugen sie mit vor Anstrengung angespannten Halssehnen die Säulen, die den Erker über dem Tor mit korinthischem Blumenschmuck und goldenen Bändern umrahmten. Die strengen, teils bärtigen Männergesichter schauten aus der reich verzierten Fassade über die Hochstraße, die bewegten Zeiten der Stadt immer im Blick.

Michi Gabriel hatte Harry erzählt, dass dieser Bau, das »Haus von der Leyen«, das Lieblingsgebäude von Oberbürgermeister Franz-Hubert Schwalm war. Was allerdings weniger an der architektonischen Schönheit des Renaissancebaus mit seinen Wappen, Fabelwesen und dem geschmückten Giebel lag als vielmehr an der Tatsache, dass der Bauherr Georg von der Leyen kurkölnischer Oberamtmann gewesen war, als er das Haus 1594 als Wohn- und Stadtpalais hatte errichten lassen. Für Schwalm war das ein schönes Symbol dafür, wie weit man es als Kommunalpolitiker bringen konnte.

Harry Gräflein seufzte und gestand sich ein, dass er versuchte, vor seinem Gespräch mit Michi Gabriel Zeit zu schinden. Er mochte sie. Sie war klug, witzig und hielt politische Korrektheit für überbewertet. Aber da sie ein Chaos aus drei halbwüchsigen Söhnen, einem Harrys Meinung nach leicht durchgeknallten Pfarrer-Ehemann und diversen anderen, mehr oder weniger zum Haushalt gehörenden Personen organisierte, war sie es gewohnt, klaren Worten kompromisslose Entscheidungen folgen zu lassen. Und das machte Harry ein bisschen Angst. Zumal sein Selbstvertrauen nach dem kleinen Missgeschick in London noch immer ein wenig angeschlagen war. Er sah den Blick der blassblauen Augen noch genau vor sich, erst nur verwirrt, dann zunehmend verärgert. Er errötete selbst heute vor Scham, wenn er nur daran dachte.

Er schaute noch einmal zu den Atlasköpfen hoch. Der zweite von rechts trug zur Milderung seiner Last ein gelbes Kissen auf dem Haupt. Mit der geraden Nase, dem nach oben gebogenen Schnurr- und dem Kinnbart und dem festen Blick weckte er in Harry ein Gefühl der Entschlossenheit. Also los, Harry, sei keine Memme. Du bist Atlas, auf dessen Schultern das touristische Wohl dieser liebenswerten Stadt liegt!

Harry straffte die titanischen Schultern und betrat das Gebäude.

Im Erdgeschoss stieß er beinahe mit Antje Trifels zusammen. Die Direktorin des Stadtmuseums stand vor dem steinernen Grabstein des römischen Soldaten Firmus, der aus einer halbrunden Einbuchtung zu treten schien und Antjes sinnenden Blick erwiderte.

»Ich frage mich oft, wie er hier gelebt hat im 1. Jahrhundert.« Ihre leise Stimme verlieh ihr zusammen mit der sehr hellen Haut und den blonden Haaren etwas Elfenhaftes.

Harry Gräflein hatte die Ausstellung im Erdgeschoss über Andernachs römische und fränkische Vergangenheit mit dem Modell einer von Cäsar hier in der Nähe gebauten Rheinbrücke schon früher besucht, aber ein Gespräch mit Antje Trifels verschaffte ihm einen kleinen Aufschub für die Begegnung mit Michi Gabriel.

»Hier steht, dass er nur sechsunddreißig Jahre alt wurde, der arme Mann, und vierzehn Dienstjahre abgeleistet hat.« Antje deutete auf eine kleinere Figur, der der Soldat die Hand auf den Kopf legte. »Das ist sein Sklave Fuscus. Es ist doch ein Trost, dass Firmus einen Vertrauten und Freund hatte, nicht wahr?«

»Ganz bestimmt. Äh, im Leben und im Tod.« Harry war durchaus ein mitfühlender Mensch. Aber sein Mitleid mit einem Mann, der seit zweitausend Jahren nicht mehr lebte und über den er rein gar nichts wusste, hielt sich so sehr in Grenzen, dass er nun sogar dem Gespräch mit Michi den Vorzug gab.

Jetzt saß er ihr in ihrem winzigen Büro im Stadtmuseum mit der Grandezza eines spanischen Granden gegenüber. Das Zimmerchen lag im ersten Stock, hatte die Größe eines Wandschranks und war zur Zeit des seligen Erbauers vermutlich der Aufbewahrungsort für seine Stadtratsrobe gewesen. Immerhin gab es ein bleiverglastes Fensterchen zum Innenhof, mit einem Blick auf einen alten Sarkophag aus Tuffstein. Im Sommer fanden hier unter freiem Himmel Kulturveranstaltungen statt.

Harry spürte Michis Blick auf sich gerichtet, während er sich ein bisschen übertrieben interessiert den hübschen Stadtplan an der Wand ansah, der die Innenstadt mit viel Grün darstellte. Er deutete auf eine Zeichnung, die darüber hing und eine Anzahl krummer grüner Striche zeigte.

»Das ist sehr schön. Spannend in seiner Ausdruckskraft. Stammt das von einem bekannten Künstler?«

Michi lächelte. »Das hat mein jüngster Sohn Ruben im Kindergarten gemalt. Das sind Tulpen, Rosen und Gänseblümchen.« Sie bemerkte Harrys fragenden Blick. »Nachdem der Rasenmäher drübergefahren ist. In künstlerischen Fragen lässt sich Ruben eher von seinem Freund Felix beraten als von mir. Und Felix Fink ist ein Verfechter von klaren Linien und schnörkellosen Aussagen.« Sie lachte, und Harry lächelte freundlich. Dann besann sich Michi auf ihre Aufgabe, nahm entschlossen einen Stift in die Hand und sah Harry an.

»In der Stadtratssitzung am Mittwoch haben wir über die Touristenzahlen gesprochen, die wir gemeinsam mit Ihrer Hilfe optimieren wollen. Sie hatten jetzt zwei Monate Gelegenheit, sich als unser neuer Innovationsmanager einzuarbeiten, Herr Gräflein. Können Sie dem Stadtrat in der nächsten Sitzung schon ein Konzept vorstellen?«

Harry setzte sich beflissen auf. Mit seinem seidigen Haar erinnerte er Michi an einen in die Jahre gekommenen Welpen, der von seinem Frauchen ein Lob und einen Hundekuchen erwartet. Bitte, lieber Gott, lass ihn nicht anfangen, freudig zu hecheln!

»Gut, dass Sie fragen, Frau Gabriel.« Er rückte seine goldgefasste Brille zurecht. »Diese Stadt birgt ein unglaubliches touristisches Potenzial. Höchste Zeit, dass es endlich ausgiebig genutzt wird. Sämtliche historische Bauwerke habe ich eingehend besichtigt. Fa-bel-haft! Eine einzigartige Sammlung von Kleinodien, die für den Tourismus noch gar nicht in angemessener Form erschlossen sind.«

»Und Sie ...«

»Mir schwebt da was ganz Großes vor. Das ist Material, mit dem sich arbeiten lässt!«

»Wie Sie wissen, sind unsere finanziellen Mittel beschränkt«, warf Michi ein.

»Darüber habe ich natürlich nachgedacht, liebe Frau Gabriel, aber ich denke immer noch, Sie sparen am falschen Ende. Nur die Investition bringt auf lange Sicht Gewinn. Ich habe mir insbesondere über das Bäckerjungenfest Gedanken gemacht. Die Bäckerjungensage ist ja ein Alleinstellungsmerkmal dieser Stadt, die gibt es sonst nirgendwo, und darum sollten wir genau darauf unser Augenmerk richten. Eine Kirmes oder eine Verkaufsmesse gibt es überall, da ist so eine altüberlieferte Geschichte wie diese hier ein Geschenk der Historie, das wir auch so vermarkten sollten.« Harry öffnete seine Aktenmappe und zog einige Papiere hervor. Sein Enthusiasmus war so greifbar, dass Michi glaubte, die Lampe unter dem Energiestoß flackern zu sehen.

»Ich meine, diese wunderbare Geschichte hat alles, um die Menschen in ihren Bann zu ziehen: Gefahr, zwei junge Männer ohne Heldenambitionen, die dennoch in der Not zu Rettern werden, rheinische Gewitztheit. Das müssen wir den Leuten nur richtig präsentieren.«

Michi lehnte sich zurück und warf einen verstohlenen Blick auf die Wanduhr. In einer Stunde sollte ihr Mann die ehemalige Organistin Helga Severich beerdigen, die mit über neunzig noch immer zur Aushilfe im Gottesdienst gespielt hatte. Ihre Bosheit hatte sie so lange am Leben gehalten. Sie hatte sich nie an den vereinbarten Liedplan gehalten. Sie ließ die Gemeinde die ersten Takte des angegebenen Liedes anstimmen, um dann abrupt zu einem anderen zu wechseln. Dem Pfarrer orgelte sie in die Predigt. Michi wollte ihren Mann unbedingt noch anrufen und sicherstellen, dass er sich während der Trauerfeier nicht dazu hinreißen ließ, über sie herzuziehen. Jedenfalls nicht mehr als notwendig.

»Da haben Sie völlig recht, Herr Gräflein, aber das Bäckerjungenfest wird hier schon regelmäßig gefeiert, wie Sie ja wissen. Die Sage wird immer mit vielen Laiendarstellern am Rheintor aufgeführt, die mit ganz viel Herzblut und Spielfreude an die Sache rangehen. Sie haben sich in die Planung für die diesjährige Aufführung ja schon eingeklinkt.«

»Richtig, Frau Gabriel. Und ich hab mir da ein paar Sachen durch den Kopf gehen lassen, die dem Ereignis eine ganz neue Dimension geben.« Er rutschte bis zur Stuhlkante vor und schaute Michi eindringlich an. Dann holte er tief Luft und sagte mit fester Stimme: »Kogge.«

Einen Moment herrschte Stille zwischen ihnen. Michi war sich nicht sicher, ob sie ihn richtig verstanden hatte.

»Äh, Dogge?« Sie dachte angestrengt darüber nach, welche Rolle einem Hund bei dem Freiluftschauspiel zukommen sollte. Vielleicht sollte er dem feindlichen Hauptmann in die Pluderhose beißen. Sie schmunzelte. Das war doch ein netter Einfall. Gut, nicht unbedingt für den Darsteller, der sein Wadenbein zur Verfügung stellen musste, aber dafür gab es ja Polster. Doch, das würde sicher viele Lacher bringen.

»Nein, Kogge. Das Schiff. War in der Zeit der Hanse im Einsatz.« Harry warf einen Blick auf seine Notizen. Niemand konnte ihm vorwerfen, dass er sich nicht sorgfältig vorbereitet hätte. Er hielt die Zeichnung eines dickbäuchigen Schiffs mit geblähten Segeln und vielen geschnitzten Verzierungen in die Höhe, die er im Internet gefunden und ausgedruckt hatte. »Stellen Sie sich vor, wie die feindlichen Angreifer auf einer Kogge über den Rhein geschippert kommen. Die stehen an der Reling und schwingen die Hellebarden und Schwerter, landen gegenüber dem Rheintor und springen dann vom Schiff, um die schlafende Stadt anzugreifen.« Seine Ansprache hatte ihn selbst so mitgerissen, dass er sich ein Stückchen von seinem Stuhl erhob. Er merkte es und stellte den Kontakt seines Hinterteils mit der Sitzfläche wieder her.

Michi starrte ihn mit leichter Fassungslosigkeit an. »Kogge? Ernsthaft?«

Harry Gräflein legte das Bild auf den Tisch und zog einen Prospekt aus der Mappe, den er ihr mit triumphierender Geste zuschob. »Ich hab schon Kontakt zum Schifffahrtsmuseum in Wilhelmshaven aufgenommen. Die könnten uns vielleicht eine zur Verfügung stellen.«

Vor der Tür knarrten die Stufen der alten Holztreppe, als Museumsbesucher in den ersten Stock heraufkamen. Michi hörte fröhliche englische Stimmen.

»Herr Gräflein, Ihr Engagement in Ehren, aber wir können uns ganz sicher keine Kogge leisten.«

Harry beugte sich vor. »Eine Fregatte? Galeere?« Seine Stimme geriet in die Einbahnstraße drängender Verzweiflung.

»Über einen Hund können wir reden, aber ein Schiff kommt nicht in Frage«, stellte sie klar.

Harry blinzelte hinter seinen Brillengläsern. »Welcher Hund?«

Michi griff sich seufzend in die langen dunklen Haare. So abstrus sie die Idee auch fand, Harry mit seinem zunehmend bangen Blick tat ihr leid, und darum entschied sie sich spontan, ihn nicht wegen Vergeudung ihrer Zeit zur Schnecke zu machen. Noch vierzig Minuten, bis ihr Mann die dahingegangene Organistin Severich in die Verdammnis predigte.

»Sehen Sie mal, das ist ja wirklich ein spektakulärer Einfall, und ich kann mir das total gut vorstellen, aber wir können hier leider nicht mit einem Budget wie die Bregenzer Festspiele oder die Wagner-Leute in Bayreuth arbeiten.« Michi hatte es nicht so mit Oper, weshalb es ihr in dieser Hinsicht auch ein wenig an Respekt fehlte. »In London haben Ihnen sicher auch ganz andere Mittel zur Verfügung gestanden, aber he, was soll ich sagen, London, Andernach, da liegt nicht nur der Ärmelkanal dazwischen.«

Harry senkte den Blick. Was nicht an seiner übermäßigen Bescheidenheit bezüglich seiner Tätigkeit für das Britische Empire lag. Sondern an einem unauslöschlichen Gefühl von Peinlichkeit.

Michi betrachtete ihr Gegenüber mit einem Emotionsgemenge aus Ungeduld und Mitgefühl. Nach kurzem inneren Ringen beschloss sie, auf ihren Geheimvorrat an Stimmungsaufhellern zurückzugreifen. Sie öffnete die Schreibtischschublade, zog eine angebrochene Tafel Marzipanschokolade heraus und faltete die Silberfolie auseinander. »Hier, mögen Sie ein Stück? Ist meine Lieblingssorte. Die kann ich nur hier essen, daheim findet mein Mann jedes Versteck.«

Sie nahmen sich beide einen Riegel, lehnten sich in ihren Stühlen zurück und knabberten eine Weile in einträchtiger Stille. Nur das Folienknistern und eine im Hof melodisch singende Amsel waren zu hören.

»Wenn Sie einen Vorschlag hätten, den wir ein bisschen kostengünstiger umsetzen könnten …«, meinte Michi lutschend.

Sofort sprang Harrys Kreativturbine wieder an. »Darf ich Ihnen dann meine Idee bezüglich eines Themenparks darlegen? ›Lebendiges Mittelalter in Andernach‹.« Er öffnete erneut seine Aktenmappe. »Da hätten wir das große Rittermahl unter den Sternen im Schlossgarten mit Karaoke-Minnesang, Schweinetreiben live und Wettrülpsen.« Er lächelte verlegen. »Verstehen Sie mich richtig, ich selbst bin kein großer Freund so deftiger Unterhaltung, aber wir müssen uns dem mittelalterlichen Ambiente anpassen, und damals ging es ja etwas handfester zu. Es gibt da einige sehr interessante Ausführungen zu diesem Thema in dem Buch ›Froh gerülpst in Dorf und Burg‹ von Professor Ossenock, wenn Sie das kennen?«

»Nein, nicht wirklich, aber vielleicht kann ich es mir von meinen Söhnen zum Muttertag schenken lassen.« In Michis Kopf entstand das Bild eines brilletragenden Gelehrten, der im Selbstversuch zehn Flaschen Bier leerte und mit der Stoppuhr die Intervalle zwischen seinen Bäuerchen maß, um ihren Einfluss auf den Dreißigjährigen Krieg zu analysieren. Sie brach noch ein Stück Schokolade ab. »Wir sollten die Kosten im Auge behalten, erinnern Sie sich?«

»Das ist viel günstiger, als Sie meinen. Vor allem das Inquisitionsverfahren vor der Christuskirche in mittelalterlichen Gewändern. Der Platz eignet sich hervorragend für eine Ketzerverbrennung, natürlich nur angedeutet mit mobilem Scheiterhaufen. Ein paar kleine Spezialeffekte, schon lodern völlig gefahrlos, aber spektakulär die Flammen.« Er hob sein Gesicht, und es leuchtete schon jetzt. »Vielleicht finden sich ein paar politische Gegner des Herrn Oberbürgermeister Schwalm, die sich pro forma auf die Streckbank legen lassen? Zweimal am Tag?«

»Also, ich glaube nicht …« Konnte man sich ein Klingeln in den Ohren auch einbilden? Michi war nicht sicher.

»Einmal pro Tag halte ich für eindeutig zu wenig, zumindest an den Wochenenden, da muss man schon ein bisschen Einsatz bringen. Der Herr Schwalm führt den Vorsitz bei der öffentlichen Verhandlung, von einem erhöhten Holzpodium aus, und hinter ihm stehen die Stadtbüttel und Schergen mit ihren Hellebarden.«

Michi ertappte sich dabei, dass sie sich die Szene äußerst lebhaft vorstellen konnte. Besonders Schwalm würde sich ein großes Spektakel in mittelalterlicher Robe mit schwerer goldener Amtskette nie und nimmer entgehen lassen. Und vermutlich machte er sogar noch eine gute Figur dabei. Dann blinzelte sie und war wieder in ihrem Kämmerchen.

»Lassen Sie uns noch mal vom Bäckerjungenfest reden, Herr Gräflein.«

»Oh ja, mir schweben beim Angriff der feindlichen Truppen jede Menge Sprengkörper vor, die in der Burgruine explodieren, und Stuntmen, die von den Mauern stürzen. Ich arbeite schon mit einem ortsansässigen Elektriker an der Ausführung. Er wurde mir als sehr gründlich empfohlen, auch wenn es scheint, als hätte er das Trägheitsgesetz erfunden.« Harry kicherte.

»Ach, Sie meinen den ›elektrischen Ewald‹?«, fragte Michi.

»Ja, genau, Ewald Münge heißt er. Kennen Sie ihn?«

»Der sollte mal unsere Klingel reparieren. Hat zwei Monate gedauert. So lange musste ich die Leute mit einem Schild an der Tür auffordern, laut ›Klingeling‹ zu rufen.« Sie schaute ihm völlig ernsthaft in die Augen, nur ihre Nasenflügel blähten sich ein wenig.

Harry blinzelte. Die Frau irritierte ihn.

»Ja, also, jedenfalls haben dann die beiden Bäckerjungen ihren großen Auftritt. Sie werden vom Rheintor auf den Marktplatz geführt. Ich halte es für eine gute Idee, auf diese Weise mehrere Örtlichkeiten miteinander zu verbinden. So kann man möglichst viele Besucher in das Geschehen einbeziehen.«

Michi änderte ihre Sitzposition und atmete auf. Das mit den gefeierten Bäckerjungen war doch endlich mal ein guter Einfall und dazu noch kostenlos. »Und auf dem Marktplatz werden sie dann von Herrn Schwalm für ihr beherztes Eingreifen geehrt und von den Zuschauern bejubelt. He, das ist nett, Herr Gräflein.«

Er schüttelte den Kopf. »Aber woher denn. Die werden nach einem spektakulären öffentlichen Gerichtsverfahren auf dem Marktplatz in Ketten an den Pranger gestellt. Ich habe mir da viele bunte Zelte mit Fähnchen und Wimpeln vorgestellt, Handwerksbuden, Gaukler, Wurstbratereien und die Enthauptung eines Tunichtguts, vielleicht ein Rosstäuscher oder ein Falschmünzer. Und mittendrin das Podium mit dem Richtblock. Ich habe schon eine Anfrage an Steven Spielberg wegen eines Drehbuchs geschickt. Nächste Woche kriege ich einen Prospekt für Kunststoffköpfe.«

Michi holte tief Luft, zerknüllte die leere Schokoladenverpackung und angelte entschlossen in der Schublade nach der Nussschokolade. Sie konnte erst wieder auf eine ruhige Stimme vertrauen, nachdem sie zwei Riegel gegessen hatte. Wenn sie sich beeilte, konnte sie Harry Gräflein vielleicht noch auf die Verdammnisliste ihres Mannes setzen lassen. »Tja, und warum, wenn ich fragen darf, sollten wir unsere eigenen Bäckerjungen an den Pranger stellen, nachdem sie die Stadt vor den angreifenden Linzern gerettet haben?«

Harry Gräflein lächelte verschmitzt. »Na, ich bitte Sie, das waren die ersten Tourismus-Saboteure! Anstatt die Linzer Soldaten mit Bienenkörben zu bewerfen, hätten sie ihnen die Kneipen von Andernach zeigen sollen. Verjage keinen Gast vom Ort, denn er nimmt sein Geld mit fort.«

In Michi stieg ein kaum zu bezähmender Impuls zu einem irren Lachen auf. Sie legte unter dem Tisch mehrere Fingerspitzen aneinander und leierte in Gedanken: »Ich liebe alle meine Mitmenschen, ich liebe alle meine Mitmenschen.« Dadurch bekam sie einen kurzen Moment lang einen leicht glasigen Blick, bevor sie gestärkt ins Hier und Jetzt zurückkehrte.

»Herr Gräflein, ich glaube, Sie sollten Ihr Konzept noch einmal überarbeiten, bevor wir es dem Stadtrat präsentieren.« Sie sah Heiner Möntgerath vor sich, wie er in einem Tobsuchtsanfall mit dem herausgerissenen Mikrofon auf Harry losging. »Ich dachte an etwas weniger, hm, aus dem Rahmen Fallendes. Wir sollten auf Dinge zurückgreifen, die wir schon haben, und die aufpeppen. Vielleicht eine ungewöhnliche Stadtführung im historischen Gewand bei Fackelschein oder so was.«

Harrys enthusiastisches Lächeln ging unter wie die Sonne hinter den Bergen. »Aber ich habe alles sorgfältig durchdacht. Ich meine, Stadtführungen in historischen Kostümen und bei Nacht haben Sie ja schon. Wir müssen den Gästen einen Anlass geben, um gerade unsere Stadt zu besuchen. Etwas, das sonst keiner hat. Pavarotti, der zusammen mit Tokio Hotel auf einem Floß im gefluteten Burggraben singt zum Beispiel. Na gut, Pavarotti ist tot, aber Placido Domingo hat vielleicht Zeit.«

Michi schaute aus dem Fenster. Im Hof schnitten gerade einige Schüler Grimassen vor einer granitenen Grabplatte und fotografierten sich dabei. Sie fragte sich, wer diesen Menschen eigentlich für den Posten vorgeschlagen hatte.

»Herr Gräflein, ich bewundere wirklich Ihre innovativen Einfälle. Aber wenn ich Domingo engagiere, bin ich diejenige, die auf dem Marktplatz an den Pranger gestellt wird, und zwar vom Finanzausschuss.« Sie stand auf und streckte ihm die Hand hin. »Sicher fällt Ihnen noch etwas anderes ein, das Gäste in die Stadt bringt und weniger kostenintensiv ist.«

Harry blieb sitzen und warf ihr von unten einen ungläubigen Blick zu. »Sie finden meine Ideen nicht gut?«

Michi war sich ganz sicher, dass seine Ohren ein Stück nach unten sackten. Lieber Gott, lass seine zitternde Unterlippe nur eine optische Täuschung sein! Wenn er hier drin anfängt zu weinen, verspreche ich ihm einen feuerspeienden Drachen, der die Rheinanlagen verwüstet und Heiner Möntgerath auffrisst.

Sie ergriff Harrys Hand und zog ihn sanft hoch. »Ihre Ideen sind atemberaubend, würdig eines großen Regisseurs.« Erstaunt merkte sie, dass sie es ernst meinte. »Aber für uns sind sie eine Nummer zu groß. Wir müssen das hohe Ziel der Tourismusförderung mit bescheideneren Mitteln erreichen.« Lieber Himmel, dachte sie, du redest wie eine Politikziege im Wahlkampf. Michi drückte Harrys Hand und lächelte. »Für viel Geld gigantische Projekte durchführen kann jeder. Geben Sie mir eine Milliarde, und ich kaufe den Franzosen den Eiffelturm ab und stelle ihn auf unseren Marktplatz. Die kreative Kunst besteht gerade darin, mit wenigen Mitteln unvergessliche Attraktionen zu schaffen. Und genau das vertraue ich Ihnen an.« Sie schaute einen Moment versonnen auf die Reste ihrer Schokolade und wurde mit einem Einfall belohnt. »Soweit ich weiß, hat die Bäckerjungensage einen historischen Kern. Recherchieren Sie das doch mal, vielleicht bei der Uni Bonn. Wenn Sie die geschichtlichen Hintergründe kennen, können Sie ganz anders an das Thema herangehen.« Und du bist mir eine Weile aus den Füßen, fügte sie in Gedanken hinzu.

Harrys Gesicht hatte sein Leuchten wiedergefunden. »Ja, vertrauen Sie mir, Frau Gabriel. Ich mache mich gleich an die Arbeit.«

Beschwingten Schrittes verließ er das Büro. Michi glaubte zu sehen, wie sich seine Ohren unternehmungslustig aufstellten.

7

»Du hast ja keine Ahnung, wie wir hier manchmal improvisieren müssen«, sagte Hauptkommissar Carsten Fink. Er lehnte sich zurück und verschränkte die Hände hinter dem Kopf. »Wenn ich dir erzählen würde, dass wir immer mehr Aufgaben mit immer weniger Personal und schlechter Ausrüstung bewältigen sollen, würdest du dir die Augen reiben.« Ach ja, es tat wirklich gut, sich den Frust mal von der Seele zu reden. Fink hatte gar nicht gewusst, was sich da alles bei ihm angestaut hatte. Und Friedbert war ein wirklich verständnisvoller Zuhörer.

Der Hamster saß auf dem Dach seines Holzhäuschens und schaute Fink aufmerksam an. An diesem kleinen Nager war tatsächlich ein Psychotherapeut verloren gegangen.

Das Telefon klingelte. »Entschuldige.« Fink nahm ab.

Zuerst konnte er nichts verstehen. Es raschelte am anderen Ende der Leitung. Im Hintergrund meinte er, zwei aufgebrachte weibliche Stimmen zu hören. Dann blökte ihm ohne Vorwarnung ein Mann eine beträchtliche Anzahl von Dezibel ins Ohr.

»Fink? Sind Sie das, Fink?«

»Herr Schwalm, grüß Sie. Was gibt's denn?« Fink sah Friedbert an und schüttelte den Kopf. »Ich hab Ihnen ja schon erklärt, dass wir Ihnen keine Motorradeskorte über die B 9 nach Koblenz zur Verfügung stellen können.«

Obwohl das Gezänk am anderen Ende gedämpft war und offenbar in einem Nebenraum stattfand, konnte er hören, dass es an Intensität zunahm. Eine der Stimmen kam ihm vage vertraut vor.

Schwalm überlagerte das Keifen. »Fink, mein lieber, lieber Freund, Sie müssen sofort herkommen. Jetzt gleich. In mein Büro. Hier galoppieren zwei der apokalyptischen Reiter herum. Ich kann für nichts garantieren.« Es schepperte. Anscheinend war etwas aus Metall zu Boden gefallen.

Fink stand auf und griff nach seiner Dienstmütze. »Was ist

denn da bei Ihnen los? Versuchen verärgerte Wähler, das Rathaus zu stürmen?«

»Ich habe keine verärgerten Wähler! Ich mache Politik im Herzen des Volkes!« Schwalms Stimme hob sich, zum einen für sein Wahlkampfstatement, zum anderen, um das Lärmen der tobenden Frauenspersonen zu übertönen. »Jetzt setzen Sie sich schon in Bewegung. Sie müssen hier Ihre Mutter in Gewahrsam nehmen. Und meine Sekretärin gleich mit.«

»Er hat wirklich gesagt, du sollst deine Mutter festnehmen?« Carina hastete neben Fink her. Von der Polizeiinspektion am Stadtgraben bis zum Rathaus in der Fußgängerzone waren es nur wenige Minuten. Sie schoben sich durch eine Gruppe Menschen, die an der Bushaltestelle wartete.

»Und Handschellen für zwei soll ich auch mitbringen und einen aufgeladenen Elektroschocker auf höchster Stufe.« Fink nahm ein paar Treppenstufen, die ihn unter den Torbogen am Läufkreuz, einem lebensgroßen Holzkruzifix aus dem 14. Jahrhundert, brachten.

»Wir haben gar keine Schocker«, keuchte Carina, die zwar sportlich durchtrainiert war, aber nicht über Finks lange Beine verfügte.

»Nach dieser Aktion setzt sich Schwalm vielleicht dafür ein, dass wir welche kriegen. Dafür nehme ich meine Mutter doch gern fest.« Sie durchquerten fliegenden Schrittes die Eingangshalle des modernen Rathauses in Richtung Treppe. Mehrere Besucher, die hier im offenen Bürgerbüro ihre Pässe verlängern oder Parkausweise ausstellen lassen wollten, folgten ihnen mit neugierigen Blicken. Mit etwas Glück würden sie gleich Zeugen eines aufsehenerregenden Polizeieinsatzes werden. Hier und dort wurden Handys gezückt.

Oberbürgermeister Franz-Hubert Schwalm hatte es vorgezogen, in den Flur vor seinem Amtszimmer zu flüchten und dort zu warten. Sein rundes Gesicht war vor Hektik gerötet. Aus den benachbarten Türen spähten einige Angestellte auf den Flur hinaus.

»Na endlich! Wo bleiben Sie denn?« Schwalm schaute an Fink und Carina vorbei zum Treppenhaus. »Sind Sie allein, oder kommt noch Verstärkung?«

Carsten Fink atmete tief durch. Nachdem seine akustische Wahrnehmung nicht mehr vom rauschenden Blut in seinen Ohren gestört wurde, konnte er in einem der Zimmer tatsächlich zwei laute Frauenstimmen hören, die ganz offenkundig keine Nettigkeiten austauschten. Und ja, falls dort drinnen kein begabter Stimmenimitator auftrat, gehörte eine der Stimmen seiner Mutter und die andere Schwalms Sekretärin und Margit Finks Freundin Emmi Robst. Oder wohl eher ihrer ehemaligen Freundin.

Sie standen einen Moment zu dritt still da und lauschten.

»Mensch, Sie haben die beiden ja ganz schön zur Weißglut getrieben«, bemerkte Carina.

Schwalm schnaufte. »Damit habe ich rein gar nichts zu tun, Frau Bauer. Im Gegenteil, man sagt mir nach, ich habe eine besonders integrative und ausgleichende Wirkung auf meine Mitbürger. Nun gehen Sie schon rein und trennen Sie diese beiden Furien, damit hier wieder ein normaler Geschäftsbetrieb weiterlaufen kann. Ich hab noch eine politisch außerordentlich wichtige Dienstreise vorzubereiten und bin erst beim Kapitel ›Gefielte Fisch, Knich und Mazzen. Was man in israelischen Lokalen beachten muss‹. Und ich kann Ihnen sagen, dass es bei dem Streit um die Queen geht.«

Fink hatte schon den Türgriff in der Hand und hielt inne. »Die zanken sich da drinnen wegen der Queen?« Diverse Erklärungsversuche schossen ihm durch den Kopf, aber nichts davon ergab auch nur im Geringsten einen Sinn.

Schwalm richtete sich auf, was seinem über die Hose ragenden Bauch sichtbar zugutekam. »Herrje, was weiß ich denn? Ist ja schließlich Ihre Frau Mutter. Nun machen Sie schon, ich hab heut noch Termine.«

Fink und Carina betraten das Schwalm'sche Vorzimmer, als zwischen den beiden Kontrahentinnen gerade eine Gefechtspause entstanden war. Margit Fink und Emmi Robst standen sich schwer atmend und rotgesichtig am Schreibtisch gegenüber.

Fink merkte, wie sich hinter ihm die Tür einen Spalt öffnete. Oberbürgermeister Schwalm lugte vorsichtig ins Zimmer. Auch mehrere Mitarbeiter versuchten mit langen Hälsen, einen Blick ins Kampfgebiet zu erhaschen.

Fink räusperte sich. »Äh, hallo, ihr beiden.« Er schaute von einer zur anderen. Deeskalation hieß das Zauberwort und Einsatz amtlicher Autorität. Aber, dachte Fink, versuch mal, amtliche Würde auszustrahlen, wenn dir die eine Konfliktpartei gerade einen Blick mütterlicher Missbilligung zuwirft (»Ich habe fünfzehn Stunden mit dir in den Wehen gelegen, also überleg dir, was du jetzt sagst!«) und die andere sämtliche Fotos von dir als Dreijährigem im Piratenschlafanzug mit Schnuffeltuch kennt. Aus den Augenwinkeln sah er Carina grinsen. Sie schätzte seine missliche Lage richtig ein und machte keine Anstalten, ihm beizustehen. Vielleicht versuchte er es lieber erst mal auf die lockere Art. »Also, was immer hier Sache ist, das lässt sich alles in Ruhe klären.«

Augenblicklich brach das zweitjüngste Gericht über ihn herein. Das Einzige, was er aus der Wolke aus Keifen und Zetern zu verstehen glaubte, waren die Worte »Guido«, »Queen« und »Shoppingmobil«, aber das war so absurd, dass er sich wohl verhört hatte.

Fink wandte sich an Carina, um sich über das akustische Phänomen aufklären zu lassen, aber in diesem Moment wurde die Tür vollständig aufgestoßen, und mehrere weibliche Angestellte der Stadtverwaltung fluteten unter aufgeregtem Geschnatter an Schwalm vorbei in den Raum.

Verwirrende Sätze flogen über Fink hinweg.

»Wirklich, hier in Andernach?«

»Ich fass es nicht, mit Guido Maria?«

»Kann man sich noch bewerben?«

»Wir kommen ins Fernsehen!«

»Ich will Shopping Queen von Andernach werden!«

Fink starrte fassungslos auf die Horde entfesselter Frauen, die mit den Händen wedelten und quiekend herumhüpften. Seine Mutter und Emmi Robst wurden umlagert. Das Einzige, was ihn noch mehr erschütterte, war die Tatsache, dass seine sonst so nüchterne Kollegin lebhaft gestikulierend ebenfalls in den Pulk eingetaucht war. Er zog sie am Arm heraus und griff mit der anderen Hand nach seiner Mutter.

»Könnt ihr mir mal erklären, was hier vor sich geht?«

Schwalm trat zu ihnen. »Ja, erklären Sie mir mal, was hier vor sich geht. Hat das was mit mir zu tun?« Er reckte sein Erst- und Zweitkinn. »Ich könnte verstehen, wenn das eine spontane Sympathiebekundung für mich wäre. Ist es das?«

Carina zog ihre Uniformjacke zurecht und bemühte sich, die Aufregung in ihrem Gesicht durch einen neutralen Ausdruck zu ersetzen. »Es geht um ›Shopping Queen‹«, sagte sie mit noch nicht ganz gefasster Stimme.

»Was soll das sein?«, fragte Fink.

Margit Fink schaltete sich ein. Sie war eine sehr hübsche Blondine, die die Dehnung des Begriffs »Anfang sechzig« meisterhaft beherrschte. »Das ist eine Fernsehsendung mit Guido Maria Kretschmer.«

»Der ist Modedesigner«, warf Carina ein.

»Von fünf Kandidatinnen in einer Stadt geht jeden Tag eine für fünfhundert Euro zu einem bestimmten Motto Klamotten einkaufen«, fuhr Margit fort. »Man hat vier Stunden Zeit und rennt mit seiner Shoppingbegleitung durch die Geschäfte, um den perfekten Look zu finden einschließlich Frisur und Make-up. Am Schluss bewerten sich alle gegenseitig, und die mit den meisten Punkten ist die Shopping Queen der Stadt.«

Fink und Schwalm schauten die beiden Frauen an, und Fink fühlte sich in seiner Ratlosigkeit zum ersten Mal mit dem Oberbürgermeister verbunden.

»Ich hab mich dafür beworben«, erklärte Margit. »Das wollte ich eben der Emmi erzählen.« Sie warf einen giftigen Blick zu ihrer Freundin, die von ihren Kolleginnen umringt war. »Ich wollte ihr sagen, dass sie meine Shoppingbegleitung sein darf und dann auch ins Fernsehen kommt, und da teilt mir diese Schlange doch mit, dass sie sich ebenfalls beworben hat.« Sie warf ihr Haar zurück und schnaubte.

Fink rieb sich die Stirn. Er war seit acht Jahren verheiratet und hatte während seiner beruflichen Laufbahn schon viele Frauen in allen möglichen besonderen Situationen des Lebens getroffen, doch nie, niemals würde er auch nur annähernd begreifen, was in ihnen vorging.

»Aber Mama, die Emmi ist doch deine beste Freundin. Ihr kennt euch seit fünfzig Jahren. Da bringt euch doch so eine bescheuerte Fernsehsendung nicht auseinander.«

Wie er befürchtet hatte, versengte sie ihn mit dem Fünfzehn-Stunden-Wehen-Blick. Dann wandte sie sich wortlos ab, um mit ihrer ehemaligen Freundin in die zweite Runde zu gehen.

Nun reichte es Fink endgültig. Er legte seiner Mutter die Hand fest auf die Schulter und schob sie zur Tür. »So, Frau Fink, Sie kommen jetzt bitte mit. Wir bringen Sie nach Hause, da können Sie sich beruhigen.«

Margit starrte ihn an. »Also hör mal, Matz, geht's noch?«

Carina öffnete die Tür und hatte größte Mühe, sich das Prusten zu verkneifen.

Margit straffte trotzig den Rücken und rief über ihre Schulter: »Du hast keine Chance, du Modeversagerin!«

Emmi Robsts Kopf mit der roten Brille tauchte aus dem Pulk ihrer Kolleginnen auf. »Pass auf, dass du nicht zum Gespött der Zuschauer wirst, du Shopping-Schande!«

Fink führte seine Mutter auf den Flur. »Immer schön mit der Ruhe, Frau Fink. Wenn Sie keine Probleme machen, kriegen Sie auch keine mit uns.«

Margit Fink starrte ihren Sohn sprachlos an, aber Carina meinte, ein kleines stolzes Funkeln in ihren Augen zu sehen.

8

Harry Gräflein war vor Aufregung viel zu früh zu seinem Termin in Bonn angekommen. Er nutzte die Gelegenheit, durch die Stadt zu schlendern, und verfiel sofort ihrem Flair. Die Mischung aus wuseligem Universitätsstandort mit einer bunt gemischten Studentenschar aus unzähligen Ländern und rheinischer Lässigkeit bezauberte ihn.

Das alte Rathaus auf dem Marktplatz, heiteres Rokoko in Hellgrau und Rosa mit vielen Fenstern, goldenen Schmuckmotiven und dem zweiseitigen vergoldeten Aufgang der Freitreppe, kannte er noch aus alten Fernsehberichten. Als Bonn noch Bundeshauptstadt gewesen war, hatten von hier aus Staatsoberhäupter wie Kennedy und Gorbatschow gesprochen und der Bevölkerung zugewinkt.

Am Bonner Münster, der katholischen Hauptkirche auf dem Münsterplatz, fiel ihm allerdings weniger ihr markanter spitzer Turm auf als vielmehr die beiden riesigen Steinköpfe, die vor der Kirche lagen und die römischen Offiziere Cassius und Florentius darstellten. Sie sollten an dieser Stelle als christliche Märtyrer gestorben sein. Als Harry den bärtigen Kopf mit dem Helm betrachtete, überkam ihn das ungute Gefühl, dass er in einem ähnlichen Zustand enden könnte, wenn er Michi Gabriel nicht bald zufriedenstellende Ergebnisse liefern würde.

Er schaute auf seine Uhr. Immer noch viel Zeit. Also wanderte er unter den Kastanien der Poppelsdorfer Allee an den hübschen Gründerzeithäusern und der achthundert Meter langen geraden Wiese vorbei, die sich vom Kurfürstlichen Schloss bis zum Botanischen Garten am Poppelsdorfer Schloss erstreckte. Dort bestaunte er die gigantische Titanenwurzpflanze, die fleißig einer Höhe von drei Metern entgegenstrebte. Als er in schweißtreibender Luftfeuchtigkeit vor dem klebrigen Sonnentau stand, das sternenförmige Gemeine Fettkraut und eine trügerisch harmlose Kannenpflanze betrachtete, erinnerten ihn all diese fleischfressenden Pflanzen auch wieder an Michi und seine heikle Situation. Mit einer lebensmüden Fliege, die auf einer Venusfliegenfalle herumwanderte, fühlte er sich so leidensgenossenhaft verbunden, dass er sie verscheuchte.

Als er dann unter den Bäumen stand, die die Hofgartenwiese säumten, starrte er ehrfürchtig das lang gezogene Hauptgebäude der Rheinischen Friedrich-Wilhelms-Universität an. Studenten bummelten an ihm vorbei, manche mit dicken roten Büchern im Arm, auf denen »Schönfelder Deutsche Gesetze« stand. Harry hätte gern studiert und empfand große Hochachtung vor der akademischen Lehre. Und ein bisschen Neid auf die Studenten. Ihm selbst war mit dem Realschulabschluss ein Studium verwehrt gewesen.

Er erinnerte sich an einen Fernsehbericht über die jährliche Absolventenfeier der Uni Bonn, und ein Schauer lief ihm über den Rücken. Hunderte junger Menschen, die in dem Jahr ihr Examen bestanden hatten, strebten in ihren schwarzen Talaren mit Baretten und farbigen Schärpen im Sternmarsch durch die Stadt zu dem riesigen Zelt, das auf der Hofgartenwiese aufgebaut war, um dort ihre Zeugnisse in Empfang zu nehmen. Der Anblick hatte Harry sehr bewegt.

Er atmete tief durch. Wie viel Wissen wurde hinter den zahlreichen Fenstern der gelben Barockfassade mit den vier vorspringenden Eckbauten und den kleinen Türmchen auf den gewölbten Giebeln vermittelt. Als er über der Eingangstür die goldene Figur der Gottesmutter als Friedenskönigin mit dem Jesusknaben bemerkte, die freundlich zu ihm hinabzulächeln schien, nahm er dies als gutes Omen.

Harry musste in dem weitläufigen Gebäude mit den zahllosen Hörsälen, Treppen und Büros mehrfach nach dem Weg fragen. Als er schließlich vor der Tür von Professor Marcel Biege stand, konnte er nicht verhindern, dass sich ihm vor Aufregung die Härchen an den Armen aufstellten. Harry klopfte an und trat schüchtern ein.

Der erste Blick in das kleine Zimmer war für Harry enttäuschend. Der Professor war nicht da. Zwischen Regalen voller unordentlich gestapelter Bücher saß am Fenster ein Student an einem Schreibtisch, auf dem Papiere im Zustand unterschiedlichen Zerknitterns einem Laptop und einem Kaffeebecher den Platz streitig machten. Vielleicht hatte der Dozent diesen jungen Mann angewiesen, für ihn etwas Ordnung auf seinem Tisch zu machen. Dabei ließ er es aber erkennbar an Eifer fehlen, denn bei Harrys Eintreten nahm der Jüngling erst einmal die Füße von der Schreibtischplatte.

»Ja, hallo, schön, dass Sie hier sind.« Er kam auf Harry zu und gab sich alle Mühe, beim Händedruck Harrys Finger zu zerquetschen. So viel Kraft war seiner schlaksigen Figur gar nicht anzusehen.

»Ich habe einen Termin bei Professor Biege«, erklärte Harry freundlich, aber ein bisschen distanziert.

»Ja, klar, das bin ich, Marcel Biege. Ich lehre hier Kulturanthropologie. Klingt viel eindrucksvoller als Volkskunde, ist aber eigentlich dasselbe. Setzen Sie sich doch.«

Während sich Harry vor dem Schreibtisch auf einem modernen Stuhl aus Alu und weißem Kunstleder niederließ, versuchte er, sich seine Irritation nicht anmerken zu lassen. Harry hatte sich einen seriösen Herrn mit Sakko und Krawatte vorgestellt, der neben einer langjährigen Erfahrung in Forschung und Lehre auch einen Hauch von würzigem Pfeifentabak verströmte. Gut, aus der Nähe sah sein Gegenüber nicht mehr so aus, als hätte er eben erst das Abiturzeugnis in Empfang genommen, aber in diesem Alter konnte er doch unmöglich schon genug Wissen angesammelt haben, um es an andere Menschen weiterzugeben. Jedenfalls keins, das über das Installieren von Apps auf dem Smartphone, PC-Spiele und Kronkorken hinausging.

»Ich bin hier wegen der Andernacher Bäckerjungensage.« Harry rang noch immer um Fassung.

»Klar, haben Sie ja am Telefon erzählt. Mögen Sie ein Wasser oder 'nen Kaffee?« Während er eine Tasse unter den Kapselautomaten stellte, ließ sich Harry durch das Hemd des jungen Mannes ein bisschen versöhnen. Das kam seiner Vorstellung von einem Geisteswissenschaftler zumindest halbwegs nahe, auch wenn es schwarz und ebenso ungeordnet war wie die halblangen Haare seines Trägers und über die Hose hing.

»Das ist ganz spannend«, erläuterte Marcel Biege, als er die Tasse vor Harry auf den Tisch stellte. Er selbst nahm einen Schluck aus einer Wasserflasche. »Bei der Bäckerjungensage geht es um einen Streit zwischen den Städten Andernach und Linz, die beide am Rhein ein paar Kilometer voneinander entfernt liegen. Nach dieser Geschichte waren den Linzern die lukrativen Rechte für den Rheinzoll entzogen und den Andernachern zugesprochen worden. Dafür wollten sich die Linzer rächen und segelten im Schutz der Nacht auf ihrem Schiff über den Rhein heran, um den bösen Feinden eins überzubraten.« Marcel schüttelte die Flasche und grinste. »Fast wie bei ›Game of Thrones‹, was? Nur ohne Drachen und mit weniger Leuten, die geköpft werden.«

Harrys Blick fiel auf eine Reihe von Bildern an den Wänden. Sie zeigten wild blickende Männer in ledernen Brustharnischen, darunter ein offenbar kleinwüchsiger Mann mit Schwert. Eine junge Frau mit überschaubarer Bekleidung und langen weißblonden Haaren war neben einem halb nackten Reiter mit furchteinflößender Gesichtsbemalung und Zopf zu sehen. Daneben hing eine alt aussehende Karte von einer Gegend, die Harry nicht kannte und die mit »Die Sieben Königslande« überschrieben war.

»Als die Linzer ankamen, schnarchten die Stadtwachen vor sich hin.« Der junge Dozent nahm seinen Faden wieder auf. »Die Linzer stürmten gerade mit ihrem Rammbock aufs Tor zu, da wurden sie von zwei Bäckerjungen entdeckt, die ihre Brötchen ausgeliefert hatten und jetzt auf der Stadtmauer aus den Bienenstöcken des Stadtwächters Honig klauen wollten. Die Jungs nahmen die Bienenkörbe und warfen sie auf die Angreifer. Die Bienchen nahmen die Störung ziemlich übel, drangen den Linzern unter die Helme und Panzer und stachen zu.« Er nahm einen grünen Drachen vom Tisch und vollführte mit ihm eine Sturzflugbewegung. »Durch den Lärm wurden die Wachen alarmiert und konnten die Feinde überwältigen.«

Harry nickte. So hatte er es auch gelesen. Er sah vor seinem geistigen Auge einen furiosen Film ablaufen, der sich vor Hollywood-Blockbustern nicht zu verstecken brauchte. »Und gibt es da einen historischen Kern?«, fragte er. »Ist das wirklich so passiert?«

Draußen auf dem Flur schepperte etwas, das sich wie herunterfallende Autoradkappen anhörte. Marcel Biege schien weder aufgeschreckt noch neugierig.

»Nicht so direkt, aber es gibt drei geschichtliche Ereignisse, die wohl in die Sage eingeflossen sind. Story eins: Der Kölner Erzbischof Engelbert III. hatte den Rheinzoll von Andernach nach Linz verlegt, also das Recht, von den Schiffern eine Abgabe für den Warentransport zu verlangen. Das war 1365, und wir reden hier von einem hübschen Sümmchen, das mit dem Zoll in die Stadtkasse floss. Die Andernacher erhoben sich daraufhin gegen den Bischof, der die Stadt dann einnahm.« Er stand auf und öffnete das Fenster. Gedämpfte Posaunentöne drangen herein, deren Erzeuger noch einige Übungsstunden brauchte.

»Story zwei: 1477 unterstützten die Andernacher Kaiser Friedrich III. mit hundertfünfzig Büchsenschützen. Die wurden vom Feind niedergemacht, und der Kaiser gab als Anerkennung und Wiedergutmachung den entzogenen Rheinzoll an Andernach zurück. In Story drei geht es um einen niederländischen Oberst namens Olivier van den Tympel, der 1591 Andernach überfiel, aber zurückgeschlagen werden konnte. Die Bäckerjungensage selbst ist noch gar nicht so alt, die gibt es erst seit der Mitte des 19. Jahrhunderts, zuerst in Gedichtform.«

Harry hatte ein Notizbuch hervorgezogen und sich Stichpunkte gemacht. In seinem Kopf schwirrten jede Menge Bilder, ein buntes Durcheinander von Uniformen und Waffen.

»Die Bäckerjungen selbst sind also Erfindung?«, fragte er.

»So sieht's aus, vielleicht beflügelt durch diese beiden Steinfiguren, die im Andernacher Rheintor zu sehen sind. Es gibt eine noch ältere Geschichte, wonach nicht Bäcker, sondern Bierbrauer die Stadt im Schwedenkrieg im 17. Jahrhundert gerettet haben sollen, indem sie heißes Wasser auf die Feinde gossen.«

Harry war nun doch von den Kenntnissen des jungen Mannes ganz angetan und verabschiedete sich herzlich. Er unterdrückte den Wunsch, ein Selfie von ihnen beiden zu machen, aber er würde seinen Ausflug in die akademische Welt auch so in Erinnerung behalten.

9

Der Eisenhammer sauste nieder und traf mit der Wucht einer Lokomotive.

»Komm her, du mistiger Schnösel!« Aaron Rasalla hatte sich in eine mörderische Wut hineingeschnauft. »Dir werd ich eins verpassen, dass dir kein Schönheitsdoc in Hollywood mehr helfen kann!« Er versetzte Brad Pitt einen gewaltigen Schlag. Teile seiner Nase flogen weg. Noch einmal ließ er den Hammer niederprallen und spaltete einen weiteren Brocken von dem Tuffstein ab, in dem er nur allzu deutlich das Gesicht des Schauspielers erkannte.

Gestern Abend, als er die Schublade des DVD-Gerätes geöffnet hatte, um den neuen Actionknaller mit Jean-Claude van Damme einzulegen, war ihm schon wieder dieser dämliche »Troja«-Film entgegengekommen. Er hatte ihn sofort erkannt, denn seine Freundin Nicole hatte mit einem roten Permanentmarker Herzchen und Kussmündchen darauf gemalt. Da hatte ihn wieder die kalte Wut gepackt. Nicole hatte sich diesen bescheuerten Film schon wieder angesehen, als er nicht da war. Dabei hatte Aaron ihr schon tausendmal gesagt, dass er den Film nicht ausstehen konnte.

Sie behauptete, sich damit auf einen Auftritt bei »Wer wird Millionär?« vorzubereiten, denn da kämen andauernd Fragen über den Trojanischen Krieg. Aber das kaufte Aaron ihr nicht ab. Zum einen hielt Nicole Gotik für eine Krankheit und würde schon das Telefoncasting nicht überstehen. Zum anderen wusste doch jeder, dass man viel eher alle »Rambo«- und »Terminator«-Filme gesehen haben musste, um dort zu punkten.

Wenn sie sich wenigstens für die architektonische Schönheit der Tempel und die kunstvolle Steinmetzarbeit an den Säulen interessiert hätte, bitte schön, dagegen hätte er gar nichts gehabt. Und bei den Actionszenen ging es schon ordentlich rund, das war tatsächlich ganz unterhaltsam. Sie brach aber jedes Mal bloß in Verzückung über diesen Schönling aus, der den Achilles spielte. Die Szenen, in denen er sich nackt auf einer Decke fläzte, hatte sie sich schon so oft angesehen, dass er ernsthaft die DVD unter der Lampe nach Abnutzungserscheinungen an dieser Stelle untersucht hatte. Die musste dort ja schon ganz abgenudelt sein.

Aaron Rasalla holte zu einem weiteren Schlag aus.

Mit was konnte dieses Handtuch aufwarten, das er, ein gestandener Steinmetz mit der Kraft eines Stiers und der Statur eines ausgewachsenen Bären, nicht zu bieten hatte? Was gab's denn da seufzend die Augen zu verdrehen, wenn der Hampelmann im kurzen Röckchen und in Sandalen durchs Bild hopste, dieses blonde Bübchen?

Er hielt inne und keuchte, nicht so sehr wegen der Anstrengung, sondern weil er versuchte, den gerechten Zorn niederzukämpfen. »Probleme bei der Aggressionsbewältigung«, hatte die Richterin das bei der Urteilsverkündung genannt. Er hob noch einmal den Hammer. So ein Quatsch, er hatte noch nie in seinem Leben ein Problem mit Aggressionen gehabt. Wumm, sauste der Hammer nieder und zerschmetterte den Teil des Steins, der Brad Pitts Kinn ähnlich sah. Der Bewährungshelfer hatte was von Therapie und verantwortungsvollem Umgang mit Emotionen gefaselt. Frechheit, als ob er, Aaron Rasalla, irgendwas nicht selbst in den Griff kriegen könnte. Zack, bröselte Brad Pitts Stirn auseinander. Er war der friedfertigste Mensch in diesem ganzen Klosterbetrieb, in dem er arbeitete. Er erledigte die Dinge eben auf seine Weise.

Nachdem er dem Stein den Rest gegeben hatte, griff er zum Besen und fegte die Brocken sauber zusammen. Dann richtete er sich auf und atmete befreit durch. So musste man das machen! Und weil Aaron Rasalla ein gewissenhafter Mensch war, sammelte er zwischen den Steinüberbleibseln die Scherben der »Troja«-DVD heraus, die er gleich mit dem ersten Schlag auf den Brad-Pitt-Gedächtnisstein zertrümmert hatte, und warf sie in ein durchsichtiges Plastiktütchen. In einer ähnlichen Tüte lagen bereits die Überbleibsel der »Thor«-DVD, die Aaron zuvor mit großer Befriedigung auf einer Granitplatte zerschlagen hatte.

Damit würde auch Nicoles unermüdliche Bewunderung für den muskulösen Körper von Donnergott Chris Hemsworth ein Ende haben. Wenn sie Muskeln sehen wollte, hatte Aaron davon mehr als genug zu bieten.

Pfeifend wischte er seinen Hammer ab. Aggressionsbewältigung nach Art von Aaron. Da brauchte ihm keiner mit so einem endlosen Psychogelaber zu kommen. Er wusste, wie man Probleme aus der Welt schaffte.

10

Griet de Vries hatte bis zu diesem einschneidenden Moment einen wirklich erfreulichen Tag verbracht.

Nachdem ihr Schiff »Pride of Rotterdam« kaum ruckelnd am Rheinufer angelegt hatte, war ihr etwas fülliger Körper durch einen jungen Steward mit beherztem Griff vom Schiff auf den Steg befördert worden. In diesen Genuss kamen natürlich auch sämtliche andere Passagiere, aber Griet hatte doch das sichere Gefühl, der fesche Jüngling habe gerade ihre Hand bei dem Manöver besonders vielsagend gedrückt.

Beim anschließenden Stadtbummel durch die malerischen Gassen von Andernach hatte sich ihr Kabinennachbar Piet Richter dazu hinreißen lassen, ihr im »Eiscafé Italia« in der Fußgängerzone einen Cappuccino nebst zwei Bällchen Vanilleeis zu spendieren. Für eine Portion Sahne hatte seine Güte dann zwar nicht mehr gereicht, aber immerhin.

Der forsche Endsechziger mit dem kecken Schnurrbärtchen war schon während der ganzen Reise um sie herumscharwenzelt. Während das Schiff an den gerade grünenden Weinbergen vorbeigeglitten war, an spitzen Kirchtürmen und idyllischen Dörfchen, die aus der Ferne den schläfrigen Liebreiz stehen gebliebener Zeit verströmten, hatte er auf dem Aussichtsdeck seinen Sessel dicht neben ihren geschoben und sie verliebt angeschmachtet. Seinen weltmännischen Charme meinte er zu beweisen, indem er ihr den alten deutschen Karnevalsschlager »Ich hab den Vater Rhein in seinem Bett gesehn« ins Ohr säuselte und dabei nach ihrer Hand griff. Das Wort »Bett« hatte er mit einem bedeutungsvollen Zucken seiner Augenbrauen begleitet. Jetzt machte er sich offenbar Hoffnungen, die Bekanntschaft bis zum Abend vertiefen und die Eis- und Kaffeeinvestition amortisieren zu können.

Einen ersten Dämpfer bekam Griets aufgeräumte Stimmung, als sie vor dem Geysir-Zentrum ihre Stadtführerin trafen. Das gelbe Namensschild wies die junge Frau zwar als »Elsa« aus. Angesichts ihres streng nach hinten gebundenen Zopfs, der großen schwarzrandigen Brille und vor allem des dahinter lauernden strengen Blickes hätte allerdings niemand gewagt, sie mit dem Vornamen anzusprechen. Trotzdem, so musste Griet unwillig beobachten, zeigte ihr Verehrer unerschrocken und eindeutig Anzeichen von zwischenmenschlichem Interesse an der ortskundigen Dame. Das offenbarten sowohl seine Art, ihren Worten hingebungsvoll zu lauschen, als auch sein dichtes Heranrücken an sie. Und obwohl Piets Tränensäcke, sein Plattfußgang und die der Sonne frei zugängliche Kopfhaut ihn bei der Wahl zum *sexiest man alive* eher auf die hinteren Plätze verwiesen hätten, war Griet dennoch nicht bereit, ihre Errungenschaft an eine Fünfundzwanzigjährige mit der Taille einer ausgehungerten Bohnenstange zu verlieren.

Zuerst verständigte man sich darüber, die Führung in deutscher Sprache abzuhalten. Da es aus organisatorischen Gründen einen kurzfristigen Tausch zweier Gruppen gegeben hatte, war Jolien, die einzige Dame aus der Stadtführerriege, die Niederländisch beherrschte, für diese Führung nicht eingeplant und zu einem Schachturnier gefahren.

Elsa informierte die Gruppe in kühlen Worten, dass das Geysir-Zentrum, ein verstörend kubischer Neubau am Rhein, Ausgangspunkt für eine Bootsfahrt zum höchsten Kaltwassergeysir der Welt auf der nahe gelegenen Halbinsel Namedyer Werth war. Dann fiel ihr wohl ein, dass ihre Aufgabe nicht nur in der Vermittlung nackter Fakten bestand, sondern dass sie diese auch anschaulich in lebendigen Bildern präsentieren sollte, um die Lust der Gäste auf einen Besuch der Attraktion zu beflügeln. Da sie eine Frau mit eher nüchterner Ausprägung war, fiel ihr das nicht ganz leicht, aber sie gab ihr Bestes und kurbelte Stimme und Gestik in den Dramamodus.

»Hier im Geysir-Zentrum beginnt Ihre abenteuerliche Reise zum Andernacher Geysir. Mit einem Fahrstuhl unternehmen Sie eine imaginäre Reise durch einen Steinbruch bis in viertausend Meter Tiefe, wo unser Geysir seinen Ursprung hat.« Sie deutete mit den Händen eine Abwärtsbewegung an. »Dort begegnen Sie einem Kohlenstoffdioxid-Molekül aus einer Magmakammer und erfahren in unserer spannenden interaktiven Ausstellung, wie das Kohlenstoffdioxid auf Grundwasser trifft und dieses schließlich mit Gurgeln und lautem Zischen durch ein dreihundertfünfzig Meter tiefes Bohrloch entweicht und eine bis zu sechzig Meter hohe Wasserfontäne erzeugt.« Elsas Hände schnellten nach oben und senkten sich fächerförmig ausgebreitet wieder herab. Sie schaute einzelnen Gruppenmitgliedern direkt in die Augen, und Griet begann zu fürchten, dass sie später einen Test über das Gelernte schreiben mussten.

»Junge, so ein tiefes Loch«, raunte Piet der jungen Frau grinsend zu. Griet entging dem Wutplatzen ob dieser derben Anmache nur deswegen, weil ihre Führerin energisch den Zopf nach hinten warf und den auf Tuchfühlung stehenden Piet mit erkennbarer Absicht mit dem am Zopfende befestigten harten Gummibommel an der Nase traf.

Elsa fügte noch ein paar Ausführungen an über die Bootsfahrt zum Geysir, die achtminütige Eruptionsdauer – Piet Richter wagte keine lustige Anmerkung mehr, obwohl es ihn sichtlich juckte – und den Unterschied zu Heißwassergeysiren wie in Island und dem Yellowstone-Nationalpark in den USA. Auf die Zeiten, zu denen die Bootsfahrten zum Geysir stattfanden, wies sie nachdrücklich hin und verteilte hübsche bunte Prospekte. Dann forderte sie die Gruppe auf, ihr zu einem Rundgang zu einigen der zahlreichen Sehenswürdigkeiten der Stadt zu folgen. Noch während des Sprechens setzte sie sich in Bewegung, und zwar in einem Tempo, das einem Sprinter bei den Olympischen Spielen zu einer Medaille verholfen hätte.

Als die Ausflügler ihr an der Rheinpromenade entlang hinterherhechteten, schwitzte Griet schon nach wenigen Metern aus allen Poren. Piet Richter und einige weitere Herrschaften hechelten. Darum war Griet froh, als die Gruppe anhielt, um als erste Sehenswürdigkeit das Rheintor in Augenschein zu nehmen.

Die energische junge Dame winkte alle zu dem massiven Gebäude aus Basaltsteinen, das zwischen den in hellgelben und grünen Pastellfarben gestrichenen Hotels wie eine dunkle Trutzburg herausragte. Elsa wies ihre holländischen Schäfchen an, sich vor dem Tor ordentlich zu gruppieren.

»Wir befinden uns hier am Rhein- oder Bäckerjungentor, einem der ältesten noch erhaltenen Doppeltore am Rhein«, ließ sie ihre schnaufenden Zuhörer wissen. Auch sie war nun ein wenig außer Atem und erlaubte sich in ihren Ausführungen deshalb hin und wieder ein Satzzeichen. »Es wurde auch Kornpforte genannt, da auf diesem Weg, der früheren Korngasse, das Getreide von Bauern in die Stadt gebracht wurde. Das Rheintor gehörte zur mittelalterlichen Befestigungsanlage. Die ältesten Teile stammen aus dem 12. Jahrhundert und damit aus der Zeit der Romanik. Die letzten Umbauten fanden 1899 statt. Beachten Sie das Mansardendach, das die nebenstehenden Hotels überragt.«

Wie die Übrigen legte Griet den Kopf in den Nacken und produzierte dadurch ein kleines Speckröllchen auf dem Kragen ihrer Leinenjacke. Jahreszahlen waren nicht ihr Ding. Aber sie war in Groot-Zundert in Nordbrabant, dem Geburtsort Vincent van Goghs, aufgewachsen, und obwohl sie Museen wenn überhaupt eher von außen als von innen kannte, fühlte sie sich Kunst und Architektur in Gedenken an den großen Sohn ihrer Heimatstadt verbunden.

Darum ließ sie sich auch sofort von dem düsteren Gemäuer in seiner kompakten Wehrhaftigkeit beeindrucken. Über dem eigentlichen Tor aus dunklen Basaltsteinen befand sich ein hellerer Tuffsteinfries aus Rundbogen, der sie an eine alte Kirche erinnerte. Darüber ragte ein fensterdurchsetzter Aufsatz mit zwei Erkern und einem dreistufigen Giebel. Zwischen den mittleren Fenstern prangte das in Stein gehauene Wappen der Stadt mit zwei gekreuzten Schlüsseln.

Sie stellte sich das geschäftige Treiben an einem Frühlingstag wie diesem vor siebenhundert Jahren vor. Sie sah Bauern in Wollumhängen mit ihren Ochsenkarren in der Frische des lang vergangenen Morgens durch die geöffneten, jetzt verschwundenen großen Holztore zuckeln. Sie hörte die Wachsoldaten, die einen mit einem pelzverbrämten Mantel aus edlem Tuch bekleideten Händler ansprachen. Griet dachte daran, wie unzählig viele Menschen durch dieses Tor gegangen waren, jeder mit seinem eigenen Schicksal, und fühlte sich in einem für sie ganz untypischen Moment des Innehaltens als Teil einer geisterhaften Kette aus Menschenleben.

Dann fiel ihr Blick auf Piet Richter, der ein Gähnen unterdrückte. Ob sie ihn nach dem Eisbecher wohl auch noch dazu bewegen konnte, sie zum Abendessen einzuladen? Er stand ihr schräg gegenüber, und sie warf ihm einen vielsagenden Blick mit der Andeutung eines verführerischen Lächelns zu. Piet hob eine Augenbraue und zwirbelte sein Bärtchen. Na also. Sie würde mit ihrer geballten Weiblichkeit doch noch so ein unreifes Fräuleinchen ausstechen.

»Wenn wir nun durch dieses äußere Tor treten, werden Sie feststellen, dass sich dahinter ein zweites befindet. Dieses ist der ältere der beiden Durchgänge und wurde 1228 erstmals urkundlich erwähnt. Der äußere rheinseitige Bogen, den ich Ihnen gerade gezeigt habe, wurde erst 1350 errichtet. Insgesamt gab es im mittelalterlichen Andernach fünf Haupt- und fünf Nebenpforten.«

Elsa ging ihnen durch das Tor, vor dem sie gestanden hatten, voraus und winkte die Gruppe in einen nicht überdachten Innenhof. Von unzähligen Füßen durch die Jahrhunderte ausgetretene Treppenstufen führten an der Seite zu den hinter Fachwerk und Glasfenstern befindlichen ehemaligen Wachstuben hinauf.

»Ich zeige Ihnen jetzt eines der Wahrzeichen der Stadt Andernach«, verkündete die Führerin. Sie wies zu zwei verwitterten Steinfiguren aus Tuffstein empor, die sich über dem Innentor befanden.

Lachs, dachte Griet. Heute Abend hätte ich Lust auf Lachs. Sie betrachtete Piet Richter verstohlen, der zu den Figuren hinaufschaute, und schätzte ihn nur auf Matjeshering mit Zwiebeln ein.

»Dies ist die Darstellung zweier unbekannter Ritter. Vor der Errichtung des zweites Tores waren sie für die ankommenden Händler und Reisenden weithin zu sehen und sollten jedem Ankömmling auf eindrucksvolle Art die Wehrbereitschaft der Stadt signalisieren und den Schutz, den friedliche Gäste hier genießen konnten.«

»Die erinnern mich an diese riesigen Königsfiguren in ›Herr der Ringe‹«, sagte ein silbergelockter Mann in gestreiftem Hemd. »Nur kleiner natürlich.«

Alle schauten interessiert nach oben und fotografierten die beiden Wächter, die vor achthundert Jahren von Steinmetzen mit steinernen Kettenhemden bekleidet worden waren.

Elsa stellte durch ein missbilligendes Räuspern klar, dass sie Unterbrechungen ihrer Ausführungen in keiner Weise guthieß, und übernahm wieder die Kontrolle. »Im Volksmund werden die Figuren allerdings als ›Andernacher Bäckerjungen‹ bezeichnet«, erklärte sie, ohne hochzublicken. »Diese sollen die Stadt gerettet haben, indem sie Bienenkörbe auf die angreifenden Feinde warfen. Man kann sich das Geschrei der Soldaten, das Klirren der Waffen und das Rumpeln der auf die Mauer stürmenden Männer förmlich vorstellen und …«

Elsas Ausführungen waren so anschaulich, dass die Besucher das tiefe Rumpeln tatsächlich zu hören glaubten.

Es kam von irgendwo oben über ihren Köpfen. Griet schaute gerade noch rechtzeitig hoch, um den dicken Steinbrocken zu sehen, der aus der Fassade des Tores auf sie zustürzte und ihrem erfreulichen Tag ein Ende setzte.

11

»Sieben«, sagte Kommissarin Carina Bauer mit einem Blick auf den Rettungswagen. »Oder sogar siebeneinhalb.«

Polizeiobermeister Kemal Özgür rückte seine Mütze zurecht. »Nee, das sind mindestens neun. Und mit neun Plärr gewinne ich heute um Längen.«

Der junge Polizist mit türkisch-deutschen Eltern konnte sich rühmen, Erfinder der Lärmeinheit »Plärr« zu sein, in der er und seine Kollegen Geschrei, Gejammer und Genöle maßen. Da dieses Verfahren allerdings lediglich auf Schätzungen beruhte, kam es über den höchsten Plärrwert des Tages manchmal zu ausufernden Debatten.

Der Grund für seine berechtigten Hoffnungen auf den Plärr-Tagessieg war Griet de Vries, die mit den anderen Teilnehmern der Stadtführung an der offenen Tür des Rettungswagens vor dem Rheintor stand. Dem im Wagen sitzenden Piet Richter zupfte sie mit zittrigen Fingern die silberne Wärmefolie über der Brust zurecht. Carina und Kemal entnahmen Tonlage, Körpersprache und vereinzelt verständlicher Worte, dass Griet abwechselnd ihren Retter in den höchsten Tönen, die die niederländische Sprache hergab, als ihren Helden pries und dann gotteslästerlich über das Geschehen fluchte.

Die Rettungssanitäter waren kurz vor den Polizisten eingetroffen und konnten Carina und Kemal darüber informieren, dass niemand ernsthaft zu Schaden gekommen war. Bei dem Hechtsprung, mit dem Piet seine Reisebegleitung zur Seite gestoßen und so vor dem Aufprall des fallenden Steinblocks bewahrt hatte, hatte er sich nur zwei aufgeschürfte Knie und eine zerrissene Hose zugezogen. Beides ertrug er angesichts der überschwänglichen Heldenverehrung Griets mit aufgeregt leuchtendem Gesicht.

Während Kemal jetzt in den Innenhof zwischen den beiden Toren ging, um den Ort des steinigen Aufschlags in Augenschein zu nehmen, trat Carina auf die Stadtführerin Elsa zu, die in bleicher Gefasstheit etwas abseits stand und gerade ein Telefongespräch beendete.

»Also, Sie sagen, der Stein fiel ohne Vorwarnung von oben runter und verfehlte die Dame?«

Elsa nickte. Sie drehte ihr Handy in den Händen und war noch immer sehr weiß im Gesicht.

»Es gab ein knirschendes Geräusch von oben, und dann kam auch schon dieser Stein geflogen. Ich glaube, er hätte die Frau ohnehin nicht getroffen, aber der Mann reagierte sofort und schubste sie zur Seite.« Sie schaute zu Kemal, der neben dem Steinbrocken stand und nach oben zum Gemäuer schaute. Gleich nach ihrer Ankunft hatten sie die beiden Zugänge zum Rheintor mit Absperrband gesichert, hinter dem sich bereits einige Schaulustige eingefunden hatten.

»Na gut, dann sollten Sie …« Carina konnte den Satz nicht beenden, denn Kemal rief nach ihr.

Carina stieg über das rot-weiße Band in den Innenhof. »Hast du was gefunden?«

Er wies nach oben, und sein Kragen gab den Blick auf das herzförmige Muttermal an seinem Hals frei, das die Gefühle der Kolleginnen immer so beflügelte. »Da ist nirgendwo ein Loch zu sehen. Wenn ein Brocken von der Größe rausbricht, müsste das doch eine Lücke hinterlassen.«

Carina ließ den Blick über die alten Mauern und die Fachwerkaufbauten mit den Fenstern schweifen. »Vielleicht ist er da oben von dem seitlichen Giebel abgebrochen. So ein altes Gemäuer, seit Ewigkeiten Wind und Wetter ausgesetzt, da bröckelt doch sicher schon mal was. Aber du hast recht, sehen kann man nichts. Merkwürdig.«

Sie betrachteten den Stein zu ihren Füßen. Er hatte die Größe einer Wassermelone, kleine Brocken hatten sich bei dem Aufprall gelöst.

»Und guck mal, der ist ja auch gar nicht behauen«, stellte Kemal fest. »Der sieht überhaupt nicht aus wie ein Stück aus einer Mauer.«

Carina beugte sich nach unten. »He, was ist das denn?« Sie bewegte den Stein leicht mit dem Fuß.

»Da liegt was drunter«, sagte Kemal. »Sieht aus wie eine Klarsichthülle.«

Er drehte den Stein behutsam um, und sie starrten ihren neuen Fund einen Moment schweigend an. Dann richteten sich beide wieder auf, sahen einander an und sagten gleichzeitig: »Verdammt!«

Carina hatte schon ihr Handy am Ohr. »Carsten, lass alles stehen und liegen und komm sofort zum Rheintor.« Sie hatte auf einmal ein kratziges Gefühl im Hals. »Ich glaube, wir haben hier einen Mordanschlag.«

12

Nachdem die Polizisten in dem sonst so ruhigen Rheinstädtchen schon im vergangenen Jahr der Kripo Koblenz ein Kapitalverbrechen servieren mussten, sparte der sofort herbeigerufene Kollege von der zuständigen Behörde nicht mit Häme.

»Na, Fink, Sie Andernacher Siebenschläfer.« Kriminalhauptkommissar Lutz Schmitzenbach schlug Fink jovial auf die Schulter und benutzte den Spottnamen, den die Andernacher der Bäckerjungensage und dem darin beschriebenen verschlafenen Angriff der Feinde zu verdanken hatten. »Ist in letzter Zeit ja ganz schön was los bei Ihnen. Wenn ihr hier so weitermacht, wird Andernach demnächst noch Schauplatz im ›Tatort‹.« Er lachte herzhaft und malträtierte Finks Schulter mit weiteren Prankenschlägen.

Lutz Schmitzenbach war eine Schrankwand von Mann. Nicht nur sein Körperbau war riesig und kantig, auch auf Kinn, Nase und Stirn hätte man diverse Dekoartikel abstellen können. Wo immer er auftauchte, schien er den Raum um sich herum zu verdichten und an sich zu ziehen. Was auch daran liegen mochte, dass er gern mit weit ausgebreiteten Armen herumlief und den Eindruck vermittelte, der jeweilige Tatort diene ihm als Kulisse für die große Schmitzenbach-Show.

Fink machte einen Schritt außer Klopfweite und sagte im Geiste: Umpf, umpf, umpf, umpf, uuuumpf! In Stressmomenten schrieb er oft wütende Comiclaute auf, die ihn auf fast magische Weise beruhigten, zur Not reichte in papierlosen Augenblicken aber auch ein mentales Umpfen.

»Na, das ist ja mal ein Brocken, was?« Der Koblenzer Kollege stand vor der vermeintlichen Tatwaffe. Der Stein war bereits fotografiert und vorläufig spurentechnisch untersucht worden. Schmitzenbach hielt den Zettel, der in einer Klarsichtfolie mit einem Nagel in den Stein geschlagen worden war, am ausgestreckten Arm von sich und kniff die Augen zu schmalen

Schlitzen zusammen. »›Dies ist eine Tat der Mörderischen Bäckerzungen‹«, entzifferte er. »He, Fink, was für handwerkliche Abartigkeiten kommen bei euch als Nächstes? Fürchte die kriminelle Schreinerleber oder das betrügerische Metzgerohr?« Er lachte dröhnend.

Carsten Fink nahm seine Dienstmütze ab und fuhr sich mit der Hand durch die sandblonden Haare. Dabei grollte er leise, aber so inbrünstig vor sich hin, dass sich der Geysir vor Schreck nicht mehr aus dem Erdinneren herausgetraut hätte. »Das soll ›Bäckerjungen‹ heißen. ›Dies ist eine Tat des Mörderischen Bäckerjungen‹. Und in Anbetracht der Tatsache, dass beinahe jemand von dem Brocken erschlagen worden wäre, kann ich den Witz an der Sache nicht so wirklich erkennen.«

Schmitzenbach zog seine Lesebrille aus der Brusttasche und betrachtete den Text noch einmal. »Tatsächlich.«

Fink warf dem Kollegen einen Finsterblick zu, der aber ins Leere ging, weil Schmitzenbach sich gerade zum Tor umgedreht hatte.

»Sind das die beiden?« Er deutete mit dem Finger zu den steinernen Figuren im Tor.

»Ja, die werden im Volksmund ›die Andernacher Bäckerjungen‹ genannt, sind aber eigentlich Ritter.«

»So was haben wir auch, das Kowwelenzer Schängelche. Also das Koblenzer Schängelchen«, übersetzte er übertrieben akzentuiert. »So heißen bei uns die Jungen und Mädchen, die in Koblenz geboren sind. Das kommt aus unserer französischen Zeit, als viele Jungs in der Stadt Franzosen als Väter hatten und Jean genannt wurden. Weil das keiner aussprechen konnte, wurde erst ›Schang‹ und dann ›Schängelchen‹ daraus. Im Rathaushof gibt es auch einen Schängelbrunnen mit einem kleinen frechen Jungen, der Wasser spuckt.«

»Das gibt's hier auch, den Narrenbrunnen«, brummelte Fink, der dem Lokalpatriotismus des Kollegen etwas entgegensetzen wollte. Dann fiel ihm Schmitzenbachs merkwürdige Krawatte mit einem aufgedruckten Zollstock auf, die am unteren Ende schief ausgefranst war.

Schmitzenbach folgte seinem Blick. »Nur kein Neid, Fink. Dieses Teil haben mir die Kollegen gebastelt, weil ich in zwei Monaten in den Ruhestand gehe, und jeden Tag darf ich einen Zentimeter abschneiden.« Er grinste breit.

Fink vermutete, dass Schmitzenbachs Team den Tag X kaum erwarten konnte und sich freute, den zeitlichen Fortschritt so täglich verfolgen zu können. Er konnte es ihnen von Herzen nachfühlen.

Die Reisegruppe war inzwischen befragt und entlassen worden, nun untersuchten die Mitarbeiter der Kriminaltechnik den Ort.

»Hallo, Herr Kommissar, hören Sie mal!«

Fink und Schmitzenbach drehten sich zum Absperrband am Tor um, wo sich inzwischen noch mehr Schaulustige drängten. Neben einigen Teenagern, die auf Teufel komm raus mit den Handys fotografierten, einem bärtigen Mann mit Anzug und Aktentasche und einem Trüppchen türkischer Männer im Großvateralter standen zwei Rentnerinnen, die den Fortschritt der Polizeiarbeit höchstinteressiert begutachteten. Die hagerere der beiden, eine hochgewachsene Dirndlträgerin, deren Haare ihre endgültige Entscheidung zwischen Blond und Grau noch nicht getroffen hatten, winkte ihnen zu.

»Wir hätten da ein paar superwichtige Informationen für Sie!«, rief sie. Ihre Begleiterin nickte so lebhaft, dass ihr Rollator, auf dem sie saß, durch die Bewegung einige Zentimeter nach vorn ruckelte.

Finks Handy klingelte, und er wandte sich ab. Er bekam noch mit, wie Schmitzenbach mit ausgebreiteten Armen auf die betagten Informantinnen zuging, musste dann aber eine herbeieilende Reporterin von der Lokalredaktion der Rhein-Zeitung abfangen, die gerade unter dem Absperrband durchtauchen wollte.

»Immer noch kein Loch in der Mauer, aus der der Brocken gefallen sein könnte?« Carina Bauer stand am nächsten Nachmittag neben Fink am Ort des Aufschlags. Gemeinsam suchten sie mit den Blicken die alten Mauern noch einmal ab.

»Komplett lochfrei«, seufzte Fink. Er trat zur Seite, um eine Mitarbeiterin der Kriminaltechnik vorbeizulassen, die mit einem Aluminiumkoffer die steinerne Außentreppe herunterkam, die zu den oberen Räumen führte. »Was einen bei der Spurenlage ja auch nicht wundert, aber irgendwie hoffe ich doch die ganze Zeit, es wäre nur ein Unfall gewesen und kein versuchtes Tötungsdelikt.«

Carina beobachtete mitfühlend, wie er sich heftig die Spitze seiner kleinen eleganten Nase rieb, ein sicheres Zeichen für seine überaus angespannten Nerven. »Es sieht also so aus, als wäre der Stein da oben aus dem Fenster geworfen worden?«

Sie schauten beide hinauf zu den Fenstern der früheren Wachstube, die jetzt offen standen. Ein Mann staubte den Fensterrahmen von innen mit Graphitpulver ein.

Fink nickte. »Eindeutig. Wird alles noch im Labor überprüft, aber die haben da oben Spuren von dem Stein auf dem Fensterbrett gefunden. Das stimmt auch mit der Flugbahn überein. Und man kann wohl auch kaum annehmen, dass ein Brocken, der sich plötzlich aus dem Mauerwerk löst, zufällig auf einen in einer Klarsichthülle steckenden Zettel mit der Aufschrift ›Dies ist eine Tat des Mörderischen Bäckerjungen‹ fällt.« Er drehte sich zu dem jungen uniformierten Kollegen um, der gerade zu ihnen trat. »Was haben Sie rausgefunden, Herr Özgür?«

Kemal schaffte es irgendwie, gleichzeitig seine Krawatte zurechtzurücken und ein Notizbuch aus der Hemdtasche zu fördern. »An den Schlüssel für die Räume da oben zu kommen, ist wohl doch nicht so schwer, wie ich dachte. Bei der Tourist-Information haben sie welche und beim Kulturamt auch. Die sind auch nicht besonders gesichert, da könnte man in einem geeigneten Moment leicht drankommen. Außerdem war in den Räumen hier im Rheintor früher mal das Andernacher Stadtmuseum untergebracht, da könnte auch noch irgendjemand von damals einen Schlüssel haben.« Er schaute sich um. »Wisst ihr eigentlich, dass das Steinwappen an der Fassade erst 1899 eingesetzt wurde?«

Fink seufzte. »Herr Özgür, Ihr umfassendes Wissen in allen Ehren, aber das passt jetzt gerade nicht.«

»Ach, na ja.« Der hübsche junge Mann, der in der Dienststelle als »Kemalpedia« bekannt war, strubbelte sich die blonden Haare am unteren Mützenrand und wirkte für einen Augenblick enttäuscht. Dann schob sich die Andeutung eines Schmunzelns in seine Mundwinkel. »Schon klar. Dann erzähle ich Ihnen ein anderes Mal, dass das Originalwappen stark verwittert war und erst vor Kurzem durch eine Nachbildung aus Tuffstein ersetzt wurde. Das alte befindet sich jetzt im Inneren des Raums da oben.«

»Danke, Herr Özgür«, sagte Fink in einem leicht drohenden Tonfall.

»Keine Ursache, Chef.« Kemal lächelte freundlich.

Carina trat von einem Fuß auf den anderen. Von dem langen Herumstehen wurden ihre Zehen taub. »Aber sollten wir das nicht den Schmitzenbach und seine Leute machen lassen? Die sind doch jetzt zuständig, wenn das als versuchtes Tötungsdelikt gewertet wird.«

Finks Handy ertönte und zeigte den Eingang einer SMS an. »Heute Abend Milchreis mit Zimt und Currywurst«, schrieb Evi. Er runzelte die Stirn. Verflixte Schwangerschaftsgelüste.

»Der war gestern Abend noch damit beschäftigt, die Frau Staatsanwältin hier herumzuführen, als wäre das Rheintor der Eingang zu seinem Fürstentum«, erzählte Fink. Seine Laune hatte einen erkennbaren Durchhänger, was an der fragwürdigen Abendbrotaussicht liegen mochte oder der auf Selbstdarstellung basierenden Vorgehensweise des Koblenzer Kollegen. Er steckte das Handy ein. »Wir kennen die Gegebenheiten und Informationsquellen hier vor Ort ja schließlich am besten.« Er schaute zu den beiden älteren Frauen hinüber, die schon gestern hinter dem Absperrband ausgeharrt hatten und auch heute das kriminalistische Geschehen mit großem Interesse verfolgten. Dieser Anblick munterte ihn wieder auf. Im Laufe zahlreicher Berufsjahre hatte er den Wert auch von offenbar übereifrigen Zeugen schätzen gelernt. Man musste nur aus dem Ozean unbrauchbarer Mitteilungsfreude die Muscheln mit den wertvollen Informationsperlen herausfischen. »Ich habe mit dem Kollegen vereinbart, dass wir uns gegenseitig auf dem Laufenden halten.«

Die hochgewachsene hagere Frau trug diesmal ein anderes Dirndl mit einer gestrickten Trachtenjacke darüber und winkte ihm heftig zu. Ihre Freundin wippte voller Ungeduld auf dem Rollatorsitz herum.

Fink rückte seine Dienstmütze zurecht. »Ich denke, wir steigen dann mal in die Ermittlungen vor Ort ein«, meinte er und marschierte zum Tor hinüber.

13

»Meinst du, die haben schon Fingerabdrücke genommen?«, fragte Henny. Sie stand von ihrem Rollator auf, um sich die Beine zu vertreten, die wie sie selbst vor Ungeduld kribbelten. So viel Spannung hatte sie nicht mehr erlebt, seit sie vor zwei Jahren im Seniorenheim die Miss Marple in »16 Uhr 50 ab Paddington« spielen durfte. Man hatte sie nicht gerade für die Rolle gewählt, weil sie sich den Text so gut hätte merken können – genau genommen improvisierte sie die meiste Zeit über –, sondern weil sie eine figürliche Zwillingsschwester der unvergleichlichen und etwas unförmigen Margaret Rutherford aus den wunderbar kultigen Schwarz-Weiß-Verfilmungen hätte sein können. Sie hatte sich zur Feier des Tages extra den altmodischen Hut aufgesetzt, den sie bei der Aufführung getragen hatte.

»Nein, das geht nicht. Von Steinen kannst du keine Fingerabdrücke nehmen«, behauptete Brigitte und befühlte ihr neues Hörgerät. »Und du kannst sagen, was du willst, das Hörgerät ist nicht richtig eingestellt. Ich hör immer so ein Piepen, wenn mein Mann was sagt.«

»Das ist der eingebaute Quatsch-Sensor«, erklärte Henny grinsend. »Sobald einer Blödsinn erzählt, springt der an und piept es weg. Und da hat das Teil natürlich viel zu tun, wenn dein Mann redet.« Beide kicherten. »Und sicher geht das«, fuhr Henny fort. »Man kann von allem Möglichen Fingerabdrücke nehmen, auch von Steinen.«

»Die haben mich noch gar nicht befragt. Haben die denn schon nach Zeugen gesucht?«, erkundigte sich Brigitte.

»Wieso denn? Du bist doch gar keine Zeugin. Du warst doch gestern Vormittag beim Seniorenskat und hast den Pfarrer Gabriel ausgenommen«, sagte Henny.

»Mehr als Mau-Mau kann man mit dem Jüngelchen ja auch nicht spielen«, erklärte ihre Freundin. »Was lernen die heutzutage eigentlich im Theologiestudium? Und ich hab wohl alles gesehen, weil ich immer alles sehe.«

»Was willst du denn gesehen haben?«, höhnte Henny. »Du hast dir doch seit Jahren keine neue Brille gekauft. Du erkennst ja nicht mal deinen eigenen Mann. Ich hab gehört, letzte Woche hättest du aus Versehen den jungen Arzt geküsst.«

Sie wieherten um die Wette. Brigitte nahm das riesige Brillengestell ab, das die Blüte seiner Aktualität bereits vor zwanzig Jahren überschritten hatte, jetzt aber wieder voll im Trend lag.

»Jedenfalls, wenn das Opfer 'ne Holländerin war, dann weiß ich schon, wer der Täter ist«, erklärte sie.

»Das wissen wir doch alle«, bestätigte Henny und setzte sich wieder auf den Rollator.

»Guck mal, jetzt kommt der Polizist zu uns«, sagte Brigitte. »Wurde auch Zeit.«

Henny sprang wieder auf. »War ja klar, dass die nicht auf uns verzichten können.«

Die beiden stellten sich in Positur.

Fink trat auf seiner Seite des Absperrbands zu ihnen. »Guten Morgen, meine Damen«, grüßte er freundlich und tippte sich an die Dienstmütze. Er wusste, dass das bei reiferen Damen immer noch Eindruck machte. »Ich bin Hauptkommissar Fink, und Sie sehen so aus, als hätten Sie hier den Durchblick.« Bei seinen Kollegen war Carsten Fink als »der Ominator« bekannt, weil er für den Umgang mit älteren Herrschaften ein besonderes Händchen hatte. Er hörte geduldig zu, wo andere die Augen verdrehten, und holte Zeugenaussagen, die ins Nirwana abzudriften drohten, ins Diesseits zurück. Auch jetzt hoffte er, den einen oder anderen Hinweis aus dem Quell senioreneigenen Vorwitzes abschöpfen zu können.

»Jawohl, Inspektor«, sagte Henny und prüfte schnell den Sitz ihres Hutes. »Ich bin die Henny, vielleicht haben Sie in der Zeitung von meinem Auftritt als Miss Marple gelesen, der war ein ganz großer Erfolg, hat die Reporterin geschrieben. Das hier ist meine Freundin Brigitte, die hat nicht mitgespielt. Fragen Sie ruhig.«

»Ich verfolge im Fernsehen immer die kriminalistischen Dokumentationen, nicht so erfundenes Krimizeug. Ich mache mir sogar Notizen.« Brigitte ging zum Angriff über. Sie befürchtete, sonst gegenüber der redseligen Henny im Ringen um die polizeiliche Aufmerksamkeit ins Hintertreffen zu geraten. »Ich kenne mich also aus. Sie wollen doch sicher wissen, wer das Attentat verübt hat.«

»Natürlich will er das wissen«, erklärte Henny ärgerlich. »Was meinst du denn, warum der sonst hier ist? Um sich ins Raumschiff Enterprise beamen zu lassen?«

»Sie haben sicher gehört, dass es gestern Mittag hier einen Zwischenfall mit einer niederländischen Reisegruppe gab«, sagte Fink und zog ein Notizbuch aus der Jackentasche. Außer Einkaufslisten und Impfterminen für seine Katzen Corpus und Delicti schrieb er eigentlich nie etwas hinein, aber die Befragten fühlten sich mit ihren Aussagen immer erheblich aufgewertet. »Ich weiß, dass Sie meinem Kollegen von der Kripo gestern schon Angaben gemacht haben, aber ich würde trotzdem gern …«

Henny schnaubte. »Sie meinen den großen Typen, der hier rumstolziert ist wie Gottvater persönlich? Dem wollten wir was ganz Wichtiges erzählen, aber der hat uns gar nicht zu Wort kommen lassen.«

»Hat er nicht?« Fink zog einen Stift aus der Hemdtasche.

Henny schüttelte Kopf und Hut. »Der war echt seltsam. Hat uns seinen komischen Schlips mit dem Zollstock gezeigt und gefragt, ob wir den untersten Zipfel abschneiden wollen, weil sein Arbeitstag ja schon so gut wie vorbei wäre. Ich bin sicher, das war eine ferkelige Anspielung.«

»Und da haben wir dem natürlich erst recht nichts erzählt«, fügte Brigitte hinzu und ließ deutlich erkennen, dass sie Schmitzenbach diese Missachtung wertvollen Zeugenwissens noch immer verübelte.

»Ah, verstehe.« Lutz Schmitzenbach war kein übler Polizist. Bei der Vernehmung von Verdächtigen konnte er das Potenzial seines herrschaftlichen Auftretens voll ausschöpfen, überließ die mühsame Kleinarbeit wie Zeugenbefragungen jedoch lieber anderen. »Aber ich bin ja jetzt hier, und Sie haben meine volle Aufmerksamkeit. Waren Sie gestern oder in den Tagen davor hier und haben etwas beobachtet, das uns weiterhelfen könnte?« Fink schaute die beiden nacheinander eindringlich an.

»Wir sind erst nach dem Geröll gekommen, aber wir können eine ganz wichtige Aussage machen«, behauptete Henny und nickte eifrig.

»Also, das war nämlich bestimmt der Julius Cäsar«, sagte Brigitte und zog ihre Trachtenjacke enger.

»Cäsar?« Finks Stift schwebte über dem Notizbuch.

Zwei Köpfe, Hennys ergraut und Brigittes sorgfältig mittelblond gefärbt, nickten bestätigend.

»Der hat was gegen Holländer, der Julius Cäsar«, erklärte Henny. »Weil seine Frau mit einem durchgebrannt ist. Das weiß hier jeder.«

»Jawohl«, bestätigte Brigitte.

»Jetzt erklär dem Inspektor doch, wer das überhaupt ist, der Julius Cäsar«, drängte Henny und übernahm die Aufgabe dann gleich selbst. »Also, das ist der Ludwig Koska. Der war früher Lateinlehrer. Dann ist seine Frau mit dem Holländer abgehauen, und das hat den Koska aus der Bahn geworfen, wie man so sagt. Seitdem ist der ein bisschen aus der Spur. Aber eben echt gebildet.«

»Richtig«, sagte Brigitte. »Der kann einem immer noch den Gammligen Krieg auswendig aufsagen.«

»Den Gallischen Krieg, du Dösel«, berichtigte Henny. »Und soweit wir wissen, hat er demnächst Jahrestag, dass seine Frau weg ist. Das erzählt er nämlich jedes Jahr um die Zeit. Erst vor zwei Wochen hat er beim Seniorenskat wieder einen Vortrag über seinen Freiheitstag gehalten, wie er es immer nennt.«

»Dies libertatis, so sagt er immer«, fügte Brigitte hochnäselnd hinzu. Die Schlappe mit dem Gammligen Krieg wollte sie nicht auf sich sitzen lassen. »Sieht aber gar nicht glücklich dabei aus.«

»Ach, das war in seiner Jugend so ein gut aussehender Mann«, sagte Henny in schwärmerischem Ton. »Er sah richtig edel aus, wie eine römische Marmorbüste.«

Auch Brigittes Blick wurde glasig. »Sieht man ja heute noch. Dieses vornehme Profil. Wir haben nie verstanden, warum er diese Ziege geheiratet hat.«

Beide versuchten sich erfolgreich im Synchronkopfschütteln.

»Und Sie können mir doch sicher sagen, wo ich Herrn Koska finde.«

»Klar können wir das«, strahlte Henny.

Als Fink die Adresse hörte, führte sein Erstaunen zu zwei gehobenen Augenbrauen und einem befriedigten Lächeln der beiden Seniorinnen. Und als er sich von den Damen abwandte, hatte sich die Miss-Marple-Melodie als Ohrwurm bei ihm eingenistet.

14

Es war nicht nur wieder Grünzeugtag für Kai Fechter, sondern auch noch sein Glückstag. Er stand nahe der Bahnunterführung im Gras zwischen einem Sauerkirsch- und einem Weinspalier und hatte weniger Augen für die kunstvoll hochgebundenen Pflanzen, die das erste zaghafte Grün zeigten, als für die junge Frau, die sich vorgebeugt hatte und mit dem Handy die Pflanzen aus verschiedenen Winkeln und Abständen fotografierte. Kai war mit leicht dümmlichem Grinsen in den Anblick von Annas hübschem, rundlichem Gesicht, das von einem schwarzen Bob umrahmt wurde, versunken.

»Diese ›Essbare Stadt‹ ist eine super Aktion«, sagte sie und richtete sich auf. »Danke, dass du mich rumführst.« Sie schaute ihn an und lächelte, als sie seinen Blick bemerkte.

»Ach, das mach ich andauernd«, antwortete der junge Mann wegwerfend, bevor er mit Schrecken bemerkte, dass diese Antwort für Anna vielleicht nicht ganz so schmeichelhaft war. »Ich meine, wir haben bisher Anfragen von neununddreißig Unis, die unsere ›Essbare Stadt‹ zum Thema von Bachelorarbeiten und Dissertationen machen wollen, so wie du. Und denen zeige ich dann alles. Ich studiere Bio an der Kölner Uni. Ich hab noch zwei Semester bis zum Master.«

Anna schob sich die Haare hinter die Ohren. Kai hatte gelesen, das sei ein sehr hoffnungsvolles nonverbales Signal, und sein Herz schlug ein bisschen schneller.

»Ist ja cool, ich bin in Bonn und sitze an meiner Bachelorarbeit, aber das hab ich dir ja schon erzählt. Da können wir uns ja mal treffen. Ist ja nicht so weit auseinander.«

»Jaaa.« Kais Grinsen wurde noch breiter, was ihn sympathisch, aber nicht intelligenter wirken ließ.

Anna wurde rot und wandte sich zu dem liebevoll gestalteten Heiligenhäuschen ein paar Schritte entfernt. Unter einem säulengetragenen, geschwungenen Dach streckte die bunt bemalte

Figur des heiligen Johannes von Nepumuk im Priestergewand die Hand zu der kleinen Anpflanzung hin, als wolle er die Vorübergehenden auf die Segnungen der Natur aufmerksam machen. Sie las das Hinweisschild, das neben dem Heiligen an der Wand angebracht war.

»Hat dieser Johannes irgendwann mal in Andernach ein Wunder gewirkt, oder warum steht seine Figur hier?«

»Nö, der war nie hier, glaub ich. Guck mal, hier steht, der war ein Priester aus Böhmen, nach dem sich die Andernacher Johannes-Nachbarschaft benannt hat.« Er trat zu ihr. Ihr Haar roch nach Apfelshampoo. »Äh, soll ich dir noch die Kiwi hier vorn zeigen?«

Sie gingen wieder zu den Beeten zurück. Kai wies auf einige der Pflanzen. »Kiwis werden auch ›Chinesische Stachelbeere‹ genannt und stammen ursprünglich aus Ostasien. Heute werden die meisten aus Neuseeland importiert, aber man kann sie auch bei uns anbauen.« Er befühlte ein Blättchen. »Ist aber gar nicht so einfach, man braucht nämlich eine männliche und eine weibliche Pflanze, sonst vermehren sie sich nicht.« Auf der Bahnstrecke über ihnen wurde es laut, als ein ICE vorbeirauschte.

»Du weißt ja echt viel.« Anna machte noch ein paar Aufnahmen und steckte dann ihr Handy in die Jeanstasche. »Wollen wir vielleicht Pizza essen gehen?«

Kai versank in ihren unglaublich grünen Augen. Oh ja, das war der beste Grünzeugtag seines Lebens.

15

Carsten Fink klingelte an der alten, mit Schnitzereien versehenen Eichentür und betrachtete das Messingschild, während er wartete. Die Namen Lorenz und Michaela Gabriel waren in einer hübschen Schnörkelschrift darin eingraviert. Fink kannte Schild und Haustür ziemlich gut, denn hier holte er hin und wieder seinen Sohn Felix von dessen bestem Freund Ruben ab.

Im nächsten Moment polterte es hinter der Tür, dann wurde sie von einem etwa zwölfjährigen Jungen aufgerissen. Seine strubbeligen honigblonden Haare hatten offensichtlich seit Längerem keinen Kamm mehr gesehen.

»Hey, ich war's nicht«, schleuderte der Junge ihm zur Begrüßung breit grinsend entgegen, noch ehe Fink etwas sagen konnte.

»Was warst du nicht?«, fragte Fink lächelnd.

»Weswegen Sie auch immer hier sind«, antwortete der Junge. »Oder wollen Sie Felix abholen? Ich wusste gar nicht, dass er heute hier ist.«

»Genau genommen komme ich diesmal in einer dienstlichen Angelegenheit«, erklärte Fink.

Der Junge hüpfte in die Luft und schrie: »He, Jojo, komm runter, du wirst abgeführt!« Dann sagte er mit Anwaltsmiene zu Fink: »In diesem Fall würde ich gern Ihre Dienstmarke sehen, Herr Hauptkommissar.«

Fink lachte. »Dienstmarken gibt es bei den Kollegen in Zivil. Ich kann nur mit meinem Dienstausweis dienen.«

»Den haben Sie uns schon mal gezeigt. Darf ich bei dem Verhör dabei sein?« Er machte einen Schritt zur Seite, damit Fink eintreten konnte.

»Wen sollte ich denn verhören? Ich könnte ja schon mal mit der Aufnahme deiner Personalien anfangen.«

Der Junge machte eine schwungvolle Verbeugung. »Gestatten, Mattis, mittlerer Sohn. Ich hol mal meinen Bruder, hoffentlich lesen Sie ihm seine Rechte vor.« Damit drehte er sich um und flitzte die Treppe hinauf.

Carsten Fink stand etwas unschlüssig, aber schmunzelnd im Flur. Er mochte die Jungs, auch wenn er nicht sicher war, ob er sie gern als seine eigenen gehabt hätte. Sie waren höflich und freundlich, aber auch ein bisschen wild und hatten überproportional viele schräge Einfälle.

Im hinteren Teil des Flurs quietschte eine Tür, und Michi Gabriel kam auf ihn zu. Sie trug die dunklen Haare nachlässig, aber irgendwie attraktiv hochgesteckt und ein rot-grün kariertes Tuch um die Schultern in einer Größe, dass man mit ihm problemlos einen klösterlichen Refektoriumstisch hätte bedecken können. Sie bahnte sich einen Weg durch herumliegende Schuhe, Skateboards und Regenschirme.

»Hallo, Herr Fink. Ist Felix hier? Wusste ich gar nicht. Die beiden hocken sicher in Rubens Kleiderschrank und spielen ›Krieg der Sterne‹. Mögen Sie einen Kaffee?«

Fink zögerte den Moment der dienstlichen Wahrheit so lange wie möglich hinaus. Er genoss es noch einen Augenblick, wie ein ganz normaler Gast behandelt zu werden. Die meisten Menschen, deren Wohnungen er betrat, reagierten auf ihn mit Ängstlichkeit, Misstrauen oder aggressiver Ablehnung. Auch wenn es nur darum ging, ganz ruhig einige Fragen zu beantworten, ließen viele Leute ihn drastisch spüren, dass sie Polizeibeamte als Eindringlinge betrachteten, die das Hausrecht verletzten. Da war es eine erfreuliche Abwechslung, mal irgendwo willkommen zu sein.

»Kaffee ist toll, Felix ist bei meiner Mutter. Die beiden haben meinen alten Chemiebaukasten gefunden und trugen Schutzbrillen, als ich ging. Ich halte die ganze Zeit die Ohren nach Feuerwehrsirenen auf.«

Michi lachte laut auf. »Kommen Sie auch zum Schultütenbasteln? Ruben wünscht sich einen laufenden Roboter als Schultüte, der am ersten Schultag neben ihm hergeht und ihm die Süßigkeiten reicht.«

»Ich bin mir ziemlich sicher, dass ich an dem Tag einen Einsatz habe«, antwortete Fink. »Ich habe jetzt schon ganz deutlich im Gefühl, dass ich genau dann eine entlaufene Katze suchen muss. Äh, ich bin übrigens hier, um ein paar Nachforschungen anzustellen.«

Von oben ertönte das Trampeln einer mittelgroßen Elefantenherde, gefolgt vom Kampfgeschrei einer angreifenden Wikingerhorde.

»Verschwinde aus meinem Zimmer, Ruben!«, brüllte Mattis.

»Ich mach doch gar nichts«, antwortete sein kleiner Bruder trotzig.

»Du hast hier nichts zu suchen. Und nimm deine blöden Männchen mit, sonst lernen die das Fliegen.«

»Du bist gemein«, jammerte Ruben, um dann nach unten zu rufen: »Mama, Mattis ist gemein zu mir.«

Michi verdrehte die Augen. »Ruben, spiel in deinem eigenen Zimmer. Mattis, mach deine Hausaufgaben, ich frag dich nachher Englisch ab. Ende der Diskussion.«

»Himmel, wie kriegt man drei von denen gebändigt?«, fragte Fink lachend.

»Vier. Ich zähle meinen Mann mit dazu. Alles eine Frage der ausgewogenen Erziehungsmittel.«

»Auch bei Ihrem Mann?«

»Bei dem besonders.« Sie zog ihr riesiges Tuch enger um sich, obwohl es Fink gar nicht so kalt vorkam. Aber das Phänomen von in allen Lebenslagen frierenden Frauen und Eisfüßen unter der Decke war ihm von daheim hinreichend bekannt.

Michi schubste eine halb offen stehende Tür zu ihrer Rechten auf. »Darüber tauschen Evi und ich uns manchmal aus«, sagte sie lächelnd, und das weckte bei Fink das ungute Gefühl, ohne sein Wissen von frierenden Frauen beim Kaffeeklatsch analysiert zu werden. »Kommen Sie ins Wohnzimmer. Bei uns gibt es Nachforschungen anzustellen?« Sie hatte sich sein Anliegen trotz der Ablenkung gemerkt. Diese Frau war wirklich nicht leicht aus der Ruhe zu bringen.

»Es hat nichts mit Ihren Jungs zu tun«, versicherte er schnell. Auf der Treppe links neben ihm tauchte eine dünne rote Katze auf, sprang auf den Holzboden und schnurrte sofort heftig um seine Beine. Keine Frage, die Katzen dieser Welt liebten Carsten Fink. Vermutlich hatten sie alle ein Gespür dafür, dass ihresgleichen bei Familie Fink den Katzenhimmel auf Erden genießen durfte.

Michi entspannte sich sichtbar. »Oh, gut. Setzen Sie sich. Sie dürfen alles anfassen und angucken, und wenn Ihnen nach Staubwischen ist, geben Sie dem Drang einfach nach.«

Er betrat einen großen Raum, der nach altem Holz, Kerzen und Äpfeln roch. An drei Wänden standen bis zur Decke reichende Bücherregale, in der vierten gab es ein großes Fenster zum Garten. Auf dem Fensterbrett entdeckte er ein blau-weißes Polizeiauto von Playmobil, in dem offenbar die Krippenfigur eines heiligen Josef als Fahrer saß, und einen Rettungswagen, der zum Abtransport des dazugehörigen Jesuskindes bereitstand. Dazwischen bemerkte er eine rankende Grünpflanze, auf deren Blätter eine Art silberne Platinen geklebt waren. Ihr Blumentopf war mit einem weißen Pappkarton in Form eines Laborkittels beklebt. Darauf waren mit Filzstift eine Brusttasche mit mehreren herausragenden Stiften und ein Namensschild gemalt, dessen Beschriftung Fink aber nicht lesen konnte. Zwischen zwei bequemen, zerschlissenen roten Sofas stand ein Tisch, auf dem sich Zeitschriften, ein Harry-Potter-Band und eine leere Tasse um den Platz stritten.

Er ließ sich auf eines der Sofas nieder, zwischen einer Decke mit Schneesternen und einem Notenheft, und lehnte sich behaglich zurück. Alte Eichenbalken ragten aus der verputzten Decke. Er angelte nach einer Spielkonsole, die sich in seinen unteren Rücken bohrte, und legte sie auf den Tisch. Die Tür knarrte leise, als sich die rote Katze hineinzwängte, zu ihm auf das Sofa sprang und ihn sofort unter heftigem Kopfreiben beschnurrte.

»Also, wer wird verhaftet?«, fragte Michi, die mit zwei Kaffeetassen erschien und sich auf die Lehne des zweiten Sofas setzte.

»Haben Sie von der Holländerin am Rheintor gehört?«, fragte er.

Irgendwo klingelte ein Telefon. Michi trat an die Tür und schrie: »Geht mal einer von euch dran?« Als es unbeeindruckt weiterklingelte, verschwand sie im Flur. »Der ist unterwegs«, hörte Fink sie sagen. »Ja, ich schreib's auf. Danke.« Als sie wieder auftauchte, hatte sie einen Block mit grünen Klebezetteln in der Hand, auf den sie etwas schrieb; das abgezogene Blatt heftete sie anschließend innen auf die Tür. Zu einer bunten Mischung ähnlicher Zettel, die Fink erst jetzt bemerkte.

»Klar hab ich von der gehört«, nahm Michi den Faden wieder auf und trank einen Schluck aus ihrer Tasse. »Die Gemeindetrommeln halten uns voll auf dem Laufenden. Wie geht's denn der armen Frau?«

»Der ist nichts passiert. Den anderen Teilnehmern der Führung auch nicht, außer ein paar Schrammen bei dem Mann, der die Dame zur Seite geschubst hat und dabei gestürzt ist. Und dem Schock natürlich.«

»War das echt ein Mordversuch? Ist das dann nicht ein Fall für die Mordkommission?«

»Wir arbeiten da eng zusammen, und wir können ein versuchtes Tötungsdelikt nicht ausschließen«, antwortete Fink ausweichend. Er hätte gern seine Tasse vom Tisch genommen, aber die Katze lag mittlerweile lang auf dem Rücken ausgestreckt mit eingeklappten Vorderpfoten auf seinem Schoß und ließ als einzige Bewegung sein Atmen zu. Ein Handy klingelte mit dem Händel-Halleluja in Posaunenstärke, und Michi wühlte es unter einer Bibel hervor.

»Er ist gerade außer Haus. Ja, der alte Aeternus stirbt mal wieder. Ja, ich weiß, das kann dauern. Ich schreib's auf.« Ein weiterer Post-it-Zettel kam zum Einsatz und wanderte in die hausinterne Datenbank an der Tür.

Im nächsten Moment wurde die Tür aufgestoßen, und Mattis stürzte herein. »Also, wer wird verhaftet?«, fragte er atemlos im gleichen Wortlaut wie seine Mutter vorher und ließ sich aufs Sofa fallen, was dieses mit einem leisen Klagelaut quittierte. Fink fragte sich, warum so viele Leute die Arbeit der Polizei immer auf Verhaftungen reduzierten. Wobei die vermeintliche Verhaftung in der Regel eine vorläufige Festnahme war, aber dass das eine einen richterlichen Haftbefehl voraussetzte und das andere nicht, hatte er zu erklären inzwischen aufgegeben.

»Ich hab Jojo gesagt, er soll schon mal seine Tasche packen. Darf man sein eigenes Klopapier mitbringen im Knast?«, fragte Mattis vergnügt.

Fink machte den heiklen Schritt, durch den das Gespräch vom entspannten Geplauder unter Bekannten zur amtlichen Befragung durch einen Polizisten wurde. »Wissen Sie etwas über den Aufenthalt eines Ludwig Koska?«, wandte er sich an Michi. Bevor Mattis wie von der Tarantel gestochen hochfuhr und die Tür aufriss, registrierte Fink noch Michis irritierten Blick.

»Kannst deinen Krempel wieder auspacken, Jojo!«, schrie Mattis nach oben. »Der hat's auf Cäsar abgesehn. Sag ihm, er soll am Efeu runterklettern!«

»Mattis, möchtest du dein kleines Hälschen umgedreht bekommen?«, fragte Michi freundlich.

»Au ja!«, sagte Mattis.

»Der Herr Koska ist also hier?« Fink, der inzwischen tief in die weiche Polsterung des Sofas eingesunken war, versuchte, sich etwas aufrechter hinzusetzen. Die Katze auf seinen Beinen ließ ihn mit einem Grummeln wissen, dass sie ihm von diesem Vorhaben abriet.

Michis Sohn nickte. »Hat grade die Vokabeln abgefragt. War zum Heulen. Kriegt Jojo Fernsehverbot, wenn er die Arbeit verhaut?« Er schaute seine Mutter grinsend an. »Nächste Woche läuft die Wrestling-Meisterschaft. Das bringt ihn um, wenn er die nicht gucken darf«, frohlockte er.

»Hättest du die Freundlichkeit, den Herrn Koska runterzubitten?«, fragte Michi übertrieben höflich.

»Aber gern, verehrungswürdige Mutter«, sagte Mattis. Sein Handy begann zu klingeln, und er trabte damit am Ohr aus dem Zimmer.

»Der Ludwig Koska übt mit Jojo Latein, dazu hat mein Sohn merkwürdigerweise keinen richtigen Zugang. Sie wissen, dass der Ludwig früher Lehrer am Bertha-von-Suttner-Gymnasium war?«

»Hab ich schon gehört.«

»Ja, beim Koska hatte ich auch schon Latein«, erzählte Michi. »Er hat mir damals schon eine grausame Ader unterstellt. ›Venenum, das Gift, das ist wieder ein Wort für die Michaela‹, hat er gesagt.« Sie lächelte.

»Ich habe gehört, er wäre ein bisschen … hm … instabil«, bemerkte Fink vorsichtig. »Wohnt er hier?«

»Kann man so nicht sagen. Eigentlich hat er eine winzige Ein-Zimmer-Wohnung am Stadtgraben, da ist er nach seiner Scheidung hingezogen, aber da hat er sich nie so richtig eingewöhnt. Er hat dann bei uns ein bisschen Familienanschluss gesucht. Wir kannten ihn schon länger, weil er ehrenamtlich in der Gemeindearbeit aktiv war. Darum haben wir ihn sozusagen adoptiert. Aber zu eng mag er's auch nicht. Wir haben ihm eine Schlafmöglichkeit in einem Räumchen neben der Sakristei eingerichtet, das schafft immer mal wieder böses Blut bei den ganz Frommen in der Gemeinde.«

Sie nahm einen Schluck Kaffee. Fink bemerkte, dass die Tasse mit dem Streublümchenmuster am Rand leicht angeschlagen war. »Manchmal isst er auch bei uns, aber nach einer Weile zieht's ihn wieder weg. Irgendwie ist er wie eine Art Opa auf der Durchreise. Wir wissen nie so genau, wann er wieder auftaucht. Mal ist er zwei Wochen unterwegs, dann richtet er sich für vier Tage wieder häuslich bei uns ein und bestellt bei mir Sauerbraten zum Abendessen. Ist ein netter Kerl und meine Geheimwaffe bei den Jungs. Bei ihm gibt's kein lautes Wort, aber es läuft trotzdem. Muss die natürliche Lehrerautorität sein.« Sie musterte Fink jetzt mit einem aufmerksamen Blick. »Soll der Ludwig was mit dieser Sache am Rheintor zu tun haben?«

Es war an der Zeit, noch etwas amtlicher zu werden. »Das versuche ich herauszufinden. Wissen Sie, wo er vergangenen Freitag war?« Fink hob die Katze behutsam hoch und legte sie neben sich auf ein Kissen, ohne dass sie Anzeichen von Bewegung oder auch nur Leben gezeigt hätte.

»Nö, Freitag war er auf jeden Fall nicht hier. Er ist gestern wieder hier aufgeschlagen.« Dann wurden Michis Augen sehr rund. »Ah, verstehe. Es ist, weil die Frau, die fast getroffen worden wäre, Holländerin ist und Ludwig da … ähm … schlechte Erfahrungen gemacht hat.« Sie runzelte die Stirn. »Mensch, Herr Fink, das ist schräg.«

»Er hat den Liebhaber seiner Frau damals heftig verprügelt«, sagte Fink. »Es wurde Anzeige gegen Herrn Koska erstattet, und er wurde zu einer Geldstrafe verurteilt.«

Michi nahm einen rot glänzenden Apfel aus einer Holzschale auf dem Tisch und betrachtete ihn abwesend. »Ja, ich weiß. Aber warum soll er nach so langer Zeit plötzlich eine Frau, die ihm völlig fremd ist, mit einem Steinbrocken bewerfen, nur weil sie zufällig aus den Niederlanden kommt wie damals der Liebhaber seiner Frau? Das mit seiner Frau ist doch bestimmt schon zwanzig Jahre her.«

»Ich würde mich trotzdem gern mit ihm unterhalten.«

Michi seufzte und stand auf. »Ja, ich geh ihn holen. Mattis hat's wohl unterwegs vergessen.«

Mutter und Sohn begegneten sich an der Wohnzimmertür, es gab ein kurzes Gespräch, und Mattis kam herein. Er setzte sich auf den Platz, wo vorher seine Mutter gesessen hatte.

»Hat der Cäsar echt was Kriminelles angestellt?« Neugierig war der Junge noch immer, aber Fink sah ihm auch die Verunsicherung an. Er hatte nicht vor, dieses Thema mit ihm zu vertiefen, solange es nicht notwendig war.

»Sag mal, Mattis, was ist das da für eine komische Pflanze?« Er deutete zum Fensterbrett.

Sofort machte sich Begeisterung auf Mattis' Gesicht breit. Er sprang auf und holte die Pflanze an den Tisch.

»Das ist Rodrigez. Eine Limabohne. Jojo macht mit bei ›Jugend forscht, Schüler experimentieren‹, und Rodrigez gehört zu seinem Studienprojekt. Ich helfe ihm dabei. Ist voll cool. Jojo ist echt gut in so was.«

Fink beugte sich interessiert vor. »Wozu sind denn diese Metallplättchen auf den Blättern da?«

»Es geht darum, festzustellen, ob und wie Pflanzen auf menschliche Stimmen reagieren.« Mattis tippte eifrig auf eines der reflektierenden Plättchen. »Hier unten am Topf ist ein Funksender angebracht, der sendet die Signale von Rodrigez an Jojos Laptop. Wenn man die Stimmfrequenz der Person früher schon mal gespeichert hat, kann man feststellen, ob es dieselbe ist, die die Pflanze in dem Moment wahrnimmt, weil sie auf jede Stimme anders reagiert.«

»Wow.« Fink war beeindruckt.

Die Haustür wurde zugeschlagen. Fink hörte, wie sich Michi auf dem Flur mit dem Ankömmling unterhielt, und kurz darauf betraten beide das Wohnzimmer. Hätte Mattis nicht schon hier gesessen, hätte Fink gedacht, er sei eben hereingekommen, denn die Gestalt hatte große Ähnlichkeit mit Michis Sohn. Das gleiche strubbelblonde Haar, das gleiche jungenhafte Gesicht, sogar die flapsige Körperhaltung ähnelte der des Jungen. Der Ankömmling war aber ein Mann, klein und schlank, der eine verwaschene Jeans und eine Wildlederjacke trug.

»Grüß euch«, sagte Pfarrer Lorenz Gabriel und reichte Fink die Hand. »Ich komme gerade vom fröhlichsten Sterbenden der Weltgeschichte. Junge, der hat mir Witze erzählt, ich hab mich unterm Tisch gekugelt.« Er ließ sich auf das andere Sofa plumpsen, genau wie sein Sohn es getan hatte.

»Ist er?«, fragte Michi.

»Ach, woher denn«, antwortete Lorenz und schaute in Michis leere Tasse. »Sah schon ein bisschen angefressen aus, der alte Aeternus, als ich kam. Aber nach dem fünften Schnaps konnte er mir schon wieder die ferkeligen alten Fotos von seiner Frau zeigen.« Er schaute Fink grinsend an. »Die war mal Nackttänzerin vor achtzig Jahren.«

»Klaus Möntgerath, der Opa von unserem Stadtratsmitglied«, erklärte Michi, »ist achtundneunzig und stirbt alle drei Monate. Da ruft er keinen Arzt, sondern den Pfarrer, und das bringt ihn jedes Mal wieder auf die Beine. Eigentlich ist er katholisch, aber er meint, mit einem evangelischen Pfarrer wäre das Sterben lustiger. Wie oft warst du schon da?«

»Sieben- oder achtmal. Deshalb hat ihm Jojo den Namen Aeternus gegeben. Der Ewige.«

Fink wunderte sich wie üblich, dass dieser Mann, der jetzt seiner Frau einen verspäteten Begrüßungskuss auf die Wange gab und nicht wesentlich erwachsener wirkte als sein Sohn, also dass der ein Pfarrer sein konnte, und versuchte vergeblich, ihn sich im Talar vorzustellen. Hätte Lorenz eine tiefere Bräune vorweisen können, wäre er als Surfer vor Hawaii durchgegangen.

Es klopfte an der Tür, und gleich darauf trat ein älterer Mann ein. Er hatte volles ergrauendes Haar und trug eine ausgebeulte Strickweste. Fink wusste nicht recht, warum, aber Ludwig Koska wirkte auf ihn wie ein altgedienter Seebär. Vielleicht lag es an dem gestutzten weißgrauen Bart. Er sah auch keineswegs verlottert aus und verströmte sogar einen Hauch von Aftershave. Fink erhob sich, gab ihm die Hand und stellte sich vor.

»Herr Koska, wir ermitteln im Fall einer Touristin, die im Rheintor eine unerfreuliche Begegnung mit einem Stein hatte.«

Koska blieb stehen und steckte die Hände in die Taschen einer nicht minder ausgebeulten Cordhose. »Die Niederländerin, meinen Sie.« Seine Stimme klang angenehm und kraftvoll. Fink erinnerte sich daran, dass der Mann Lehrer gewesen war und sich gegen den Stimmpegel von dreißig Halbwüchsigen hatte durchsetzen müssen. »Muss ich mich jetzt für jeden Einwohner der Niederlande verantworten, der von der Stange kippt? Soll halt besser aufpassen, wo sie sich hinstellt. Beim Untergang der Titanic sollen auch ein paar Holländer umgekommen sein, aber dafür hab ich ein Alibi.« Er verschränkte die Arme vor der Brust und sah Fink grimmig an. Der ließ sich nicht aus der Ruhe bringen.

»Auch für den vergangenen Freitag, dreizehn Uhr?« Sie schauten sich in die Augen.

»Da war ich auf Missionstour«, antwortete Koska schließlich.

»Wie meinen Sie das?«

»Ich hab versucht, ein paar Andernacher Seelen zu retten.«

Lorenz sprang ihm mit einer Erklärung bei. »Der Ludwig hilft uns manchmal bei der Gemeindearbeit. Besucht kranke Leute, sieht in der Kirche nach dem Rechten und so. Was hast du am Freitag gemacht?«

Ludwig Koska runzelte die Stirn, wiegte sich sachte in seinen Schuhen hin und her und ließ dann ein Lächeln über sein Gesicht huschen. »Ich hab mir ferkelige Bilder angucken müssen. Im Dienste der Nächstenliebe, versteht sich.«

Der Pfarrer lachte schallend. »Ach nee, du auch?«

Michi schüttelte schmunzelnd den Kopf.

»Ich hab Klaus Aeternus Möntgerath besucht. Zwischen dem dritten Glas Küstennebel und dem ersten Foto hat er auf den Papst geschimpft. Er hat gesagt, er wird erst in die Kiste springen, wenn der Papst den Zölibat aufhebt.«

Michi prustete los. »Na, da dürfte unserem Aeternus noch ein ziemlich langes Leben beschieden sein.«

»Um welche Uhrzeit waren Sie dort?«, fragte Fink.

»Ja, am frühen Nachmittag, denke ich. Zwischen Pferderennen und Massage.«

»Ludwig!«, mahnte Michi mit einer Stimme, von der Fink annahm, dass sie damit mühelos ihren Fünf-Männer-Haushalt regierte.

Koska warf ihr einen Blick zu. »Dreizehn Uhr dürfte hinkommen. Im Fernsehen lief gerade ein Bericht über den Papst, den haben wir uns angesehen. Der alte Möntgerath liebt Papstsendungen, da kann er aus vollem Herzen ablästern. Der reinste Jungbrunnen für ihn.«

»Das werde ich überprüfen«, sagte Fink und ließ sich die Adresse des sterbefreudigen Seniors geben, bevor er das Pfarrhaus mit Michis Grüßen an Evi verließ.

16

»Da kommt wieder einer.« Sophia Birre stand neben einem Gestell mit Blusen und Röcken vor einem Bekleidungsgeschäft in der Kramgasse.

»Wie ein Bekloppter«, sagte Carina Bauer.

Die Kramgasse war eine belebte Fußgängerzone, über die man vom Historischen Rathaus zum Marktplatz gelangte. Der Duftkompass führte von den frisch gebackenen Brötchen der Bäckerei am oberen Ende der Straße über den appetitlich-deftigen Fleischwurstgeruch der Metzgerei zu den Äpfeln und Pfirsichen in den Körben des türkischen Gemüsehändlers und dem Imbiss an der Ecke. Für Hungrige war die Kramgasse eine echte Herausforderung.

Sie beobachteten einen Radfahrer, der in hohem Tempo von der Hochstraße in die Gasse einbog und sie herunterschoss. Auf Höhe der Kreissparkasse wich er mit einem waghalsigen Schlenker einer Frau mit einem Buggy aus, in dem ein kleiner, schnullerkauender Junge saß. Die Mutter schrie dem Radler einige nicht kindertaugliche Worte hinterher, die er nicht beachtete.

»Na warte«, murmelte Carina. Sie machte einen todesmutigen Schritt nach vorn und veranlasste damit den heranpreschenden Radfahrer zu einer schlitternden Vollbremsung. Er kippte halb über die Lenkstange, bevor er sich und sein Hightechgerät im Griff hatte.

»Sind Sie völlig bescheuert?«, ereiferte er sich beim Aufrichten, ehe sein Blick auf die zwei uniformierten Polizistinnen fiel. Sein leichter Bierbauch unter dem grün karierten Hemd hatte dafür gesorgt, dass sein Körperschwerpunkt hinter dem Lenker geblieben war und er keinen Purzelbaum darüber hinweg gemacht hatte. Das kurze braune Haar hatte bereits die Reise ins Grau angetreten und war gut zu sehen, denn er trug keinen Fahrradhelm.

»Wie bitte?«, fragte Sophia und legte die Hand auf den Lenker.

»Was wollen Sie?«, fuhr der Mann sie an. »Haben Sie nichts Wichtigeres zu tun, als Radfahrer anzuhalten? Gehen Sie lieber ein paar Verbrecher fangen, dafür werden Sie von meinen Steuergeldern bezahlt.« Er ruckte an der Lenkstange, aber Sophia drückte sie nach unten.

Carina blieb völlig unbeeindruckt. Bei kleineren Verstößen drückten sie und die Kollegen oft ein Auge zu, wenn der Betroffene einsichtig, reuevoll und freundlich und kein Schaden entstanden war. Es ging aber auch anders.

»Ist Ihnen der Bußgeldkatalog der StVO ein Begriff?«, fragte sie. »Den hat der Gesetzgeber extra für Leute wie Sie erlassen, und zwar ebenfalls von Ihren Steuern. Sie fahren hier in unverantwortlichem Tempo durch eine nicht für Radfahrer freigegebene Fußgängerzone, und wir haben beobachtet, wie Sie durch Ihre Fahrweise da oben eine Frau und ein Kleinkind gefährdet haben.« Sie deutete die Straße hinauf. Die blonde Mutter war inzwischen näher gekommen und hatte die Bremsen des Kinderwagens angezogen, um dem Gespräch mit Befriedigung zu folgen. An ihrer Nase blitzte ein sternförmiges Piercing.

»Ich hab nichts gemacht!« Der karierte Radfahrer wollte weder auf Einsicht noch auf Reue, geschweige denn auf Freundlichkeit zurückgreifen.

»Ich glaub, bei Ihnen hagelt's! Sie hätten beinahe meinen Sohn im Buggy umgerissen«, empörte sich die Mutter.

»Also, das macht ein Bußgeld von fünfzehn Euro für Radfahren in der Fußgängerzone«, sagte Carina und deutete auf Sophia, die übernahm.

»Und da das zu einer Gefährdung geführt hat, liegen Sie bei fünfundzwanzig Euro.«

Der Mann öffnete den Mund.

»Und wenn es nicht noch teurer für Sie werden soll, würde ich mir an Ihrer Stelle gut überlegen, was ich jetzt sage«, fuhr Sophia mit der abgeklärten Ruhe einer dreifachen Mutter und langjährigen Polizeibeamtin fort.

»Außerdem sind Sie ein ganz elendes Vorbild für Kinder und Jugendliche, wenn Sie ohne Helm fahren«, erklärte Carina. Inzwischen mahlten die Kiefer des Mannes so heftig aufeinander, dass man ernsthafte Zahnschäden befürchten musste. »Und das kann ich Ihnen sagen: Das Bußgeld ist gar nichts im Vergleich zu den Summen, die Sie zahlen müssen, wenn Sie hier ein Kind umfahren, das Ihnen in den Weg läuft, oder wenn ein alter Mensch zu Schaden kommt, nur weil Sie meinen, hier Tour de France spielen zu müssen. Da werden Sie Ihres Lebens nicht mehr froh.«

Aus der kleinen Menschenmenge, die sich mittlerweile um sie herum angesammelt hatte, drang zustimmendes Gemurmel. Viel hätte nicht zum offenen Applaus gefehlt. Nach Erledigung der Formalitäten mit einem in innerem Groll verstummten Radfahrer zerstreuten sich die Zuschauer bis auf eine ältere Frau mit wirrem grauen Haar. Sie trat einen Schritt vor, faltete die Hände und sagte mit andächtigem Leuchten in den Augen: »Ich habe ihn gesehen.«

Carina blickte erstaunt auf. »Ach, guten Tag, Frau Nose. Ja, wir wissen schon, dass Sie Arnold Schwarzenegger gesehen haben. Das haben Sie uns bereits auf der Wache erzählt, wissen Sie noch? Er saß im ›Casablanca‹, gell? Und der Hauptkommissar Fink hat Sie gebeten, die Sache vertraulich zu behandeln.«

Lydia Nose trat noch näher. »Nein, nein, diesmal war es nicht Arnie.«

Carina und Sophia verkniffen sich mit Mühe ein Schmunzeln. Sie liebten Lydias übertrieben amerikanische Aussprache des Namens.

Lydia verfiel ins Flüstern. »Diesmal hab ich Bruce Willis gesehen. Ich denke, er will zusammen mit Arnie einen Film bei uns drehen. Einen Actionknaller.«

Sophia biss sich auf die Unterlippe. Eine Fünfundsechzigjährige, die beim Gedanken an spektakuläre Stunts, Explosionen und krachend auf Kinne treffende Fäuste vor Aufregung rote Bäckchen bekam, traf man nicht alle Tage.

»Sie haben also einen circa sechzigjährigen, durchtrainierten Glatzkopf gesehen, der ›Yippie-Ya-Yeah, Schweinebacke‹ gerufen hat?«, fragte Sophia.

Carina warf ihr einen überraschten Blick zu.

Sophia zuckte die Schultern. »Das ist sein Markenzeichen als John McClane in den ›Stirb langsam‹-Filmen. Immer wenn er einen Bösen fertiggemacht hat, sagt er: ›Yippie-Ya-Yeah, Schweinebacke.‹«

Lydia nickte bestätigend.

»Ich wusste nicht, dass du auf solche Filme stehst«, meinte Carina.

»He, das dient der Weiterbildung«, antwortete Sophia. »Da habe ich schon einige gute Anregungen in Sachen Selbstverteidigung bekommen.«

»So was wie Hubschrauber in Gebäude stürzen lassen oder ganze Häuserzeilen in die Luft jagen?«

»Genau so was.« Sophia grinste.

»Er hatte keine Glatze«, warf Lydia ein. »Er hatte dichtes schwarzes Haar. Das war natürlich eine Perücke, die machte ihn auch viel jünger, er sah aus wie höchstens vierzig. Und ich hatte ihn mir auch viel kleiner vorgestellt. Aber dafür ist er ja schließlich Schauspieler.« Sie zupfte aufgeregt an ihrer regenbogenfarbigen Jacke. »Womöglich wurde da schon eine Filmszene gedreht, und mir sind nur die Kameras nicht aufgefallen.«

Carina wandte sich ihr zu. »Nur so aus Neugier: Wo haben Sie Bruce Willis denn entdeckt? Hat er mit Schwarzenegger zusammen eine Tortilla gegessen?«

»Nein, er hat am Teich die Enten gefüttert«, antwortete Lydia eifrig. »Er hat ihnen Brotstückchen hingeworfen und sich riesig gefreut, als die kleinen Küken mit ihrer Mutter ans Ufer geschwommen kamen.«

»Frau Nose, wissen Sie noch, was Hauptkommissar Fink mit Ihnen besprochen hat, als Sie Arnie gesehen haben?« Carina nahm Lydia am Arm, führte sie ein paar Schritte weg und senkte die Stimme. »Dass die Promis auch mal anonym sein wollen? Stellen Sie sich vor, Bruce will sich in Ruhe die Sehenswürdigkeiten von Andernach ansehen, die Schlossruine, den Runden Turm …«

»Den Ententeich«, warf Lydia ein.

»… den Ententeich, und dauernd wird er angesprochen, und

jeder will ein Selfie mit ihm machen, da hat der arme Mann doch gar keine Zeit für sich, um sich von seinen anstrengenden Dreharbeiten zu erholen.« Carina klopfte ihr sanft auf die Schulter. »Also, Sie behalten Ihre Entdeckung am besten für sich und halten weiter die Augen offen.«

Lydia nickte. »Ist gut.«

Carina und Sophia wandten sich zum Gehen. Nach wenigen Metern drehte Carina sich noch einmal um.

»Ach, Frau Nose, sagen Sie mal, haben Sie vielleicht ... ähm ... auch schon mal Leonardo DiCaprio hier in der Stadt getroffen?«

Lydia schüttelte den Kopf.

»Ja, gut, war nur so eine Idee.« Auf Sophias erheiterten wie fragenden Blick sagte Carina: »Was denn, man kann schließlich nie wissen.« Sie drehten sich noch einmal winkend zu Lydia um.

Lydia winkte zurück und flüsterte mit Verschwörerstimme: »Yippie-Ya-Yeah, Schweinebacke.«

17

Harry Gräflein war ein Optimist. Er glaubte felsenfest daran, dass sein Leben für ihn mehr süße Kirschen als saure Nierchen bereithielt. Anders war es nicht zu erklären, dass er an diesem milden Maiabend wieder zusammen mit Elektromeister Ewald Münge an der Stadtmauer gegenüber der Polizeiinspektion am Stadtgraben stand und sich auf eine gelungene Vorführung von Ewalds Elektrokünsten freute.

Harry betrachtete träumerisch die Mauer, die von zahlreichen Scheinwerfern von unten angestrahlt wurde und in einem warmen, märchenhaften Licht schimmerte. Vor seinem geistigen Auge erwachte ein mittelalterliches Fest in der kurfürstlichen Stadtburg zum Leben. Die Gäste – schöne Damen in langen Samtgewändern und edle Herren und Ritter mit wappengeschmückten Umhängen – wurden vom flackernden Licht vieler Fackeln empfangen. Hinter den Mauern erklang gedämpftes Lautenspiel, man grüßte und verneigte sich höflich und lachte, Pferde wieherten von den Stallungen herüber, und hin und wieder war das Klirren von Rüstungen und Waffen der aufgestellten Wachen zu hören.

»Dann woll'n wir mal sprengen, gell?« Ewald Münge riss Harry aus seinen Träumen. Der wackere Handwerker zog aus seiner heute frühlingsgrünen Latzhose mit bedächtigen Bewegungen sein schwarzes Kästchen hervor und schaute Harry abwartend an.

»Ja, mein lieber Herr Münge, jetzt bin ich schon sehr gespannt auf Ihr schönes großes Kawumm, das Sie mir versprochen haben.« Harry lächelte ihn aufmunternd an. »Hoffentlich fallen uns die Andernacher nicht vor Schreck vom Sofa.« Er lachte freundlich, fand jedoch in Ewalds unbewegter Miene keinerlei Reaktion darauf. »Sie haben es doch dieses Mal ein bisschen aufregender gemacht, oder? Mehr Knall, mehr Rauch, erinnern Sie sich?« Harry war sich in Anbetracht von Ewalds zenmäßiger Ruhe nicht sicher, ob er sich überhaupt an etwas erinnern konnte, das vor seinem heutigen Abendessen passiert war. Der Optimist in Harry beteuerte aber, Ewalds Gedächtnis sei zumindest noch randvoll gefüllt mit den elektrotechnischen Fertigkeiten und Kenntnissen, die er im Laufe der langjährigen Ausübung seines Berufs erworben hatte.

Ewalds leicht entrückter und sinnentleerter Gesichtsausdruck schürte dennoch leichte Zweifel bei Harry. »Wo haben Sie die Ladungen denn angebracht?«, fragte er, damit er die entsprechenden Stellen im Auge behalten konnte. Nur für den Fall, dass Ewalds Künste als Feuerwerker auch diesmal minimalistisch ausfielen.

Der Elektromeister zupfte erst an seinem grauen Zöpfchen herum und deutete dann auf einen etwas aus der Mauer herausragenden Stein einen halben Meter über ihren Köpfen. »Da geht's rund«, sagte er mit dem Enthusiasmus einer sedierten Schildkröte.

Harry holte tief Luft. »Also los, lassen Sie es krachen.« Er trat einen Schritt zurück und drückte, ohne es zu merken, beide Daumen.

Ewald betätigte den roten Knopf seines Kästchens, und die Wirkung war atemberaubend.

Es gab tatsächlich eine Art Knall. Etwa von der Art, wie ihn Zündplättchen in einer Cowboypistole im Karneval produzieren.

Harry schnappte nach Luft.

Die Reaktion von Ewald konnte er nicht erkennen, denn die gesamte Stadtmauer versank schlagartig im Dunkeln.

Harry brauchte einen Moment, um festzustellen, dass er einen beidseitigen Daumenbruch erleiden würde, wenn er die Spannung in seinen Händen nicht lockerte. »Äh, mein lieber Herr Münge, war das beabsichtigt?«

Die Straßenbeleuchtung am Stadtgraben funktionierte noch. Auch in der Polizeistation und den anderen umliegenden Häuser brannte Licht. Den friedlich leuchtenden Mond hatte Ewald ebenfalls nicht auslöschen können. Aber es war nicht zu leugnen, dass an der Stadtmauer die Finsternis des Mittelalters eingekehrt war.

»Nö«, ließ sich Ewald vernehmen. Dem Knistern nach wickelte er soeben einen Kaugummi aus.

Harry seufzte. Er griff sich mit einer Hand in die Haare, um sich zu sammeln. »Der Knall war schon viel besser als beim letzten Mal. Jetzt wäre es nur noch schön, wenn die Beleuchtung dabei anbleiben könnte. Nicht dass uns die Leute in den Burggraben fallen.«

Kaugeräusche signalisierten Ewalds Standort. »Geht schon«, sagte er. Er verströmte einen Hauch von Pfefferminz. »Ist aber teurer.«

Kemal kam in Peter Emmerleins Büro. »Hast du das gesehen? Drüben an der Stadtmauer sind die Lichter ausgegangen.«

Sie traten ans Fenster und schauten über die Straße.

»Da stehen zwei Typen an der Mauer, wie's scheint«, bemerkte Emmerlein. »Komm, lass uns mal nachsehen. Und ruf vorher noch bei den Stadtwerken an, die sollen sich um den Stromausfall kümmern.«

Schon als sie das Gebäude verließen, flammte die Beleuchtung am Fuß der Stadtmauer wieder auf, und die Personen sowie beider Ratlosigkeit waren gut zu erkennen.

»Ist das nicht der ›elektrische Ewald‹?«, fragte Kemal auf dem Weg über die Straße. »Der soll die Elektrik an unserem Garagentor reparieren. Wir müssen seit drei Wochen im Vorgarten parken.«

»Und den anderen kenn ich doch auch irgendwoher«, sagte Emmerlein. »Oder doch nicht? Nee, aber der sieht genauso aus wie dieser eine Typ.«

Dann standen sie Harry Gräflein und Ewald gegenüber. Der Handwerker packte in aller Seelenruhe seinen Werkzeugkoffer zusammen, während Harry die Polizisten mit einem offensiven Verlegenheitslächeln begrüßte.

»Guten Abend, meine Herren. Ich bin der neue Innovationsmanager von Andernach, Harry Gräflein.« Er schüttelte beiden mit großer Herzlichkeit die Hand. »Es tut mir leid, dass wir hier anscheinend einen kleinen Zwischenfall verursacht haben. Der Herr Münge und ich testen gerade ein neues technisches Konzept für die Spezialeffekte beim Bäckerjungenfest.«

»Ist wohl noch nicht ganz ausgereift«, meinte Emmerlein.

Harry wurde ein bisschen rot, aber die Schummrigkeit der Beleuchtung verbarg es gnädig. »Wir arbeiten noch daran. Der Herr Münge ist auf dem besten Weg.« Er klopfte Ewald aufmunternd auf die Schulter. »Am Ende wird er uns ein richtig tolles Spektakel zaubern.«

»'n Abend, Herr Münge«, sagte Kemal und tippte sich an die Mütze. »Wie sieht's denn mit unserem Garagentor aus? Meine Mom kriegt wegen ihrer platt gefahrenen Büsche langsam die Krise.«

»Morgen«, war Ewalds zuversichtliche Antwort, während er seinen Werkzeugkoffer nahm und den Arbeitstag damit für beendet erklärte. »Gegen Mittag.« Er ließ eine Kaugummiblase vor seinen Lippen schweben und saugte sie wieder ein. »Oder Nachmittag. So, dann will ich mal. Schönen Abend noch.«

Sie schauten ihm nach, wie er als schwarze Silhouette an der Mauer entlang verschwand, ein Mann, der mit sich und seinem Werk im Reinen war.

18

»Ja, der Cäsar war am Freitagmittag hier.«

Klaus Aeternus Möntgerath thronte in seinem Rollstuhl am Fenster. Auf einem Tischchen neben ihm stand ein Glas mit milchiger Flüssigkeit, die nach Hochprozentigem roch. Daneben lag ein abgegriffenes ledernes Fotoalbum.

»Also, der Ludwig Koska. Ich weiß aber nicht genau, wie lange der geblieben ist. An dem Tag hat nämlich der Papst zu mir gesprochen. Mögen Sie ein Küstennebelchen?« Er deutete auf die Flasche, die unter dem Tisch stand.

Dort, wo zuletzt vor zwanzig Jahren weißes Haar seinen Kopf bedeckt hatte, schimmerten jetzt bläuliche Venen unter der altersgefleckten Haut. Aber die hundert Lachfalten um die blauen Augen ließen keinen Zweifel daran, dass dieser alte Mann ein Leben lang auch die kleinste Freude zu schätzen gewusst hatte.

»Lieber nicht.« Carsten Fink schaute sich um. Klaus Möntgerath residierte in einem hellen Raum mit Blick ins Grüne im Haus seines Enkels, Bäckermeister und Ratsmitglied Heiner Möntgerath. Vor dem Fenster glänzten die Blätter einer Birke im Sonnenschein. Von unten zog ein schwacher Duft nach Brathähnchen herauf, der angesichts Evis hormongesteuerter Speisewünsche eigentlich Finks Neid und Appetit angeregt hätte. Heute würde er den geschmacklichen Abwegigkeiten seiner schwangeren Frau aber ein Schnippchen schlagen und sie zum Italiener einladen.

»Also, wie war das mit dem Papst? Was hat er denn zu Ihnen gesagt?« Fink hatte keine Mühe, ernst zu bleiben. Immerhin war der Mann achtundneunzig, da hielt manch einer schon mal Zwiesprache mit Gott oder doch wenigstens mit seinem Stellvertreter auf Erden. Da hatte er schon sehr viel unglaubwürdigere Aussagen gehört.

»Er hat gesagt, ich dürfe jetzt Kondome benutzen«, antwortete Aeternus Möntgerath ruhig. »Nicht dass ich von dem Angebot noch oft Gebrauch machen könnte, aber jedenfalls dürfte ich, wenn ich wollte.«

Da staunte Fink nun doch. »Sie haben eine Vision vom Papst, und er sagt Ihnen, sie sollen Kondome benutzen?«

»Dass ich die benutzen *soll*, hat er nicht gesagt. Vielleicht wollen meine Lotte und ich ja noch mal Nachwuchs haben. Möchten Sie alte Fotos von ihr sehen? Das war mal ein lecker Mädchen, meine Lotte.« Er griff nach dem Album. Nach dem Abnutzungsgrad des alten roten Ledereinbands zu schließen und seiner exponierten Stelle in Möntgeraths Reichweite kam das Album häufig zum Einsatz. Da der aufgeräumte betagte Herr früher aktives Mitglied in zahlreichen Vereinen gewesen war und noch immer einen weitläufigen Bekanntenkreis hatte, wussten vermutlich sämtliche alten Kameraden des Männergesangvereins, des Ruderclubs, des Historischen Vereins und des Turnerbundes, welchen Körper Gott der jungen Lotte vor vielen Jahrzehnten mit auf den Lebensweg gegeben hatte.

»Meine Frau ist sehr eifersüchtig«, sagte Fink. »Ich hab ja schon gehört, dass es hier ganz wilde Fotos von Ihrer Frau zu sehen gibt. Also, der Papst hat Ihnen in Ihrer Vision Kondome erlaubt?« Klaus Möntgeraths Frau war vor drei Wochen neunzig geworden, und selbst angesichts beachtlicher medizinischer Fortschritte und biblischer Präzedenzfälle war eine so späte Mutterschaft doch eher unwahrscheinlich.

»Er hat nur gesagt, ich *könnte*. Und was heißt hier Vision? Meinen Sie, ich wär schon aufs Abnippeln eingestellt? Nee, ich geb den Löffel noch lange nicht ab. Und wenn, wär der Papst sicher der Letzte, den ich dann sehen wollte. Oder doch der Vorletzte. Mein Enkel Heiner steht noch vor dem auf der Liste. Ich hab noch nie einen getroffen, der so unentspannt ist wie der Heiner. Von mir hat der das Krawallige jedenfalls nicht. Der Papst, also der Franziskus, der ist dagegen ja ganz locker, nicht so steif wie sein Vorgänger. Vielleicht würd ich den doch gern mal treffen. Ich hab gehört, der spricht auch Deutsch. Vielleicht spielt der sogar Minigolf, hat er da im Vatikan ja genug Platz für.« Er nieste krachend. »Ich war früher ziemlich fit im Minigolf, konnte ich noch vor fünf Jahren jeden drin schlagen, als meine Beine noch nicht so wackelig waren wie heute.«

Fink hatte geduldig zugehört. Jetzt war aber wieder eine kleine Kurskorrektur nötig. »Also, Sie haben den Papst im Fernsehen gesehen«, nahm er den Faden wieder auf. »War der Herr Koska dabei, als Sie sich die Sendung angeschaut haben?«

»Ja, war er. Da hat er sich gerade den zweiten Küstennebel eingeschenkt. Im Ersten lief der Papst, und das hat mich doch gewundert, dass die den da so Sachen sagen lassen, weil die im öffentlich-rechtlichen Fernsehen ja sonst doch eher verklemmt sind. Nicht so wie bei den Privaten, wo man ja auch schon mal was mehr nackige Haut zu sehen kriegt, hehe.« Er kicherte in sich hinein. »Obwohl die Lotte immer schimpft, wenn ich bei den leicht bekleideten Schauspielerinnen hingucke. Am Freitag«, fuhr er übergangslos und ein bisschen verwirrend fort, »am Freitag war der Papst im Fernsehen, und der Ludwig Koska kam mich besuchen. Und haben beide geredet. Der Papst über die Kondome, der Ludwig Koska über was anderes. Über Holland, glaub ich. Und über seine Ex-Frau. Die soll in Amsterdam in 'ne Gracht reinfallen und ersaufen. So was hat er gesagt. Also, jedenfalls weiß ich nicht mehr genau, wie lange er geblieben ist. Der Koska und der Papst auch. Haben ja beide noch anderes zu tun, als mich zu unterhalten, nehm ich mal an. Ich weiß noch, dass ich drauf gewartet hab, ob der Papst was über den Zölibat sagt, hat er aber nicht. Der Koska kommt öfter mal zu mir, so von der Gemeinde aus, also öfter als der Papst, obwohl ich ja katholisch bin und der Koska zum evangelischen Pfarrer gehört. Der war ja Lateinlehrer früher, also der Ludwig, hat mir sogar einen lateinischen Satz beigebracht. ›Gallia est omnis divisa in partes tres.‹ Das heißt aber nix Ferkeliges, sondern irgendwas mit einer Frau namens Gallia, die in drei Stücke geteilt wird. Hat vielleicht mit 'nem Zauberkunststück zu tun. Ich war ja nicht auf dem Gymnasium, waren ja ganz andere Zeiten damals. Ich musste schon mit vierzehn in die Lehre gehen.«

Als alter Lateiner wusste Fink noch, dass es sich um einen

Satz aus dem »Gallischen Krieg« des echten Julius Cäsar über das geteilte Gallien handelte, sagte aber nichts.

»Wollen Sie nicht doch ein Likörchen, Herr Hauptkommissar? Und wenn Sie sich die Fotos von der Lotte angucken wollen, werd ich Ihrer Frau nix verraten. Die auf Seite neun sind besonders schnuckelig. Da sehen Sie meine Lotte mit zweiundzwanzig, und sie trägt nichts außer einer Badehaube.« Er kicherte und prostete Fink mit seinem Glas zu.

19

Carsten Fink hatte gerade den Motor des Wagens abgestellt, als sein Handy klingelte. Er stieg aus, suchte den Abendhimmel befriedigt nach nicht vorhandenen Regenwolken ab und nahm das Gespräch an.

»Hallo, Fink, mein Freund aus dem schläfrigen Andernach«, tönte Schmitzenbachs Stimme. Im Hintergrund knallte ein Fenster im Durchzug. »Ich kann Ihnen schon mal erzählen, dass die Klarsichthülle, in der das Schreiben gesteckt hat, undefinierbare Massenware ist, die Schrift ist ausgedruckt. Die Tatwaffe, also der Brocken, ist Tuffstein. Den werfen Vulkane gern schon mal um sich, und den gibt's hier in der Gegend überall, findet man sozusagen auf dem freien Feld, an Hangabbrüchen und so. Bei euch in Kretz gibt es ein Tuffbergwerk der alten Römer zu besichtigen, und das Kloster Maria Laach wurde aus Tuffsteinen gebaut. Das führt uns also nicht weiter. Fingerabdrücke oder Faserspuren bisher Fehlanzeige.«

Fink musste zugeben, dass Lutz Schmitzenbach tatsächlich ordentlich recherchiert hatte. Er schaute zu seinem Haus, wo aus dem offenen Schlafzimmerfenster zartgelb gepunktete Gardinen und die Stimmen von Evi und seiner Mutter wehten. Er runzelte die Stirn; die hatte er heute Abend nicht erwartet. Hoffentlich vereitelte sie nicht seine Pizzapläne. Sein Magen knurrte.

»Wegen des Brockens hab ich da noch was«, warf Fink ein. »Es gibt in Plaidt eine Firma Mura, die vertreibt alle möglichen Steine im Großhandel, vom Flusskiesel bis zum halben Matterhorn. Dort gibt es jeden Samstag die Aktion ›Stein für Bein‹.«

Es schnaubte am anderen Ende.

»Da verkauft die Firma Ware von B-Qualität an Selbstabholer für einen guten Zweck«, fuhr Fink fort. »Der Erlös geht an eine Organisation, die behinderte Menschen in Kriegsgebieten mit Prothesen versorgt. Da ist jedes Wochenende ein reges Kommen und Gehen von Heimwerkern, die ihre Auffahrt ausbessern wollen, bis zum Aquarianer, der seinen Fischen das Zuhause mit ein paar neuen Steinen verschönern will. Wenn wir Tatverdächtige haben, werden wir dort die Fotos rumzeigen, aber da wird nicht viel zu holen sein.«

»Jaaa ...«, meldete Schmitzenbach sich wieder zu Wort, »ich habe tatsächlich zwei Personen, die als Tatverdächtige in Frage kommen.« Er ließ diese Aussage einige Sekunden wirken.

Fink spitzte die Ohren. »Gleich zwei?«

»Jawoll. Wie ich mir schon dachte, sind es Andernacher. Ihr seid doch echt ein barbarisches Völkchen.« Er röhrte in den Hörer.

Fink hatte nicht vor, sich zum Auftakt seines Feierabends aufzuregen. Er drehte sich zum Dach seines Wagens um und malte mit dem Finger in die feine Schmutzschicht ein befreiendes »Zack umpf!«.

»Und wer sind diese Personen?«, fragte er dann und wischte seinen staubigen Finger an der Hose ab.

Papier raschelte. »Der eine ist ein Bäcker namens Heiner Möntgerath. Choleriker. Ich meine, Bäcker, ›Mörderischer Bäckerjunge‹, da muss man mal nachhaken.«

»Gibt es ein Tatmotiv?«

»Das findet sich, wir befragen ihn noch. Herr Möntgerath hegt wohl einen Holländergroll, weil ihm die Einfuhr und der Vertrieb eines Gebäcks namens Bakerboys Brezel nicht erlaubt wurden. Die andere Verdächtige ist eine, Augenblick, Nose, Lydia. Hat gestanden, den Stein runtergeworfen zu haben.«

Fink schnaubte. »Tatsächlich?« Die Frau war unbezahlbar. Offenbar hatte Lydia zu ihrer früheren Leidenschaft der falschen Selbstbezichtigung zurückgefunden. Dann siegte aber doch seine professionelle Berufsauffassung. Es ging schließlich um ein versuchtes Tötungsdelikt, da wollte er den Kollegen nicht ohne den Airbag eines Insidertipps gegen die Wand laufen lassen. »Mit der Frau Nose müssen Sie vorsichtig sein, die steht bei uns alle naselang auf der Matte und gesteht Straftaten, die sie nicht begangen hat.«

»Ach ja?« Schmitzenbach lachte. »Ich sag's ja, die Andernacher. Die sind immer für eine Überraschung gut. Aber wir gehen in jedem Fall mal mit Fotos von den beiden zu dieser Steinfirma.«

Fink legte auf und schüttelte den Kopf. Ach, was soll's. Er nahm Schmitzenbachs Bemerkung als Kompliment.

Alle Türen des Kleiderschranks standen weit offen, als Fink das Schlafzimmer betrat. Felix, sein sechsjähriger Sohn, steckte in Finks dunkelblauem Jackett mit mehrfach umgeschlagenen Ärmeln und hielt seiner Oma einen roten Pullover mit einem Spitzeneinsatz am Rücken hin, der Evi gehörte und den Fink sehr aufregend fand.

»Hier, das ist unser neuestes Modell«, sagte Felix ernst.

Margit Fink legte den Kopf schief. Sie trug ein enges rosa Shirt, das Fink für ihr Alter etwas zu quietschig fand. »Ich weiß nicht, ob mir diese Farbe steht. Was meinst du?« Sie wandte sich an ihre Schwiegertochter, über deren Bauch sich ebenfalls ein rosa Shirt wölbte.

»Dieser Pulli passt nicht zu unserem Motto ›Nur die Harten stehn im Garten, style dich frisch für die Gartenarbeit‹. Der ist viel zu elegant. Zeigen Sie uns bitte noch etwas anderes.«

»Ist gut«, antwortete Felix und legte den Pullover auf einen Stuhl, auf dem bereits ein beträchtlicher Stapel von Kleidungsstücken balancierte. Er versuchte, ein Kleid aus dem Schrank zu nehmen, das er erst zu fassen bekam, als Margit ihren Enkel hochhob. »Das hier können Sie gut im Garten tragen, Frau Oma. Es hat ein schönes Muster und große Taschen, da können Sie Möhren reintun und Gummibärchen für mich.«

Fink lehnte sich mit verschränkten Armen gegen den Türrahmen und schmunzelte. Anscheinend spielten die beiden Frauen mit Felix Verkaufen. Das kam wohl nie aus der Mode. Er konnte sich noch erinnern, wie er als kleiner Junge seinen Eltern Nudeln und Reis aus dem Vorratsschrank verkauft hatte.

»Wie viel Zeit haben wir denn noch?«, fragte Evi und drehte sich um. »Ach, schön, du bist schon da, Schatz. Ich hab dich gar nicht kommen hören.«

Fink sah verwirrt auf seine Uhr. »Ich denke, wenn wir in einer halben Stunde losgehen, sind wir früh genug in der Pizzeria.«

Seine Mutter wiegte ungeduldig den Kopf. »Nein, du musst jetzt sagen: ›Bis zum Laufsteg sind es noch zwei Stunden.‹ Die Kandidatinnen bekommen immer die Zeit angesagt, damit sie wissen, wann die vier Stunden Einkaufszeit vorbei sind.«

Fink starrte sie an und entdeckte jetzt den Schriftzug »Shopping Queen« mit einem goldenen Krönchen auf der Vorderseite ihres Shirts. Bei Evi stand stattdessen »Shoppingbegleitung«.

»Wir üben fürs Fernsehen, Papa.« Felix ließ sich von seinem Vater übers Haar streicheln. »Ich bin der Verkäufer, und die Mama muss mit der Oma durch alle Geschäfte laufen und ihr sagen, was sie kaufen soll. Damit sie nicht wieder so ein hässliches Kleid kauft wie das graue, wo du gesagt hast, da drin würde sie nicht mal der böse Wolf fressen.«

Fink erglühte.

Seine Mutter warf ihm den Fünfzehn-Stunden-Wehen-Blick zu. »Meinst du das teure Kleid, das ich mir für Felix' Einschulung zugelegt habe?«

»Ich dachte, du willst bei dieser Sendung nicht mehr mitmachen«, bog Fink in die Ablenkkurve, während er seine Krawatte löste.

»Aber da mach ich so was von mit, wenn ich angenommen werde«, verkündete Margit. »Bisher hab ich mich ja erst beworben, da gibt es natürlich jede Menge Bewerberinnen. Und die Emmi Robst kann sich abschminken, meine Shoppingbegleitung zu werden, nachdem sie sich hinter meinem Rücken selbst beworben hat. Das macht jetzt die Evi. Bis die Sendung tatsächlich gedreht wird, dauert es ja noch ewig, bis dahin ist das Kind längst da und Evi wieder flott unterwegs.«

Carsten Fink hob den Kopf. »Kann es sein, dass ihr diese Fernsehsache ein bisschen zu ernst nehmt?«

»Davon verstehst du nichts«, entgegnete Evi und küsste ihn lächelnd.

»Da gebe ich dir völlig recht.« Er bahnte sich einen Weg zu dem schmalen Schrankteil, das ihm zustand, um sich ein frisches

Hemd anzuziehen. »Aber in diesem rosa Begleitershirt nehme ich dich auf keinen Fall zum Essen mit. Ich habe noch so etwas wie eine männliche Würde.«

»Papa, was ist eine männliche Würde?«, fragte Felix.

An der Tür kicherten die beiden Frauen, und Margit beugte sich zu ihrer Schwiegertochter und flüsterte: »Eine Illusion.«

20

Kemal zuckte zurück. Dabei stieß er gegen den Becher mit den Stiften, der leise scheppernd umfiel. Carina war neben ihm aufgetaucht und zeigte ihm ein zuckersüßes, unheimliches Lächeln.

»Kemal, du hast mir doch neulich das Rezept für diese unglaublich leckeren türkischen Hackbällchen mit Zimt und Oregano gegeben.«

»Ja, Köfte. Ist ein Rezept von meiner türkischen Oma«, antwortete der junge Mann unsicher.

»Genau, und dafür bin ich dir noch einen Gefallen schuldig. Da drüben sitzt er.« Sie deutete zu ihrem Schreibtisch im Nebenraum.

»Wer sitzt da?«, fragte Kemal.

»Der Gefallen«, antwortete Carina und vertiefte das Lächeln von kandiertem Apfel zu Zuckerwatte.

Sobald Kemal das Büro betrat, wusste er, was Carina gemeint hatte. Vor ihrem Schreibtisch saß eine junge Frau, die jedes Topmodel in Selbstzweifel gestürzt hätte. Ihre sonnenfinsternisschwarzen Haare reichten bis zu ihren Jeansshorts, die ihre langen Beine kaum bedeckten. In ihrem Gesicht konnte man sich leicht zurechtfinden, denn Augen, Lippen und Wangen waren jeweils durch starkes Make-up markiert.

»Guten Tag, ich bin Polizeiobermeister Özgür«, sagte er und nahm auf der anderen Seite des Schreibtischs Platz. »Wie kann ich Ihnen helfen?«

Sie schob ihm einen karierten Zettel hin. »Dieser Kerl hat Troja zerstört. Verhaften Sie ihn, Officer!«

»Oh, wow.« Kemal starrte sie an. Er hatte eine tiefe, rauchige Stimme erwartet, umso erstaunter war er über ihren hellen Sopran. »Aber, also, eigentlich ist Troja nicht von einer einzelnen Person zerstört worden, sondern vom Heer der Griechen unter Führung von Agamemnon, dem Fürsten von Mykene. Odysseus hatte sich nämlich die List mit dem großen Holzpferd einfallen lassen, in dem die griechischen Soldaten versteckt waren, und so konnten sie heimlich nach Troja reingelangen und alles verwüsten.« Er zauberte mit Armbewegungen ein riesiges Pferd in die Luft und Männer, die mit Schild und Schwert bewaffnet zu Boden kletterten. »Das hat der Dichter Homer in der ›Ilias‹ beschrieben, und alle Leute haben geglaubt, der hätte sich die Geschichte bloß ausgedacht. Aber dann hat ein Mann namens Heinrich Schliemann den Ort gefunden, wo Troja gestanden hat, in der heutigen Türkei.« Er strahlte. Dann erkannte er am Blick der Frau, dass sie nicht vorhatte, das leere Regal ihrer mythologischen Kenntnisse auffüllen zu lassen.

»Na gut, fangen wir mal mit Ihrem Namen an.«

»Nicole Zummer.« Sie zog einen durchsichtigen Gefrierbeutel aus ihrem Rucksack und reichte ihn über den Tisch. »Hier.«

Kemal drehte ihn hin und her. Im Inneren verschoben sich silberne Kunststoffteile. »Ist das eine DVD?«

»Das war meine ›Troja‹-DVD. Mit Brad Pitt.« Ein weiterer Beutel mit ähnlichem Inhalt folgte. »Und das war ›Thor‹. Mein Ex-Freund hat sie plattgemacht, der hat null Respekt vor meinen Sachen, ich schwör, und ich erstatte Sachbeschädigung gegen ihn.« Sie zeigte auf den Zettel, der vor Kemal lag.

»Sie meinen Anzeige wegen Sachbeschädigung nach Paragraf 303 Strafgesetzbuch«, korrigierte er und betrachtete den Zettel. »Aaron Rasalla. Ist das Ihr Freund?«

Sie warf ihre langen Haare nach hinten. »Jetzt nicht mehr. Mit einem Hammer hat er voll draufgehauen, einem richtig schweren. Aus reiner Bosheit. Ich meine, wie kann man eifersüchtig auf einen Schauspieler sein? Hallo? Aber der Aaron hat sowieso ’nen Knall, der ist auch schon mal wegen Körperbeschädigung verurteilt worden und musste ’ne Therapie machen, da können Sie sehen, wie der drauf ist.«

Kemal machte sich Notizen. »Jetzt meinen Sie Körperverletzung gemäß Paragraf 223 StGB, vielleicht auch gefährliche oder schwere Körperverletzung nach Paragraf 224 beziehungsweise 226.« Er schaute auf und begegnete den Fragezeichen in ihren Augen. »Ah, na ja, also, der Herr Rasalla war fies zu Ihnen und hat ihre DVDs geschreddert.«

»Voll fies. Er hat mir sogar genau erzählt, wie er's gemacht hat. Hat die DVDs bei sich auf der Arbeit auf einen dicken Stein gelegt und draufgedroschen, bis sie nur noch Schrott waren. Der kann sich einfach nicht beherrschen, wenn er sauer ist. Hat sogar schon mal 'nen Stein nach mir geworfen, Officer! Gut, es war bloß ein kleiner, und ich hab mich rechtzeitig geduckt, aber wo er doch sozusagen an 'nem heiligen Ort arbeitet, darf er so was doch gar nicht machen, oder? Und Sie müssen mal hören, wie er über die Touristen ablästert, die da am Kloster rumlaufen. Da hat er einen richtigen Hass drauf, weil die da überall wild parken und er mit dem Transporter manchmal kaum durchkommt. Aber ich hab ihn verlassen, den Psycho, und diesmal geh ich nicht zurück zu ihm, ich schwör, da kann er mir Urlaub auf Malle versprechen, wie er will. Unter Dom Rep kommt er diesmal nicht weg.« Sie schlug die nackten Beine übereinander und lehnte sich zurück.

»Wo arbeitet der Herr Rasalla denn?«, fragte Kemal und bemühte sich, seinen Blick unter Umgehung ihrer Beine zwischen dem Zettel und ihren Augen hin- und herpendeln zu lassen.

»Der ist Steinmetz in der Bildhauerei im Kloster Maria Laach, da, wo die Mönche ihre WG haben, also darf er das doch eigentlich gar nicht, meine Sachen kaputt machen.«

»Das darf man natürlich nirgendwo.« Kemal schluckte und kämpfte kurz gegen seinen übermächtigen Drang nach Wissensvermittlung an, unterlag aber kläglich. »Auch nicht in einem Benediktinerkloster aus dem Jahr 1093.«

Irritierenderweise wurde er mit einem bewundernden Lächeln belohnt. »Wow, was Sie alles wissen.« Nicole beugte sich vor. »Aber ein paar Muckis täten Ihnen gut. Die hat der Aaron, aber er kapiert einfach nicht, dass sich eine Frau auch mal 'nen gebildeten Film ansehen will, so mit Geschichte und so, wo man auch was lernen kann über die Ägypter.«

Diesmal verkniff sich Kemal den Hinweis, dass weder »Thor« noch »Troja« ihr Wissen über das alte Ägypten vertiefen konnten. Während er den Rest ihrer Anzeige aufnahm, machte er sich vielmehr Gedanken darüber, ob ein steinewerfender Selbstkontrollproblemiker mit Hass auf Touristen etwas mit den jüngsten Ereignissen am Rheintor zu tun haben könnte.

21

»Wieder nur Knallzeugen«, sagte Peter Emmerlein, nahm die Mütze ab und setzte sich zu seinen Kollegen. »Habt ihr schon bestellt?«

Er kam gerade von einer Unfallaufnahme und hatte es wie so häufig mit Aussagen von Personen zu tun gehabt, die vom eigentlichen Unfallgeschehen nichts mitbekommen hatten, sondern erst nach dem Krach und Aufruhr des Zusammenstoßes hinzugekommen waren.

»Ja, ich hab einen Dönerteller mit Pommes für dich geordert«, antwortete Carina. Sie saßen im türkischen Imbiss gegenüber der Polizeiinspektion. Zahlreiche hungrige Schüler drängten sich vor dem Verkaufsfenster, und der Inhaber kam mit dem Absäbeln des Fleisches vom Drehspieß kaum nach. Der Duft von gebratenem Fleisch und geröstetem Brot erfüllte den Raum.

»Wo stehen wir?« Fink nahm einen Schluck aus seiner Coladose.

»Wir haben ein paar sehr vage Anhaltspunkte, die überwiegend mit der Nationalität der Reisegruppe zu tun haben«, sagte Carina. Sie reckte den Kopf, um den Fortschritt ihrer Bestellung zu beobachten. »Oh, gut, den Salat hat er schon auf dem Teller. Also, da gibt es den Herrn Ludwig Koska, früher Lateinlehrer am Bertha-von-Suttner-Gymnasium, dessen Ehefrau ihn für einen niederländischen Springreiter verlassen hat. Dieses Ereignis hatte vor zwei Wochen neunzehnjähriges Jubiläum, was ihn vielleicht ein bisschen ungnädig gestimmt hat. Es sieht aber so aus, als hätte er am Tattag den alten Herrn Möntgerath besucht. Beide haben ausgesagt, gemeinsam einen Fernsehbericht über den Papst gesehen zu haben. Tatsächlich ist mittags in der ARD so eine Sendung gelaufen. Insoweit stimmen die Angaben von Koska und dem alten Möntgerath also.«

Eine hübsche junge Frau mit Kopftuch und schönen, orientalisch geschminkten dunklen Augen brachte zwei Teller. »Ihrer kommt auch gleich«, sagte sie lächelnd zu Emmerlein.

Fink schob sich eine Pommes in den Mund. »In Koblenz nehmen sie Bäckermeister Heiner Möntgerath unter die Lupe, der es den Niederländern offenbar heftig nachträgt, irgendeines von seinen Gebäckstücken nicht zu importieren. Er wollte das groß aufziehen und vermutet eine Verschwörung der niederländischen Regierung gegen ihn persönlich dahinter.«

»Ihr Dönerteller ist fertig«, rief der Inhaber, während er mit routinierten Bewegungen ein Fladenbrot mit Rotkohlstreifen füllte. Emmerlein stand auf, um ihn abzuholen.

»Was ist denn das für Gebäck?«, fragte Carina und spießte Fleisch auf die Gabel.

»Da du fragst, ich habe eben ein Anschauungsobjekt gekauft.« Fink zog eine zerdrückte Papiertüte aus der Tasche seines Jacketts und entnahm ihr eine kleine, mit orangefarbenem Zuckerguss überzogene Brezel. »Voilà, die Bakerboys Brezel. Der Name und zugleich die Importverweigerung unserer niederländischen Nachbarn beruht auf dieser Verzierung.« Er deutete auf eine runde Oblate, die in der Mitte der Brezel klebte. Sie war bedruckt mit dem Bild eines Bäckerjungen, der ein Wams und eine hohe Mütze trug. Er glich auf verblüffende Weise dem niederländischen König, allerdings nachdem er einen mehrtägigen Zug durch die Amsterdamer Coffeeshops mit Konsum der dort erhältlichen berauschenden Spezialitäten hinter sich hatte.

»Ja, gut, das ist jetzt nicht wirklich schmeichelhaft«, gab Carina zu. »Aber wenn er dieses Bildchen weglassen würde, könnte sich die Brezel gut verkaufen, allein schon wegen des hübschen Orange.«

»Zu Änderungen ist Herr Möntgerath nicht bereit, weil er sich nicht in seine Kreativität reinreden lassen will«, erklärte Fink. »Ja, so sind die Künstler.«

»Ja, so sind die Sturköppe«, sagte Carina. »Wie schmeckt das Teil denn?«

Fink hielt ihr das Gebäck hin, und Carina biss ein Stück ab.

»Hm, lecker, nach Honig. Jedenfalls soweit ich das nach dem Zaziki beurteilen kann.«

»So richtig tragfähig scheint mir das als Motiv für einen Mordanschlag auf eine Frau, die ihm anscheinend völlig unbekannt ist, aber auch nicht zu sein«, meinte Emmerlein, während er eine dekadent überladene Gabel zum Mund führte.

Fink nickte. »Das seh ich auch so.«

»Was ist mit diesem Steinmetz in Maria Laach?«, fragte Emmerlein.

»Aaron Rasalla«, sagte Carina. »Zweimal wegen Sachbeschädigung und Körperverletzung in Tateinheit mit Beleidigung in Erscheinung getreten. Da haben wir auch kein Motiv, aber der hat wenigstens Zugang zu jeder Art von Steinen.«

»Und nicht zu vergessen Lydia Nose, unsere vielversprechendste Tatverdächtige«, bemerkte Fink.

»Allerdings, die ist ein ganz harter Brocken.« Carina betrachtete einen Zwiebelring auf ihrer Gabel. »Hast du auch alle Erkenntnisse schön an Schmitzenbach weitergeleitet?«

Fink griff nach einer Serviette. »Wir teilen brüderlich alle unsere Ergebnisse.«

Carinas Handy klingelte. Sie führte ein kurzes Gespräch. »Leute, packt zusammen, es gibt Neuigkeiten. Wir haben ein Bekennerschreiben bekommen.«

22

Sie standen um Finks Schreibtisch herum und betrachteten das Fax, das Schmitzenbach ihnen geschickt hatte.

»Das ist das merkwürdigste Bekennerschreiben, das ich je gesehen habe«, erklärte Fink und las es noch einmal laut vor.

»Sehr geehrte Beamtinnen und Beamte der Polizei, als Mörderischer Bäckerjunge möchte ich mich in aller Form entschuldigen. Mit großem Bedauern und Erschrecken habe ich gehört, dass bei meinem Mordanschlag am Rheintor beinahe eine Person niederländischer Herkunft zu Schaden gekommen wäre. Dies lag keinesfalls in meiner Absicht, und ich werde mich bemühen, bei der Auswahl der Opfer eine erhöhte Sorgfalt walten zu lassen, damit ausschließlich Bürger aus Andernach getroffen werden.«

Die Beamten sahen sich ratlos an. »Das kam mit der Post?«, fragte Fink.

»Ja. Schmitzenbach hat auch eine Kopie des Umschlags geschickt«, antwortete Kemal.

Fink las den Absender: »Der Mörderische Bäckerjunge«. Er schaute die Kollegen an.

»Alles ordentlich beschriftet«, sagte Kemal. »Der Text auf dem Umschlag ist wie bei dem Schreiben gedruckt, und es klebt sogar eine Siebzig-Cent-Marke drauf, die ordnungsgemäß abgestempelt ist. Ein vorbildlicher Brief, wie er sein soll.«

Carina sah ihn von der Seite an. »Schön, dass du dich auch an kleinen Dingen erfreuen kannst. Ich weiß ja nicht, welche Post du normalerweise kriegst, aber ich finde ein Schreiben, in dem jemand in aller Höflichkeit einen Mordanschlag gesteht, irgendwie beunruhigend.«

Fink legte das Fax auf den Tisch. Er war ein bisschen blass geworden. »Mich beunruhigt dabei was ganz anderes. Vielleicht ist es euch bei den geschraubten Formulierungen entgangen, aber der Kerl schreibt, beim nächsten Mal will er sorgfältiger darauf achten, einen Andernacher zu erwischen.«

Jetzt wurden sie alle blass.

»Verdammt, der will noch mal zuschlagen«, sagte Carina leise.

»Ich rede mit Schmitzenbach.« Fink griff entschlossen zum Telefon.

Emmerlein stand auf. »Na, der wird sich zumindest freuen, dass es keinen Koblenzer treffen soll.«

23

»Das ist richtig schön hier.« Emmerlein schaute sich um. »So ein altes Kloster hat schon was, besonders wenn so viel Landschaft drum herum ist. Von da drüben aus kannst du bis zum Laacher See gucken.« Sie schauten zu der riesigen ovalen Oberfläche des größten Sees in Rheinland-Pfalz, die mattblau zwischen den Bäumen hindurchschimmerte. Hier hatte ein Vulkan zuletzt vor mehr als zehntausend Jahren gigantische Mengen an Bims und Asche emporgeschleudert und damit das Rheintal sieben Meter hoch zugedeckt. Bis Italien und Schweden war die Aschewolke getragen worden. Nach dem Absacken der leeren Magmakammer hatte sich der Kessel nach und nach mit Wasser gefüllt. Jetzt lag der See von Wäldern eingefasst wie eine Saphirbrosche hinter den Feldern, und Boote mit weißen und bunten Segeln glitten über ihn hinweg.

»Ja, der Flori und ich kaufen manchmal hier im Hofladen ein. Da gibt es tolle Bioprodukte aus eigener Herstellung und total leckeren Käse und Wein. Die betreiben hier ökologischen Ackerbau, und die Kälbchen dürfen bei ihren Müttern bleiben. Am See kann man auch Tretboote mieten.«

Emmerlein schmunzelte. Philosophiestudent Florian hatte im vergangenen Winter nicht nur Carinas Herz erobert, sondern auch ihr bis dahin nur rudimentär vorhandenes ökologisches Bewusstsein geschärft.

»Wollen wir uns vor der Zeugenbefragung die Abteikirche ansehen?«, fragte Carina.

»Klar, wenn wir schon mal hier sind«, antwortete Emmerlein.

Sie gingen am Hotelrestaurant und der Klostergärtnerei vorbei, und Carina schwärmte von der riesigen Auswahl an Kakteen, von denen sie schon einige hier gekauft hatte. Vor der großen Glasfront der Buch- und Kunsthandlung »Ars liturgica« mit ihren bunten Fensterbildern in den Oberlichtern blieb sie kurz stehen und schaute sehnsuchtsvoll durch die Scheibe auf die kunstvollen Kerzen, Leuchter und Engelsfiguren.

»Der Laden ist barrierefrei, da könnte Isabel mit dem Rollstuhl bequem reinfahren«, sagte sie.

»Du solltest eine Quelle für Dekokram niemals in Isabels Beisein erwähnen, wenn du weiter mit mir zusammenarbeiten willst«, nölte Emmerlein und zog sie weiter.

Auf der Treppe, die zu der alten romanischen Abteikirche hinunterführte, hielt sie inne.

Sechs Türme ragten über den drei Schiffen der Basilika auf. An Vorder- und Rückseite flankierten jeweils zwei schlanke Türme einen mächtigen Turm in der Mitte. Die Sonne ließ den gelbbraunen und grauen Tuffstein und den weißen Kalkstein leuchten. Als sie dann durch das rundbogige Portal des flachen Vorbaus traten, fanden sie sich in einem schattigen Kreuzgang wieder, in dessen Mitte ein kleiner Garten angelegt war. Das helle Plätschern eines Brunnens hallte zwischen den schlanken Säulen wider; Wasser perlte aus den Mäulern von vier Löwenköpfen, die ein Becken trugen.

»Das ist das Paradies«, sagte Carina mit gedämpfter Stimme.

»Ja, ist wirklich schön hier«, stimmte Emmerlein zu. »Ich war als Kind zum letzten Mal hier und weiß nur noch, dass ich eine Heidenangst hatte, in die Krypta unter der Kirche zu gehen. Mein Vater erzählt gern bei Familienfesten, dass ich einen riesigen Aufstand veranstaltet und gerufen hab: ›Nicht ins Gefängnis, nicht ins Gefängnis!‹ Aber das hier hat so eine ganz besondere, lebendige Ruhe.«

Carina lachte. »Ja. Und die Krypta finde ich eigentlich sehr schön, schlicht und irgendwie auf das Wesentliche reduziert. Und übrigens gar nicht gruselig.«

»Das siehst du anders, wenn du vier Jahre alt bist«, sagte Emmerlein.

»Aber ich hab eben gemeint, dieser Vorbau hier wird Paradies genannt«, erklärte Carina. »Und guck mal, hier in den Kapitellen von den Säulen sind Motive eingemeißelt. Das ist das Laacher Teufelchen.« Sie zeigte auf das Steinbild eines kleinen Dämons, der mit traurigem Blick die Sünden der Menschen auf einem Stück Pergament festhielt.

Im eigentlichen Kirchenraum roch es nach Kerzen, Blumen und altem Holz. Besucher schlenderten zwischen den Pfeilern der drei Kirchenschiffe herum oder saßen staunend oder in sich versunken in den Bänken. Carina und Emmerlein nahmen ihre Mützen ab. Ihr Blick wurde sofort von dem riesigen Mosaik über dem pfeilergetragenen Baldachin des Altars angezogen. Christus blickte dort vom Chorraum aus auf sie herab, in faltenreiche Gewänder aus braunen und leuchtend blauen Steinchen gekleidet. Das ernste Gesicht des bärtigen jungen Mannes war von einem goldenen und roten Heiligenschein umgeben und hob sich von einem ebenfalls goldenen Hintergrund ab. Seine hellbraunen Augen schauten Peter Emmerlein mit großer Eindringlichkeit direkt an. Den Oberkommissar befiel unter diesem geradezu hypnotischen Blick das schlechte Gewissen, weil er als kleiner Junge seinem Bruder einmal nasse Handtücher ins Bett gelegt hatte. Daran hatte er schon seit Jahren nicht mehr gedacht, aber diese unglaublich intensiven Augen zerrten alles aus ihm heraus und schienen doch gleichzeitig alles vergeben zu können.

»Das geht einem durch und durch, was?«, flüsterte seine Kollegin.

Er deutete auf die ausgestreckte Hand der Figur, in der sie ein aufgeschlagenes Buch mit lateinischer Schrift hielt.

»Was heißt denn das?«, fragte Emmerlein.

»Immer diese Lateinverweigerer.« Carina sah ihn mitleidig an. »›Ich bin der Weg, die Wahrheit und das Leben.‹ Merk's dir, dann kannst du bei Isabel mal damit angeben.«

Die dichte Atmosphäre aus Stille und jahrhundertelang inbrünstig gesprochenen Gebeten beeindruckte Emmerlein zutiefst, obwohl er sich nicht als übermäßig religiös betrachtete. Mit dem weihevollen Gefühl war es dann aber rasch vorbei, als sie sich auf den eigentlichen Grund ihrer Fahrt nach Maria Laach besannen, der in der Bekanntschaft mit Aaron Rasalla bestand.

Sie standen in einem großen, teilweise überdachten Innenhof auf dem Klostergelände und sahen sich zwischen halb fertigen Grabsteinen und Heiligenfiguren um. Eine lebensgroße Muttergottes lächelte mild aus dem Sandstein heraus, und ein etwas kleinerer Christopherus aus Muschelkalk hatte sich mit großem Schritt auf den Weg gemacht, das Jesuskind über einen angedeuteten Fluss zu tragen.

»Brauchen Sie eine Statue für die Polizeiwache?«, fragte eine Stimme hinter ihnen, die kaum weniger voluminös war als der Mann, dem sie gehörte. »Einen heiligen Stibitzius vielleicht? Kann ich Ihnen machen.«

»Herr Aaron Rasalla?«, fragte Carina, ohne seiner feindseligen Haltung Beachtung zu schenken.

»Bin ich.« Die staubige Jeans spannte über seinen Oberschenkeln, und die Nähte seines blauen T-Shirts leisteten über den Bizepsen bewundernswerte Arbeit.

»Uns liegt eine Anzeige wegen Sachbeschädigung gegen Sie vor«, sagte Carina. »Frau Nicole Zummer hat uns mitgeteilt, dass Sie mehrere ihrer DVDs beschädigt haben.«

Aaron grinste hämisch und griff nach einem Hammer, der auf einem Tisch mit Werkzeugen lag. »Wenn ich irgendwo draufhaue, ist da nichts beschädigt, sondern dann ist das platt, das ist mal klar.« Er vollführte kleine Schwungübungen mit seinem Hammer.

»Und die DVDs Ihrer Freundin, die waren auch platt, nachdem Sie die Scheiben behandelt hatten?« Emmerlein behielt unauffällig den Hammer im Auge, der beim Schwingen wuschende Geräusche machte.

Der Steinmetz beäugte Emmerlein. Beide waren große Männer um die ein Meter neunzig, die aussahen, als wüssten sie, wozu man Muskeln gebrauchen konnte.

»Das war es mir wert«, antwortete Aaron. »Ging mir echt auf die Eier, wie Nicole immer diese Hampelmänner angeschmachtet hat. Wenn ich diesen Brad Pitt nur sehe, kriege ich Seitenstechen.« Er ließ den Hammer zurück auf den Tisch fallen. Die übrigen Werkzeuge machten einen Hüpfer.

»Das gibt Ihnen nicht das Recht zur Sachbeschädigung«, sagte Carina. »Für welchen Schauspieler Ihre Freundin schwärmt, kann Ihnen völlig egal sein. Ob Brad Pitt oder Leonardo DiCaprio oder sonst wen, das bleibt doch wohl ihr überlassen.«

Emmerlein verkniff sich im Gegensatz zu Aaron ein Grinsen.

»So geschmacksverirrt ist nicht mal Nicole, dass sie wegen so einem Handtuch wie DiCaprio feuchte Augen kriegt.«

Emmerlein stellte sich schnell zwischen die beiden, ehe Carina reflexartig von ihren Handschellen Gebrauch machen konnte.

»Ich weiß gar nicht, was der Aufstand wegen ein paar DVDs soll«, sagte Aaron und klang jetzt deutlich genervt. »Dafür kommen zwei Beamte persönlich bei mir vorbei? Gibt's da sonst nicht einfach einen Anhörungsbogen auszufüllen und gut ist? Ich geb's ja schließlich zu.«

»Wir versuchen außerdem, die Herkunft eines Steins zu klären.« Emmerlein zeigte ihm ein Bild des am Rheintor niedergegangenen Geschosses. »Haben Sie den schon mal gesehen?«

Aaron schaute erst das Bild, dann Emmerlein an. »Wollen Sie mich veräppeln? Nur weil ich Steinmetz bin, kenne ich doch nicht jeden verdammten Stein, der irgendwo in der Gegend rumliegt. Sie machen mir Spaß.«

»Wo waren Sie denn vergangenen Freitag um die Mittagszeit?«, fragte Carina.

Aaron Rasalla starrte sie an. Sie konnte förmlich dabei zusehen, wie er Kiesel und Feldspat zusammenzählte. »Sie kommen mir jetzt aber nicht mit dieser Sache in Andernach, oder?« Seine Stimme pendelte zwischen Drohung und Unglauben.

»Das hier ist hinsichtlich der Vorgänge am Rheintor nur eine informelle Befragung«, stellte Carina fest. »Sie brauchen nichts zu sagen, aber es wäre für alle hilfreich, wenn Sie sich erinnern könnten.« Sie verschränkte die Arme vor der Brust und zeigte so deutlich, dass für sie Zeit ebenso wenig Bedeutung hatte wie für die steinernen Zuhörer um sie herum.

Aaron stemmte seine Bärenpranken in die Hüften, und so

standen sie sich reglos gegenüber. Emmerlein wagte nicht einmal, zu seufzen. Hier waren zwei, die etwas von Zermürbungstaktik verstanden. Das konnte dauern.

In der nahen Abtei begannen die Glocken zu läuten.

24

Harry Gräflein starrte voller Abscheu auf die Leiche. Sie befand sich im fortgeschrittenen Stadium der Auflösung und veranlasste ihn, sein Schinkenbrötchen unangebissen auf den Teller zurückzulegen.

Mit dem Realismus bei Fernsehserien konnte man es auch übertreiben.

Harry mochte Tierdokus. Keine, wo Löwinnen dem schwächsten Gnu einer Herde nachhetzten. So was sah er nicht gern, das schlug ihm auf den Magen. Er konnte sich nicht mal ansehen, wenn sich in »Jurassic Park« der T-Rex das kleine Zicklein einverleibte. Er mochte diese netten Zoosendungen mit den lustigen Kommentaren, wo Elefanten Spaß daran hatten, bei großer Hitze mit dem Wasserschlauch abgespritzt zu werden, und ein anhänglicher Pinguin seinem Pfleger hinterherwatschelte. Und er liebte Reisesendungen mit traumhaften Landschaftsaufnahmen: türkisblaues Wasser auf den Malediven, Wasserfälle, die von kargen Felsen im schottischen Hochland hinabstürzten.

Was die Zuschauer an »CSI: Miami« fanden, war ihm unbegreiflich. Und jetzt beobachtete er »Bones – Die Knochenjägerin« dabei, wie sie diese matschige Leiche in einem Hochglanzlabor untersuchte. Nein, das musste er wirklich nicht haben.

Harry griff mit einer Hand zu seinem Schinkenbrötchen und mit der anderen zur Fernbedienung und befand sich mit einem Knopfdruck mitten in einer Autopsie bei »Medical Detectives – Geheimnisse der Gerichtsmedizin«. Verärgert schaltete er den Fernseher aus. Kein Wunder, dass die Menschen immer mehr verrohten und abstumpften, wenn ihnen Hollywood jeden Tag täuschend echte Gummileichen präsentierte.

Er hätte jedenfalls nie Pathologe oder Forensiker werden können. Obwohl, spannend war es schon, welche Informationen ein Toter noch liefern konnte. Harry hatte da mal zufällig einen Bericht gesehen …

Er setzte sich auf. Ein Gedanke nebelte durch seinen Kopf, erst noch konturlos, aber dann nahm er immer mehr Gestalt an. Oh, das war gut! Das war brillant! Das würde Michi Gabriel aus den Socken hauen. Begeistert von seiner eigenen Idee trat er ans Fenster und schaute auf dic hübschen blauen helmförmigen Blumen im Garten, die ihm sein Vormieter vererbt hatte.

Manchmal fragte er sich in aller Bescheidenheit selbst, woher er seine Geistesblitze nahm.

25

»Ich habe überlegt, wie ich es machen soll. Ich hatte gar keine Skrupel, es ging nur um die richtige Technik.« Die dünne Stimme von Clemens Olm zitterte ein wenig. »Und dann fiel mir ein, dass meine Frau keinen Fisch mag. Ich esse sehr gern Fisch, Forelle und Kabeljau oder Scholle, aber Ursula kann Fisch nicht ausstehen, und deshalb kocht sie auch nie welchen. Darum hab ich ihr einen Hai in den Rachen gesteckt, und daran ist sie erstickt.« Seine Stimme war noch leiser geworden, trotzdem konnte Ines Pisalski die Befriedigung in den Worten des Apothekers nicht überhören.

Sie sah ihn auf der gelben Designerliege, die an eine Mischung aus Zahnarztstuhl und Testgerät für Astronauten erinnerte, durchhängen. Seine Augen waren geschlossen, aber seine Lider flatterten wie Schmetterlingsflügel. Lieber Himmel, der Mann war eine solche Lusche. Nicht zu fassen, dass er in den Stadtrat gewählt worden war.

Draußen begann eine Amsel zu zwitschern, und Ines warf einen ärgerlichen Blick zum Fenster. »Hatten Sie diesen Traum schon häufiger?«, fragte sie.

»Nicht den Teil mit dem Hai. Manchmal träume ich, wie ich sie mit Spaghetti erdrossle. Oder wie ich ihr ein besonders scharfes Chili serviere und sie beim Essen in Flammen aufgeht. Puff, und da liegt nur noch ihr Kleid und raucht vor sich hin.« Jetzt kicherte er, legte aber gleich erschrocken die Hände auf den Mund.

Ines Pisalski spielte mit der Spange, die ihre üppigen krausen Haare zusammenhielt. »Was glauben Sie, warum Sie das tun?«

Olm begann, mit der rechten Hand an den Fingern der linken zu ziehen.

Sobald er anfängt, die Finger knacken zu lassen, schmeiß ich ihn raus, dachte Ines angewidert.

»Ich esse gern«, antwortete er. »Ich denke, darum stelle ich mir vor, meine Frau beim Essen umzubringen. Ich träume nie, dass ich sie mit Gift aus meiner Apotheke umbringe, vermutlich, weil ich nicht gern Berufliches und Privates vermische.«

»Ich meine, was denken Sie, warum Sie überhaupt davon träumen, Ihre Frau umzubringen?«, erklärte Ines leicht genervt. »Eine Studie der Universität Spitzbergen besagt, dass vorwiegend Männer mit schwach ausgeprägtem Selbstbewusstsein darüber phantasieren, dem Ableben ihrer Frauen nachzuhelfen. Erkennen Sie sich in dieser Aussage wieder?«

»Ich wusste nicht, dass es in Spitzbergen eine Universität gibt«, sagte Olm.

»Es ist eine Fern-Uni«, sagte Ines. »Beantworten Sie meine Frage.« Sie beugte sich über ihn.

Clemens Olm spürte eine bedrohliche Nähe, öffnete die Augen und zuckte vor ihrer Habichtsnase zurück. »Ursula hasst mich. Sie macht sich vor ihren Schülern über mich lustig.«

»Und vor ihren Lehrerkollegen auch, habe ich gehört«, sagte Ines mitleidlos.

»Ich habe meine Frau immer gut behandelt.« Olms Stimme versank beinahe in den Fluten seiner aufgewühlten Gefühle. »Ich schlage ihr nie einen Wunsch ab. Aber sie nimmt mich nicht ernst. Sie beachtet mich nur, wenn sie Streit anfangen will. Von meinen Skulpturen, die ich in der Apotheke ausgestellt habe, sagt sie, wenn man sie in den Garten stellt, fallen die Vögel vor Lachen tot von den Bäumen.«

Ines hatte das Stein-und-Draht-Opus »Kopf in der Schlinge« gesehen und stimmte Ursula Olm völlig zu. »Meinen Sie, dass Ihre Frau Respekt vor Ihnen hat?«, fragte sie, und es war beiden klar, dass die Frage ausgesprochen rhetorischer Natur war.

Trotzdem klammerte sich Clemens Olm an ein dünnes Ästlein Selbstachtung, das ihn vor dem Absturz in die tiefsten Tiefen der Mutlosigkeit bewahrte. »Ich bin mir nicht sicher.«

Ines atmete tief ein. »Herr Olm, Ihre Ehe wäre besser und für sie beide befriedigender, wenn Sie nicht als unterwürfiger Waschlappen herumlaufen würden. Ihre Frau ist eine starke Persönlichkeit, die sich einen Mann wünscht, der ihr auf Augenhöhe begegnet. Entweder Sie werden dieser Mann, oder Sie sollten die Konsequenzen ziehen und eine Trennung erwägen. So, und jetzt kriegen Sie Ihren Hintern hoch! Das meine ich im übertragenen und im wörtlichen Sinn. Ihre Zeit ist um.«

26

»Nein, nein, nicht so grimmig, bitte! Die Leute kriegen ja Angst vor Ihnen. Sie sind die Andernacher Bäckerjungen, Sie sollen vertrauenerweckend und sympathisch wirken.« Die Stimme von Oliver Merkel hätte bei einem Fotoshooting mit einem zickigen Topmodel nicht genervter klingen können. »Und bitte nicht die Zähne blecken, Herr Fränzje. Herr Döres, die Mütze nicht so tief ins Gesicht. Sibel, hilf ihm mal.« Er drehte sich zu Michi um. »Die beiden halten sich anscheinend für Ninja Warriors. Sie sollen nur dekorativ vor dem Hintergrund der Schlossruine stehen, das ist doch nicht zu viel verlangt, oder?« Er schaute durch seine Fotokamera, die auf ein Stativ montiert war. »Und das Wams von Herrn Döres ist definitiv zu eng, da können Sie sagen, was Sie wollen. Da platzt ja gleich die Schnürung auseinander.«

Michi fragte sich, wie der Fotograf durch seine schwarz getönte Sonnenbrille überhaupt etwas erkennen konnte. Immerhin nahm er sie hin und wieder ab, um damit auf Dinge zu deuten, die sein Missfallen erregten.

Sie standen auf der steinernen Brücke, die den ehemaligen Wassergraben der Andernacher Stadtburg überspannte. Von dem Bau der kurkölnischen Kurfürsten standen noch zwei fensterdurchbrochene Mauern und zwei imposante Türme, die heute in eine freundliche Parkanlage eingebettet waren. Die Sonne schob sich gerade aus einem diesigen Vormittag und brachte den zarten Dunst um den Bogenfries des Bergfrieds zum Leuchten. Es roch nach taunassen Heckenrosen.

Michi fühlte sich für einen kleinen stillen Moment in einer von der Wirklichkeit losgelösten Stimmung verwunschen. Sie dachte, dass dieser Ort heute vermutlich viel hübscher aussah als vor siebenhundertfünfzig Jahren. Die als Andernacher Burg oder Stadtschloss bekannte Anlage hatte nicht prunkvollen Vergnügungen gedient, sondern der Abwehr feindlicher Übergriffe von außen und der Einschüchterung aufmüpfiger Andernacher, die ihren Kurfürsten nicht lieb hatten. Die fanden es gar nicht amüsant, dass die Schießscharten im Pulverturm nicht nur in Richtung Stadtgrenze, sondern auch auf die Stadt und ihre Bürger gerichtet waren.

Damals war die Stadtburg eine der eindrucksvollsten Wasserburganlagen entlang des Rheins gewesen, die auch dem Schutz des hier erhobenen Rheinzolls diente, den die Schiffer zu entrichten hatten. Michi hatte das Modell im Stadtmuseum gesehen, das die Burg vor ihrer Zerstörung zeigte. Wäre sie ein heranrückender Feind gewesen, sie hätte es sich zweimal überlegt, ob sie angesichts des massiven viereckigen Bergfrieds, des sechzehn Meter hohen, runden Pulverturms, eines Treppenturms und eines Wassergrabens wirklich der Burgbesatzung einen Besuch mit Waffen abstatten wollte.

Jetzt standen sie inmitten von grünem Rasen und leuchtenden Blumenrabatten. Sträucher raschelten an den Mauern, wenn Igel in ihnen auf die Pirsch gingen, und hinter den Bäckerjungen konnte Michi durch die leeren Fenster der einstigen Palasmauer Bäume sehen.

Oliver Merkels Genöle riss sie aus ihren Gedanken.

»Herr Fränzje, dieser Bienenkorb ist nicht dazu gedacht, dass Sie ihn auf dem Kopf balancieren!«

Michi schaltete in den Tierbändigermodus. »Fränzje, Bienenkorb runter und mit beiden Händen auf Hüfthöhe nach rechts halten. Döres, Hemd in die Hose, ausatmen, lächeln, in die Kamera gucken! Macht hin, sonst gibt's später kein Feierabendbier.«

In Anbetracht ihres Tonfalls zogen die beiden jungen Männer ihre weißen Hemden und Schürzen über den gelben Kniebundhosen zurecht. Merkels Praktikantin Sibel, eine zierliche junge Frau, die mit ihrer Nervosität keine ideale Ergänzung für den Fotografen darstellte, knüpfte einige der Schleifen an den roten Wämsern neu. Und als Michi auf die weißen Bäckermützen deutete, griffen die beiden Männer synchron nach oben und brachten sie in Form.

»Alle Wetter, die haben Sie ja im Griff.«

Michi drehte sich um und stieß ein »Huch« aus, als sie sich Bauch an Bauch mit Harry Gräflein wiederfand. Sie traten beide einen Schritt zurück.

»Äh, ja, das sind unsere neuen Bäckerjungen, die sind noch nicht ganz im Thema drin.« Sie sah zur Brücke hinüber, wo die Fotoaufnahmen jetzt zügiger vorangingen. Oliver Merkel richtete gerade seine Leuchten neu aus und beauftragte Sibel, die weißen Leinwände, die die Richtung des Blitzlichtes lenkten, zu verschieben. »Die beiden sind bei Festen und verschiedenen Veranstaltungen dabei. Zum Beispiel bei der Aktion ›Andernach schmeckt‹, wo viele regionale Produkte vorgestellt werden. Oder bei den Lesungen einer Mundartdichterin, die Geschichten auf Annenacher Platt schreibt. Und beim Festumzug am Rheinland-Pfalz-Tag.«

Ganz in der Nähe begannen einige Hühner zu gackern. Harry sah sich irritiert um.

Michi winkte ihn zum Rand der Brücke und deutete nach unten in den seit Langem trockengelegten Burggraben. Um ein rotes Holzhäuschen herum liefen mehrere braun gefiederte Hühner und pickten in der Wiese nach Fressbarem. »Die gehören zur ›Essbaren Stadt‹. Die Eier werden jeden Morgen eingesammelt und im FairRegio-Laden auf der Hochstraße verkauft.«

»Das ist ja originell, sozusagen geflügelte Mitarbeiter der Stadt. Sind die das ganze Jahr über hier?« Harry beugte sich über die Brückenbrüstung und beobachtete die Vögel beim Scharren.

»Nein, die sind vergangene Woche hier eingesetzt worden und bleiben bis zum Herbst. Eigentlich sollten sie anschließend in den Kochtopf, aber der Tierschutzverein hat eine Pflegestelle für sie gefunden. Der Stadtrat hat eine Verordnung erlassen, nach der städtische Mitarbeiter nicht geschlachtet werden dürfen.« Michi schaute Harry tiefernst in die Augen.

Harry zögerte. Er wusste einfach nie, wann sie ihn auf den Arm nahm.

»In den Rheinanlagen grasen sogar ein paar Schafe«, erklärte Michi weiter. »Und am Rheintor wurden Bienenkörbe aufgestellt.«

»Herr Fränzje, nicht die Augen zusammenkneifen!«, rief Oliver Merkel auf der anderen Seite der Brücke. »Und Herr Döres, hören Sie bitte auf, Herrn Fränzje mit den Fingern Hasenohren hinter dem Kopf zu machen.«

»Das sind merkwürdige Namen für so junge Männer, oder? Fränzje und Döres?«

»Ach so, nein, die heißen nicht in echt so. Fränzje und Döres heißen die Bäckerjungen der Sage nach. Also Fränzchen und Theodor.« Sie sprach die Namen langsam und übertrieben deutlich aus, hatte aber den Eindruck, dass Harry nicht richtig zuhörte, sondern nur ungeduldig darauf wartete, sein eigentliches Thema vorbringen zu können.

»Im Stadtmuseum hat man mir gesagt, dass ich Sie hier finde«, platzte er dann auch freudig heraus. »Und das passt ausgezeichnet. Ich habe eine großartige Idee für die Stadt.«

»Keine Kogge diesmal?«, fragte sie lächelnd.

»Nein. Viel besser.«

»Und teurer?« Michi sah ihn zweifelnd an, aber Harry strahlte über das ganze Gesicht.

»Nein, eben nicht. Im Gegenteil, mein Projekt bringt sogar Geld in die Stadtkasse. Viel, viel Geld. Und wissenschaftliches Ansehen. Andernach könnte zu einer Pilgerstätte der Forschung werden. Und es könnte zudem touristischen Nutzen bringen. Alles in einem! Eine unglaubliche Win-win-Situation bei nur ganz geringen Investitionskosten.«

Michi machte einen kleinen Schritt von ihm weg. Es war eine nicht rationale Schutzbewegung, falls Harry gleich vor Überschwang explodierte.

»Das klingt ja vielversprechend. Lassen Sie mal hören.«

Harrys Gesicht strahlte dermaßen, dass der Fotograf mindestens eine Leuchte hätte abstellen können. »Wir eröffnen eine Bodyfarm. Und zwar genau hier.« Er breitete die Arme aus.

Michi wünschte von ganzem Herzen, sich verhört zu haben. Er hatte wohl eher Bollywood gemeint, also diese indische Filmfabrik. Er wollte in der Kulisse des Schlossgartens einen exotischen Liebesfilm mit bunten Gewändern, Tanz, Gesang und dem indischen Schauspielschnuckel Shah Rukh Khan drehen. Oder er hatte zwar tatsächlich Bodyfarm gesagt, meinte damit aber eine Wellnessoase, in der adrett gekleidete Mitarbeiter mit kundigen Händen und duftenden Massageölen Verspannungen lösten, Whirlpools kosmetisch verjüngte Körper umblubberten und die Gäste im sündteuren Designersportdress unter einer Glaskuppel Yogaübungen machten.

Ein Blick in Harrys Augen belehrte sie eines anderen, nicht unbedingt Besseren. Michi war krimigeschult und wusste, was eine Bodyfarm war. »Wie meinen Sie das?«, fragte sie trotzdem. Es gab doch immer einen Hoffnungsschimmer, oder?

»Eine Bodyfarm ist eine wissenschaftliche Einrichtung, bei der auf freiem Gelände postmortale Veränderungen von Leichen untersucht werden.« Harrys Stimme klang jetzt so, als würde sie einen Laborkittel tragen. »Anthropologen und Kriminologen können da feststellen, wie die Zerfallsprozesse eines toten Körpers ablaufen und welchen Einfluss Alter, Geschlecht, Todesart und die Umstände der Leichenlagerung haben. Das ist unglaublich spannend, Frau Gabriel. Entomologen untersuchen zum Beispiel die Besiedelung der Leichen durch Insekten und können aus der Anzahl und dem Entwicklungsstadium der Larven Rückschlüsse darauf ziehen, wie lange der Körper schon tot ist und ob er vorher an einem anderen Ort gelegen hat. Das ist eine große Hilfe bei der Aufklärung von Verbrechen.«

Michi fühlte eine hallende Leere in ihrem Kopf. Sie ließ den Blick schweifen, der an dem Bergfried hängen blieb. Kantig und massiv ragte er in den Himmel, vier Stockwerke bedrohlich dunklen Basalts und ein flaches Zeltdach über dem oben aufgesetzten Wachhaus, das die Standfestigkeit des Turms noch betonte. So musst du sein, sagte sich Michi. Fest und unerschütterlich, auch gegenüber Harrys Angriffen auf deine Geduld. Komm, du jonglierst drei Kinder, einen Mann, eine Anzahl von Gemeindemitgliedern und Stadträten, bist ein starkes Weib.

»Ähm, wie genau haben Sie sich das denn gedacht, Herr Gräflein?«

Harry stemmte die Hände in die Hüften und überschaute die

Grünfläche, den runden Pulverturm, den viereckigen Bergfried und die Mauer des Wohngebäudes, die beide Türme verband wie ein Feldherr. »Das ganze Gelände hier wird Forschungsgebiet. Wussten Sie, dass es weltweit derzeit überhaupt nur vier solcher Bodyfarmen gibt, alle in den USA? Wir würden hier eine Vorreiterrolle in Europa einnehmen. Also, die Leichen werden an verschiedenen Stellen ausgelegt.« Er deutete auf die Wiese vor dem Burggraben, das Gebüsch an der alten Befestigungsmauer zu ihrer Rechten und den Platz vor dem Bergfried. »Und drüben geht es ja noch weiter.« Er marschierte über die Wassergrabenbrücke, auf der das Fotografenteam eben zusammenpackte. Michi folgte Harry und zeigte im Vorbeigehen den Bäckerjungen, die ihre Mützen abgenommen hatten und diese in der Art amerikanischer Uniabsolventen in die Luft warfen, sowie dem schwitzenden Oliver Merkel nebst Sibel lächelnd zwei erhobene Daumen.

Sie traten durch das Spitzbogentor in der zweistöckigen Mauer und hätten sich vor siebenhundert Jahren jetzt inmitten des Wohngebäudes befunden, das bis auf diese eine Mauer aber vollständig verschwunden war. Die Mauer wies auf dieser Seite zwischen den leeren, durch Kreuze unterteilten Fenstern noch die Einbuchtungen großer Kamine auf. Wo sich in Wohnhaus und Innenhof die Bewohner vergangener Zeiten aufgehalten hatten, wo Soldaten ihre Schwerter poliert hatten und Gefangene in die Zellen des Turms mit den vier Meter dicken Kerkermauern und den eisenbeschlagenen Eichentüren geführt worden waren, war jetzt sattgrüner Rasen mit grazilen Birken und Blumen in unzähligen Rot- und Rosaschattierungen. Nur eine hohe Pyramide aus steinernen Kanonenkugeln aus der Zeit des Dreißigjährigen Krieges und der Zerstörung der Burg durch französische Truppen Ende des 17. Jahrhunderts erinnerte noch an die militärische Vergangenheit.

»Sehen Sie sich nur den vielen Platz an«, sagte Harry mit einer ausladenden Handbewegung. »Neben jeder Leiche wird eine Digitalkamera installiert, die alle sechs Stunden eine Aufnahme macht, um den Zerfallsprozess zu dokumentieren, und einmal im Jahr gibt es eine Clean-up-Party, bei der die vollständig verwesten Leichen entfernt werden.«

Michi sah sich um und nickte abwesend. Harry hatte sich wie gewohnt gründlich vorbereitet, alle Achtung. »Das Projekt könnte nur ein bisschen mit den Konzerten und Gottesdiensten kollidieren, die hier im Sommer stattfinden.« Sie fühlte das Kribbeln einer gewaltigen Lachexplosion in sich aufsteigen angesichts ihres Versuchs, Harrys völlig abstruses Vorhaben mit sachlichen Argumenten auszuhebeln, statt ihn in ein ruhiges Gebäude mit geschultem Personal in weißen Kitteln einweisen zu lassen. »Die altkatholische Gemeinde nutzt Räume hier im Turm, und die Brautpaare, die im Trauzimmer da oben im Bergfried heiraten wollen, fühlen sich durch die Leichen, über die sie drübersteigen müssten, möglicherweise auch gestört.« Sie biss sich auf die Lippe und musste sich abwenden, um die Tränen in ihren Augen wegzutupfen. Die Hühner im Burggraben begackerten die Idee ausgelassen.

Harry schaute zum Turm hoch. Daher und aufgrund seiner festen Überzeugung, dass dieses Projekt alles andere in den Schatten stellte, entging ihm Michis Reaktion. »Diese Dinge müssten natürlich ausgelagert werden. Wir würden hier ein Labor errichten, und nur Fachpersonal und potenzielle Körperspender, die sich das Gelände einmal ansehen wollen, würden Zugang erhalten. Ein Zaun rundherum hält Unbefugte ab, und da drüben hin kommt ein Element aus durchsichtigem Plexiglas in den Zaun für Touristen und Interessierte.« Er nahm seine Brille ab und klopfte sich mit dem Bügel gedankenversunken gegen die Lippe.

Michi beobachtete ihn. Er trug ein dunkelblaues Jackett zu seinen Jeans, seine Haare im frühen Stadium des Ergrauens waren akkurat geschnitten, und er wirkte sehr seriös und irgendwie vertraut, wie ein Nachrichtensprecher. So konnte man sich irren.

»Aha. Und woher kommen die Leichen? Ich meine, müssen wir die selbst besorgen? Vielleicht mit einer Lotterie: Jeder zehnte Verstorbene wird Forschungsobjekt?«

Harry fühlte sich von ihrem Sarkasmus nicht angesprochen.

»Keineswegs, die Bestückung erfolgt durch Personen, die ihren Körper der Wissenschaft zur Verfügung stellen. Die Farmen in den USA haben weit mehr Bewerber, als sie brauchen. Wissenschaftler aus aller Welt würden kommen und für die Forschungsmöglichkeiten, die wir ihnen zur Verfügung stellen, Unsummen bezahlen. Wir würden einen wertvollen Beitrag für die Wissenschaft und zur Verbrechensaufklärung leisten.« Er lächelte Michi jungenhaft an. »Vielleicht würden Krimis bei uns gedreht.«

Michi holte tief Luft. »Herr Gräflein, ich erkenne durchaus an, dass Sie sich viele Gedanken gemacht und das Projekt gründlich durchdacht haben. Aber es ist völlig, und ich meine damit absolut, vollkommen, allumfassend, vollständig, komplett und durch und durch ausgeschlossen, hier, zumal mitten in der Stadt, so ein Vorhaben zu realisieren. Da könnten wir uns vor Freaks nicht mehr retten. Ich meine, allein schon der Geruch! Also, gehen Sie hin und überlegen Sie sich etwas Schönes, Harmloses, wobei die Betonung auf ›schön‹ und auf ›harmlos‹ liegt, das uns normal veranlagte Gäste in die Stadt bringt. Es darf schon spannend sein, aber vor allem muss es kostengünstig sein und ohne Geruchs- oder andere Belästigung einhergehen. Bitte.«

Damit drehte sie sich um und ließ einen zutiefst zerknirschten Harry Gräflein zurück.

27

»Rück ihn raus.« Jojos Stimme hallte durch den Flur.

»Ich hab ihn nicht«, antwortete Mattis genervt.

»Ich will ihn sofort ausgehändigt haben!«, beharrte Jojo. »Er ist ein wissenschaftlicher Mitarbeiter und gerät bei unsachgemäßer Behandlung in Stress. Gib ihn her.«

»Ich hab ihn nicht genommen, verdammt!«, rief Mattis. »Frag doch Ruben, ob der ihn hat.«

Wenig später stürmte Jojo polternd in Rubens Zimmer. »Ruben, wo ist Rodrigez? Er steht nicht im Wohnzimmer, und Mattis sagt, er hat ihn nicht. Hast du ihn mitgenommen?«

Die dunkelblaue Wolldecke mit den silbernen Sternen, die bis zum Boden über dem Schreibtisch hing, bewegte sich, und Jojos jüngster Bruder steckte seinen blonden Kopf darunter hervor. Neben ihm tauchte das schmale Gesicht seines Freundes Felix Fink auf.

»Rodrigez ist Roddy, der Jedi-Farn«, sagte Ruben. Er hatte große Ähnlichkeit mit Mattis und ihrem Vater, während Jojo Michis dunkle Haare und ihren gefürchteten Blick der Kompromisslosigkeit geerbt hatte.

»Er ist der Farn der Macht«, ergänzte Felix. Er schob ein Laserschwert mit blauer Plastikklinge unter dem Tisch hervor und krabbelte selbst hinterher.

Jojo zog die Augenbrauen hoch. »Was ist er?«

»Wir haben beim Ausflug vom Kindergarten einen Farn gesehen, das hat uns die Frau Nill erklärt.« Ruben kroch mit seinem roten Lichtschwert unter der Decke durch. »Ich finde, Jedi-Farn klingt voll weltraummäßig.« Er legte sich noch einmal auf den Bauch und zog Jojos Pflanze aus der Schreibtischhöhle.

Jojo nahm den Blumentopf an sich. »Rodrigez ist eine Limabohne. Und sie ist nicht zum Spielen da, das hab ich dir doch schon erklärt. Die brauche ich für ›Jugend forscht‹.« Er untersuchte die Pflanze eingehend. »Wenn ihr sie beschädigt, kriegt ihr Ärger. Guckt mal, hier ist eine Platine locker.« Er drückte eines der silbernen Plättchen, die auf den Blättern klebten, fest und kontrollierte die Drähte, die von den Platinen zu einem kleinen Schalter führten, der an dem Laborkittel-Blumentopf befestigt war. »Und der Schalter hier sollte ausgestellt sein, sonst sammelt Rodrigez unkontrolliert Daten.«

»Kann er uns hören?«, fragte Felix leise. »Nimmt Rodrigez unsere Stimmen auf? Mein Papa hat nämlich gesagt, das darf man nicht.«

Jojo pustete ein paar Staubflusen von seinem wissenschaftlichen Mitarbeiter. »Nein, also, er nimmt nicht die Worte auf, sondern nur die Schwingungen, die eine Stimme erzeugt, und die leitet er an den Laptop weiter. Man kann also nicht hören, was einer sagt. Aber ich will beweisen, dass man mit den Schwingungskurven feststellen kann, wer gesprochen hat. Ich habe nämlich die Theorie, dass die bei jedem Menschen einzigartig sind.«

Ruben malträtierte währenddessen mit dem Laserschwert seine Bettdecke. Sein Wissenschaftler-Gen war eher unterentwickelt. Aber in Felix fand Jojo einen interessierten Zuhörer.

»Wer soll denn jetzt unser Jedi-Farn der Macht sein?«, maulte Ruben.

»Holt euch die Venusfliegenfalle aus dem Flur«, meinte Jojo auf dem Weg zur Tür. »Die ist viel weltraummäßiger. Die kann dann auch gleich die galaktischen Robofliegen fressen.«

»Das wollten wir ja, aber Mattis hat gesagt, Rodrigez würde mit den silbernen Platten viel besser in ein Raumschiff passen«, entgegnete Ruben.

Während oben eine Tür geknallt wurde und Jojo schreiend in Mattis Zimmer stürzte, klingelte Fink an der Haustür. Pfarrer Lorenz Gabriel öffnete, und sofort überfiel das Gebrüll, das schon durch die geschlossene Tür zu ihm gedrungen war, Finks Ohren mit ungebremster Lautstärke.

»Ui, Meditationsurlaub könnt ihr hier nicht anbieten«, sagte Fink lachend.

Lorenz Gabriel trat zur Seite. »Warten Sie's ab, bei Ihnen sind die friedlichen Ein-Kind-Zeiten ja auch bald vorbei. Wie geht es Ihrer Frau?«

»Wächst, blüht und gedeiht. Ich komm Felix abholen.«

Oben fiel etwas Schweres polternd zu Boden. Sie hörten die tiefe, ruhige Stimme von Ludwig Koska. »Wenn ihr nicht sofort Ruhe gebt, lernt jeder von euch zwanzig Lateinvokabeln extra.«

»Im Kindergarten haben wir doch gar kein Latein«, lamentierte Ruben.

»Ich will welche lernen«, hörte Fink seinen Sohn. »Was heißt ›Diebstahl‹ auf Latein?«

Lorenz schaute sich um, fasste den erstaunten Fink am Ärmel und zog ihn in sein Arbeitszimmer. Er schloss die Tür sorgfältig hinter ihnen. »Ich hab da was mit Ihnen zu besprechen. Dienstlich. Also Ihr Dienst, nicht meiner.« Er bot Fink einen Platz auf dem Stuhl vor dem Schreibtisch an. Es duftete schwach nach Kaffee. Der Geruch weckte in Fink eine heftige Begierde nach Koffein. »Ermitteln Sie noch gegen unseren Ludwig Koska?«

Fink setzte sich. »Ich kann Ihnen keine Einzelheiten von den laufenden Ermittlungen nennen. Wir sind hier ja eigentlich auch gar nicht zuständig, sondern die Kripo Koblenz.«

»Ich kann Ihnen wegen dem Ludwig aber was sagen.« Lorenz hielt inne, ging zum geöffneten Fenster und schloss es. »Meine Frau ist unterwegs, aber ich will kein Risiko eingehen«, flüsterte er. Er schob eine modern aussehende Bibel, die kleine Figur einer fliegenden Friedenstaube und einen halb vollen Kaffeebecher, die Quelle des verheißungsvollen Duftes, zur Seite und setzte sich halb auf seinen Schreibtisch.

Fink beugte sich vor.

Lorenz beugte sich vor.

»Der Ludwig Koska war es nicht«, flüsterte er. »Der hat nämlich gar keinen Hass auf Holländer.«

»Seit wann nicht mehr?«, fragte Fink erstaunt. »Seine Frau ist doch mit einem durchgebrannt, den Herr Koska dann mächtig verprügelt hat.« Er sah sich verstohlen nach einer Kaffeemaschine um. Seit Evi schwanger war, trank sie weder Alkohol noch Kaffee. Aus Solidarität verzichtete er zu Hause ebenfalls auf beides, aber gerade jetzt überkam ihn ein kaum bezwingbares Verlangen. So fühlten sich also Evis Schwangerschaftsgelüste an. Er bedauerte seine Frau von Herzen.

»Ja, das war der Joost. Hehe, den hat der Ludwig ordentlich verdroschen.« Lorenz warf einen Blick auf Fink und unterdrückte ein Grinsen. »Ein Jahr nachdem Ludwigs Frau Marion mit dem Joost auf und davon ging, rief Joost den Ludwig an und hat sich zum Gotterbarmen über Marion beschwert. Wie anstrengend sie wäre und so anspruchsvoll, wollte jeden Tag ins Restaurant essen gehen, weil sie nicht kochen kann, und würde sich nicht die Bohne für Pferde interessieren. Mögen Sie einen Kaffee?«

»Ja, bitte«, stieß Fink hervor und erschrak ein bisschen über die Gier, die aus seiner Stimme klang.

Lorenz verschwand in der Küche, kehrte mit einem dampfenden Becher zurück und schloss wieder bedachtsam die Tür hinter sich. »Der Joost war damals Springreiter oder so was Ähnliches und hatte auch ein kleines Gestüt. Als er die Frau Koska kennenlernte, hat sie wohl so getan, als kriegte sie sich vor lauter Pferdeliebe gar nicht mehr ein, und kaum war sie bei ihm eingezogen, hat sie über den Stallgeruch die Nase gerümpft, wollte zu keinen Turnieren mitfahren und nörgelte, dass sie auf Heu allergisch reagiere.«

Fink und er prosteten sich mit ihren Kaffeebechern zu.

»Da hing dann wohl der holländische Haussegen schief«, mutmaßte Fink.

»Aber so was von. Jedenfalls rief Joost regelmäßig bei Ludwig an, und die beiden lästerten dann über Marion ab. Darüber wurden sie richtig gute Kumpel. Sie trafen sich ab und zu, natürlich ohne dass Ludwigs Ex-Frau davon wusste, Ludwig kam zu Reitturnieren mit, und sie stellten fest, dass sie sich beide für alte römische Funde begeisterten. Der Ludwig hat mit der Zeit sogar ganz gut Niederländisch gelernt. Joost hat die Marion dann irgendwann in den Wind geschossen und eine andere geheiratet. Ludwig war sein Trauzeuge.«

Fink pfiff leise. »Und die beiden verbindet also seit Ewigkeiten eine dicke Männerfreundschaft?«

Lorenz stellte seinen Becher auf den Tisch. »So isses. Von Hass auf die gesamte niederländische Nation kann keine Rede sein.«

»Warum hat Herr Koska mir das nicht erzählt, als ich ihn befragt habe? Und Ihre Frau auch nicht?«

Der Pfarrer zuckte die Schultern. Ein paar blonde Haare fielen ihm in die Stirn. »Dem Ludwig ist es peinlich, mit dem Ex-Liebhaber seiner Ex-Frau befreundet zu sein. Das passt nicht in seinen persönlichen Ehrenkodex. Und Michi weiß nichts davon. Sie hat eine Schwäche für den Ludwig. Also, nichts Romantisches oder Erotisches«, fügte er schnell hinzu. »Eher so, wie man heimatlose Tiere, die man irgendwo findet, adoptiert. Sie denkt, Ludwig wäre seit der Sache mit seiner Frau ein bisschen wurzellos, und freut sich, dass sie ihn unter ihre Fittiche nehmen kann. Und er hilft hier ja auch überall mit, im Haus und mit den Jungs, und Ludwig ist froh, ein bisschen betuttelt zu werden und Familienanschluss zu haben. Er denkt, wenn Michi erfährt, dass er gar nicht mehr unter der Sache mit seiner Frau leidet, dann stellt sie auch das Programm ›Gebt Ludwig Koska ein Zuhause‹ ein.«

Fink lehnte sich zurück, nahm genüsslich einen Schluck und dachte nach. »Das ist ein bisschen gemein Ihrer Frau gegenüber, oder?«

Lorenz nickte schuldig. »Ich weiß es aber auch erst seit vier Wochen. Ludwigs Handy war kaputt, und Joost rief bei mir an, um einen Termin mit Ludwig abzusagen. Da ist es dann rausgekommen.«

Fink stand auf. »Na gut, das war sehr informativ, Herr Gabriel. Ich denke, Sie und Herr Koska sollten das irgendwann mit Ihrer Frau klären.«

»Schon klar. Aber wir haben ein bisschen Angst vor ihr«, murmelte Lorenz.

»Dann führ ich jetzt mal meinen Sohn ab«, sagte Fink und ging zur Tür. Das Grinsen über Lorenz' letzten Satz konnte er sich immerhin bis zum Flur verkneifen.

28

Kemal drückte auf den Türöffner. Er sah jeden Tag alle möglichen Leute in den Vorraum der Polizeiinspektion kommen, aber ein groß gewachsener Mönch in schwarzer Kutte war nicht allzu oft dabei. Deshalb lag es wohl an seinem Erstaunen, dass ihn seine umfassenden Kenntnisse in allen Lebenslagen in Bezug auf die Anrede des Besuchers kurzzeitig im Stich ließen.

»Was kann ich für Sie tun, Heiliger Vater?«, fragte er durch das Sprechfenster der Glasscheibe.

Der Mönch lächelte. »So weit ist es noch nicht, mein Sohn, aber ich arbeite daran. Die korrekte Anrede ist ›Vater Abt‹ oder einfach ›Herr Abt‹.«

Nach einem winzigen Moment der Wissensschwäche war Kemal wieder im richtigen Fahrwasser. »Ja, und das kommt vom hebräischen Wort ›abba‹, das heißt ›Vater‹.«

»Sie sind ja ein pfiffiger junger Mann. Sind Sie katholisch?«

Kemal strahlte. »Meine Mutter ist katholisch, mein Vater ist Muslim. Ich bin Muslim mit Aussicht auf Weihnachtsgeschenke. Wie kann ich helfen?«

»Ich möchte gern mit jemandem über den Mordversuch am Rheintor sprechen. Ich denke, da kann ich etwas zur Klärung beitragen.«

Kemal führte ihn ins Büro. Dort saß der Abt dann Carina und Emmerlein gegenüber.

»Ich bin Ansgar Rotbichl. Ich stehe der Abtei Maria Laach vor«, sagte er, während er sich neugierig umschaute. »Oh, ein Fahndungsplakat.« Er deutete begeistert durch die offen stehende Tür auf die Flurwand. Seine grau gesprenkelten braunen Haare bildeten an seinem Hinterkopf eine natürliche Tonsur. »Ich komme wegen Aaron Rasalla. Er arbeitet in einem unserer Klosterbetriebe, in der Bildhauerei.«

»Wir haben Herrn Rasalla bereits kennengelernt«, sagte Peter Emmerlein. Er begutachtete Rotbichls Kopf. So hatte seine eigene

Frisur schon in jungen Jahren ausgesehen, bis er beschlossen hatte, den Überlebenskampf seines Resthaares zugunsten einer männlichen Glatze mit integriertem Sex-Appeal zu beenden.

»Herr Rasalla hat mir berichtet, Sie hätten ihn zuerst wegen einer Anzeige befragt, die seine Freundin wegen Sachbeschädigung erstattet hat«, fuhr der Abt fort. »Sind das echte Handschellen? Darf ich mal sehen?«

Carina reichte Rotbichl das Gewünschte. »Richtig. Diese Sachbeschädigung ist auch unstrittig, falls es darum geht.«

»Eigentlich geht es um Ihre Andeutung, Herr Rasalla könnte in Verbindung zu dem versuchten Mord an der niederländischen Dame stehen.« Der Abt untersuchte mit großem Interesse die Handschellen von allen Seiten, bevor er aufschaute und mit leichter Verlegenheit auf die amüsierten Blicke der Polizisten reagierte. »Damit hat er nichts zu tun. Er ist ein Hitzkopf, und ich weiß, dass er auch schon Bekanntschaft mit dem Gericht gemacht hat. Aber er unterzieht sich einer Therapie zur Aggressionsbewältigung und ist auf einem guten Weg. Ich habe ihn ins Gebet genommen, in jeder Hinsicht.« Er lächelte. »Im Grunde seines Herzens ist er ein fleißiger, hilfsbereiter Mensch, der sich nur manchmal irrt, wozu Gott ihm seine Kraft gegeben hat.«

»Wie es aussieht, war Herr Rasalla schon mehrfach der Meinung, seine gottgegebene Kraft wäre im Werfen von Steinen nach unliebsamen Personen gut eingesetzt«, meinte Emmerlein. »Das musste seine Freundin schon am eigenen Leib erfahren, und es liegt auch die Anzeige eines Mannes vor, dessen Wagen Zielscheibe von Aaron Rasallas Wurfattacken war. Herr Rasalla wurde von dem falsch abgestellten Auto am Wegfahren gehindert. Es war ein Fahrzeug mit ausländischem Kennzeichen.«

Der Abt wand sich ein wenig. »Ja, da hat unser Aaron ein Problem. Aber er hat mir gestern auf die Bibel geschworen, in sich zu gehen. Er ist sehr religiös und besucht regelmäßig unsere Gottesdienste. Er arbeitet hart daran, der Versuchung des Jähzorns zu widerstehen. Darf ich mal diese hübsche Kopfbedeckung da anschauen? Das ist doch ein Helm von einem englischen Bobby, oder?«

Emmerlein nahm den Helm vom Regal und stellte ihn vor Rotbichl auf den Tisch. Er hatte ihn vor Jahren voller Stolz auf dem Flohmarkt erstanden, aber feststellen müssen, dass seine Freundin Isabel in Sachen häusliche Dekoration ein anderes Konzept vertrat als er.

»Er konnte uns für Freitagmittag kein Alibi nennen«, erklärte Carina.

Abt Ansgar hielt in der Bewegung inne. Wenn Carina sie richtig deutete, war er gerade im Begriff gewesen, den Helm aufzusetzen. Jetzt ließ er die Arme sinken und schaute sie betreten an. »Tja, das lässt sich leicht aufklären. Herr Rasalla war um diese Zeit in meinem Büro. Ich hatte etwas mit ihm zu besprechen und ihn gebeten, darüber zu schweigen.«

»Worum ging es denn?«, fragte Emmerlein. »Oder würde eine Antwort das Beichtgeheimnis verletzen?«

Der Abt biss sich auf die Unterlippe. »Ich habe Herrn Rasalla den Auftrag für ein Grabmal gegeben. Ach, na, Grabmal klingt jetzt zu monumental. Für einen Grabstein. Genau genommen ein Grabsteinchen.«

Carina fuhr sich mit der Hand ungeduldig über den Nacken. Seit sie ihre dunklen Haare wachsen ließ, spürte sie immer wieder ein Kitzeln, das sie bei ihren kurzen Haaren nicht gekannt hatte. »Na ja, das spricht doch erstens für Ihre Weitsicht und zweitens für Ihre Bescheidenheit, wenn Sie für sich keine protzige Grabanlage bestellen.«

»Nein, die ist ja nicht für mich. Ich habe Aaron gebeten, einen kleinen Stein für meinen Wellensittich Albertus Magnus zu fertigen. Er ist vergangene Woche gestorben. Ich hatte ihn acht Jahre.«

»Oje«, sagte Carina mitleidig.

»Ein Grabstein für einen Wellensittich?«, fragte Emmerlein.

Carina blitzte ihn an. »Es gibt sogar Leute, die bei ihrem alten Ford Fiesta sentimental werden und ihm den Namen einer verflossenen Freundin geben. Merle, glaube ich.«

Emmerlein grunzte leise. »Und warum sollte das niemand wissen?«

Der Gottesmann seufzte. »Die Kirche hat eine kritische Haltung, was diese Art von Bestattung bei Tieren betrifft. Man sollte Tiere nicht vermenschlichen, und als Abt habe ich natürlich gegenüber meinen Mitbrüdern eine Vorbildfunktion. Aber auch so ein kleines Tier wächst einem ans Herz. Ich wollte den lieben Albertus nicht einfach irgendwo einbuddeln, nachdem er mir so lange viel Freude gemacht hat. Und darum habe ich mit Herrn Rasalla am Freitagmittag zusammengesessen und ihm erklärt, was ich mir vorstelle.« Er kramte in der Tasche seiner Kutte und förderte eine Zeichnung hervor. »Hier, sehen Sie mal, das hat er entworfen.«

Die Zeichnung zeigte einen kleinen, unregelmäßigen Stein in Vorder- und Seitenansicht, der auf den ersten Blick ganz naturbelassen aussah. Bei näherem Hinsehen entdeckten sie auf der Vorderseite den wie flüchtig eingravierten Namen Albertus unter einem ausgebreiteten Flügel, der einem Vogel oder einem Engel gehören mochte.

»Oooch«, hauchte Carina.

»Ja, ich finde es auch sehr gelungen«, sagte der Abt und betrachtete die Zeichnung mit einem schmerzlichen Lächeln.

»Ich hätte nicht gedacht, dass Herr Rasalla so gefühlvoll sein kann«, bemerkte Emmerlein trocken.

»Merle!«, zischte Carina.

»Hm«, maulte Emmerlein.

»Ja, vielen Dank, Herr Abt«, sagte Carina. »Das hat uns echt weitergebracht. Ich nehme Ihre Aussage noch auf, dann sind wir auch schon fertig.« Sie standen auf. Hinter Ansgars Rücken warf sie ihrem Kollegen einen auffordernden Blick zu.

»Ja, also, vielen Dank«, schloss sich Emmerlein an. »Und, ja, herzliches Beileid zum dahingeschiedenen Albertus.« Dann fiel ihm etwas ein, und seine Stimme wurde weicher. »Mein verstorbener Opa mochte Wellensittiche. Vielleicht sitzt Albertus jetzt bei ihm und singt ihm etwas vor, und mein Opa streut ihm Körner hin.«

Emmerlein und Abt Ansgar lächelten sich an, und beide empfanden bei dieser Vorstellung eine heitere Art von Trost.

29

»Leg bloß die Zeitung weg, bevor Felix runterkommt«, sagte Evi. Sie mischte Salat in einer großen Glasschüssel.

Fink schaute seine Frau fragend an und blätterte dann durch die Tageszeitung, die er am Morgen noch nicht gelesen hatte. »Warum, sind da irgendwelche schlimmen Bilder drin?«

»Und ob, auf der Andernacher Lokalseite.« Sie tunkte den Finger ins Dressing und schmeckte. Fink lächelte liebevoll. Die kleinen Geräusche, die sie dabei mit den Lippen machte, erinnerten ihn an eine Wasser schleckende Katze. »Mehr Zucker«, stellte sie fest und griff in die Porzellandose.

Fink suchte den Lokalteil. »Welchen Artikel meinst du denn? Ich kann da nichts finden, was für ein Kind ungeeignet ist. Keine Unfallfotos, keine Kriegsbilder und keine nackigen Frauen.«

Evi streute etwas Zucker ins Dressing. »Ich meine das Foto von Clemens Olm und seiner Kunst in der Apotheke.«

Fink drehte die Seite um. »Ach ja, hier hab ich's. ›Bildhauerei und Baldrian: Pharmazeut Clemens Olm stellt eigene Kunstwerke in seiner Apotheke aus.‹ Ich wusste gar nicht, dass er so was kann.« Er drehte die Seite in verschiedene Richtungen und legte dann den Kopf schief. »Was soll das hier auf dem Foto darstellen, dieses Ding, neben dem Olm steht und wie ein Honigkuchenpferd in die Kamera grinst?«

»Es heißt ›Schlingen im Kopf‹ oder ›Kopfloses Geschlinger‹ oder so, und wenn Felix es sieht, wird er im ganzen Haus nach Material für eine eigene Skulptur suchen. Erinnerst du dich an seine letzte künstlerische Schaffensperiode? Sämtliche Handtücher waren zu einem Teppich zusammengetackert, und in die Mitte hatten er und Ruben mit Edding einen Smiley gemalt, der nicht mehr rausgegangen ist.«

»Ach ja.« Fink lachte. »Pfarrer Gabriel hatte den beiden einen Wandteppich in der Christuskirche gezeigt, das hat sie inspiriert.« Er faltete die Zeitung sorgfältig zusammen und stand auf.

»Du weißt, dass ich die künstlerischen und handwerklichen Ambitionen unseres Sohnes in jeder Hinsicht unterstütze«, sagte Evi. Sie versuchte, sich nach einem hinuntergefallenen Küchentuch zu bücken, brauchte aber mehrere Anläufe, um ihren Babybauch zu überlisten und gleichzeitig ihre Brille am Verrutschen zu hindern. »Wir haben zusammen den legendären Kastanien-Eiffelturm gebastelt, deine Mutter hat Gummibärchenmarmelade mit ihm gekocht, und du hast mit ihm und Ruben ein Vogelhaus aus Kochlöffeln gebaut. Aber wenn das Genie mit ihm durchgeht, haben wir hier im Haushalt keinen brauchbaren Gegenstand mehr.«

Fink schüttelte schmunzelnd den Kopf, während er Besteck neben die Teller legte. »Da ist was dran. Es ist recht mühselig, sich nach dem Duschen mit einem Waschlappen abzutrocknen. Aber wer weiß, ob es heute eine ›Mona Lisa‹ im Louvre gäbe, wenn die Mutter zum kleinen Leonardo gesagt hätte: ›Leg die Pinsel weg, räum dein Zimmer auf und geh die Ziegen melken.‹ Ich frage mich bloß, was ein Mann mit so einem Kopfschlingenteil ausdrücken will. So was würde mir im Leben nicht einfallen.«

»Das liegt daran, dass du Ursula Olm nicht kennst. Sie ist manchmal bei uns in der Buchhandlung, um Bücher für ihre Schulklasse zu bestellen, und ich habe noch keine einzige Gelegenheit erlebt, bei der sie nicht über ihren Mann hergezogen wäre. Ganz ehrlich, wenn du anfangen würdest, Kopfschlingenskulpturen anzufertigen, müsste ich mir Gedanken um unsere Ehe machen.«

Felix kam zur Küchentür herein. »Ich hab Hunger. Gibt's jetzt Abendessen?«

Evi strich ihm über das dunkelblonde Haar, das er ebenso wie den schlaksigen Körper von seinem Vater geerbt hatte. »Du kommst gerade richtig. Hast du Hände gewaschen?«

»Ja.« Er rutschte auf seinen Stuhl. »Und nach dem Essen brauch ich die Zeitung. Da ist ein Bild von so einem komischen Teil drin, das wollen Ruben und ich nachbauen.«

30

Sigurd Feis, seines Zeichens Hausmeister bei der Stadt Andernach und stolzer Träger des fünftprächtigsten Schnurrbartes von Deutschland, stand gerade auf einer Leiter, als sein Handy die Titelmusik von »Star Trek« spielte. Als er den Anruf annahm, wurde er zunächst von einem Rauschen begrüßt, ehe es knackte und er eine Stimme hörte.

»Ist das der richtige Knopf, Frau Robst? Der hier unten? Die neue Telefonanlage ist wirklich viel komplizierter als die alte. Das muss man diesen Hanseln von der Kommunikationsfirma mal sagen. Na gut, ich probier es mal.«

»Und nicht wieder so schreien«, erklang die Stimme von Oberbürgermeister Schwalms Sekretärin Emmi Robst im Hintergrund. »Sie können in ganz normaler Lautstärke ins Telefon sprechen.«

»Mach ich ja. Hallo, Herr Feis, hören Sie mich?«, brüllte er. »Hier spricht Franz-Hubert Schwalm, Ihr lieber Oberbürgermeister.«

Feis kletterte von der Leiter, weil er fürchtete, die Schallwellen von Schwalms Stimme könnten ihn sonst herunterschleudern. »Ich hör Sie, Herr OB. Was haben Sie für mich?«

Sigurd Feis war ein rühriger Mann mit prächtiger Körperfülle, die ihm physisch und psychisch eine beneidenswerte Standfestigkeit verlieh. Er hatte sich im Lauf der Jahre beträchtliche handwerkliche Fähigkeiten auf allen Gebieten angeeignet und fühlte sich bei seiner Arbeit in den zahlreichen städtischen Liegenschaften wie Chefingenieur Scotty vom Raumschiff Enterprise, der von der ausgefallenen Beamtechnik im Transporterraum bis zum überhitzten Wharpkern auch alles reparieren konnte.

»Ich unternehme demnächst eine Dienstreise in unsere israelische Partnerstadt Dimona«, schrie Schwalm.

»Was hab ich eben gesagt? Brüllen Sie den Leuten nicht das Ohr ab«, zischte Emmi Robst.

»Ist ja gut«, kam es etwas leiser aus dem Hörer. »Also, Herr Feis, ich werde dort bei einem Ausflug eine Mikwe besichtigen, so ein jüdisches Ritualbad, wie wir auch eines unter unserem Sitzungssaal haben. Und das will ich mir vor der Reise noch mal ansehen, damit ich dort bei meinen Gastgebern mitreden kann und nicht ganz so dumm ... also, damit ich weiß, was die mir da zeigen. Also gehen Sie bitte hin und schauen Sie nach, ob da alles in Ordnung ist, bevor ich komme. Hat der ›elektrische Ewald‹ die Stromleitung dort inzwischen repariert?«

»Ja, der Herr Münge ist endlich fertig geworden, Herr OB, vor einer Woche. Das hätte ich auch selbst hingekriegt.« Er klang nur ein klein wenig beleidigt.

»Ich hab Ihnen doch erklärt, dass wir als Stadt Wert darauf legen, örtliche Handwerker zu unterstützen, denn noch immer tragen heimische Handwerker und Dienstleister zum Gedeihen unserer Wirtschaft in erheblichem Maße bei.«

Feis wartete einen Augenblick schweigend, denn normalerweise ließ Schwalm es nicht bei einem einzigen Satz bewenden, wenn er die Möglichkeit hatte, eine lokalpolitische Rede von Bibellänge zu halten. Der Oberbürgermeister war aber offenbar in Eile, denn er ließ diese kurze Aussage auf sich beruhen und kehrte sofort zu seinem eigentlichen Thema zurück.

»Also, sehen Sie da mal nach dem Rechten, ich komme in einer Stunde.«

»Geht klar, Herr OB. Ich wollte da heute sowieso hin, weil sich noch eine andere Besichtigung angemeldet hat.«

So kam es, dass Sigurd Feis an diesem Vormittag mit seinem Werkzeugkoffer mit dem kleinen Enterprise-Aufkleber im Foyer des Historischen Rathauses stand. Durch die große Fensterwand mit den bogenförmigen weißen Sprossen, die das Foyer von der Stadtbücherei trennte, gönnte er sich einen längeren Blick auf die von ihm heimlich verehrte Irmi Lenz, die am Ausgabeschalter saß und mit wippenden blonden Locken und beschwingten Bewegungen die zurückgebrachten Bücher entgegennahm.

Dann suchte er an seinem Schlüsselbund den passenden Schlüssel und steckte ihn in das Schloss der alten Eichentür, die kaum beachtet neben dem Eingang zum Ratssaal unter einem Türsturz aus Basalt in der Bruchsteinmauer lag. Er ging über die Schwelle und trat in eine andere Zeit ein.

Zuerst fiel ihm wieder die Kälte auf. Sie schob sich aus den uralten Mauern des quadratischen Schachts und stieg aus dem Wasserbecken, das dreizehn Meter unter ihm vom eiskalten Rheinwasser gespeist wurde. Die in den Stein gehauenen Stufen waren rutschig von der Feuchtigkeit, und er würde sich gut an dem Handlauf festhalten müssen, der entlang der Mauern nach unten führte. Über siebenhundert Jahre lang waren fromme Männer und Frauen diese fünfzig Stufen hinabgestiegen, um sich durch das Untertauchen im kalten Wasser spirituell auf ihre Hochzeit, einen hohen Feiertag oder die Begehung des Sabbats vorzubereiten oder um nach der Geburt eines Kindes oder der Begegnung mit dem Tod ihren Geist zu reinigen.

Sigurd Feis berührte mit ehrfürchtigem Schaudern die unebene Wand und fühlte sich fast magisch verbunden mit den Menschen, die hier vor langer Zeit Erneuerung ihres Geistes gesucht hatten.

Der Hausmeister zwirbelte seinen beinahe preisgekrönten Schnurrbart und tastete nach dem Lichtschalter. Na ja, zumindest durfte man annehmen, dass er heute mehr Licht zur Verfügung hatte als die Leute damals. Ewald Münge hatte die Elektrik schließlich doch noch hinbekommen, bevor ein neues finsteres Mittelalter anbrechen konnte. Wenn er bis zum Grund des Schachts hinuntersteigen würde, würde das Wasser im Becken dort unter der Beleuchtung türkisgrün leuchten.

Feis griff nach dem Handlauf und machte einen Schritt auf die erste Stufe. Etwas packte sein Hosenbein.

Er stolperte. Seine Hand fuhr panisch suchend durch die Luft. Sein Schrei hallte dumpf von den Steinmauern wider.

31

»Ich hab den Flori wirklich lieb, aber manchmal macht er mich wahnsinnig.« Carina Bauer hatte die Hände auf den Schreibtisch gelegt und das Kinn daraufgestützt. »Ich meine, seine philosophischen Betrachtungen sind ja interessant und alles, aber irgendwann will man doch auch mal ›White House Down‹ in den DVD-Player schieben und sehen, wie das Weiße Haus in die Luft fliegt. Das willst du doch auch, oder?«

Friedbert hielt nach der zweihundertsten Runde in seinem Laufrad an, setzte sich auf die Hinterbeinchen und dachte vermutlich über die Frage nach.

Carina versuchte, eine Büroklammer über den Tisch zu pusten. »Ich hab ja auch gar nix gegen Meditation. Ich schaffe es jetzt schon, sieben Atemzüge lang ganz still zu sitzen. An gar nichts denken, die Gedanken, die kommen, wie Wolken vorbeiziehen lassen. Das ist toll, ehrlich, richtig befreiend, aber nach dem fünften Atemzug schlafen mir die Beine ein.«

Friedbert nahm seine Laufradrunden wieder auf. Das Rädchen klapperte leise.

»Siehst du, für dich wäre Meditation auch nichts.«

Das Telefon klingelte, und Carina meldete sich.

»Bauer? Sind Sie das? Hier ist Schwalm, kommen Sie schnell. Kommen Sie sofort! Ich sollte ermordet werden! Bringen Sie alle Leute mit, die Sie haben. Und das SEK. Und die Bundeswehr. Und den Technischen Hilfsdienst. Machen Sie schnell! ERMORDET!«

Franz-Hubert Schwalm hechtete auf Fink und Carina zu und riss sie beinahe durch die Drehtür ins Foyer. Fink sah sich einem kleinen Menschenauflauf gegenüber, der um den auf einem Klappstuhl sitzenden Sigurd Feis herumstand. Irmi Lenz, die Bibliothekarin, hielt in bleicher Bestürzung seine Hand. Etliche Leute, wahrscheinlich Besucher der benachbarten Stadtbücherei, redeten aufgeregt miteinander, und ein Sanitäter vom Roten Kreuz legte Feis gerade eine Blutdruckmanschette an und pumpte sie auf.

»Machen Sie sich keine Sorgen um mich«, sagte der Oberbürgermeister zu den Polizisten und deutete auf den Sanitäter. »Mich hat er auch schon aufgepumpt, ich bin in Ordnung und uneingeschränkt in der Lage, meine Amtsgeschäfte weiterzuführen.« Er drehte sich zu seinem Hausmeister um. »Dieser tapfere Mann hat mir das Leben gerettet.« Er trat vor ihn hin und ergriff seine andere Hand. »Sigurd Feis, Sie sind ein Held.«

Spontaner Applaus erhob sich in den Reihen der Schaulustigen. Ein Vater schob seinen kleinen Sohn nach vorn.

Fink hob die Hand. »Jetzt mal bitte Ruhe. Herr Schwalm, was ist passiert?«

»Dieser Mann ist ein Held«, antwortete Schwalm und wies mit ausgestreckter Hand auf Feis. »Der Stadtrat wird eine Straße nach ihm benennen.«

Fink seufzte und trat zu dem Helden.

Der Sanitäter nickte. »Alles gut. Die Werte sind alle normal, keine Verletzungen.« Damit packte er zusammen, wünschte Feis alles Gute und ging.

»Herr Feis, ich bin Hauptkommissar Fink, das hier ist meine Kollegin Bauer«, sagte er sanft. »Was ist denn passiert?«

Carina brachte inzwischen etwas Abstand zwischen Sigurd Feis auf seinem Stuhl und die ihn umringenden Leute.

Feis war blass, aber gefasst. »Der Herr OB wollte sich heute die Mikwe ansehen.« Er deutete nach hinten zu der offen stehenden Eichentür des Judenbads. »Er hat mich gebeten, vorher nachzusehen, ob da alles in Ordnung ist, also hab ich die Tür aufgeschlossen und bin reingegangen.« Er schluckte.

Irmi Lenz reichte ihm sofort mit besorgtem Gesichtsausdruck ein Wasserglas.

»Als ich die erste Stufe runtergehen will, berührt irgendwas mein Bein, hier am Knöchel.« Er zeigte auf die Stelle. »Ich hab mich so erschrocken, dass ich gestolpert bin und fast die Treppe runtergefallen wäre, aber ich konnte mich noch am Handlauf festhalten.« Er atmete tief durch. »Die Leute haben meinen Schrei gehört und sich um mich gekümmert«, fuhr er leise fort. Die Aufmerksamkeit war ihm sichtlich peinlich, was die Bemühungen von Frau Lenz nicht unbedingt einschloss.

Fink nickte Carina zu. Sie ging zur Tür der Mikwe und schaute sich um.

»Es war ein Mordanschlag auf mich«, mischte sich Schwalm ein. »Damit war ganz eindeutig ich gemeint. Irgendein Mordhansel wollte mich umbringen. Da war ein Stolperdraht über die Stufe gespannt, und da hing ein Zettel dran mit einer ganz eindeutigen Mörderbotschaft. Etwas mit Bäck…«

Fink hechtete, für ihn selbst überraschend, auf den OB zu. »Stopp!«, rief er laut. Schwalm wankte verblüfft einige Schritte zurück.

In Finks Kopf sprangen die Gedanken Salto. Er schaute Carina an, die mitgehört hatte und offensichtlich das Gleiche dachte. Bisher konnte alles nur ein Unfall gewesen sein. Ein Draht, der bei Arbeiten auf der Stufe liegen geblieben war, den der Hausmeister beim Betreten übersehen und der ihn dann vor Schreck ins Stolpern gebracht hatte. Aber wenn da tatsächlich ein weiteres Schreiben des »Mörderischen Bäckerjungen« lag, war das ein Alptraum. Dieses Detail vom Anschlag am Rheintor war der Öffentlichkeit nicht bekannt gegeben worden.

Fink ging zu der Tür hinüber. In dem steinernen Gewölbe brannte Licht, man konnte bis zum Absatz sehen, wo die Treppe einen Knick machte. Auf der ersten Stufe lag ein Stück Draht, das noch an einem in Knöchelhöhe in die linke Mauer geschlagenen Nagel befestigt war. Das andere Ende des Drahtes war um einen zweiten Nagel gewickelt, der anscheinend durch Sigurd Feis' Schritt aus der rechten Mauer herausgerissen worden war.

Fink und Carina starrten auf die Klarsichthülle mit dem Zettel, die auf der zweiten Stufe lag. Sie brauchten sich eigentlich gar nicht vorzubeugen, um die Schrift zu lesen, taten es aber trotzdem. Dann richteten sie sich auf und sahen einander an.

»So ein verdammter Mist«, sagte Carina inbrünstig.

»Kann man wohl sagen«, stimmte Fink zu. Adrenalin schoss

sturzbachartig durch seine Adern. »Ich muss Schmitzenbach anrufen.«

Carina wusste nicht, ob er wegen der neuen Ereignisse oder des bevorstehenden Telefonats die Zähne zusammenbiss.

32

»Leute, Leute, was treibt ihr hier bloß?« Lutz Schmitzenbach sah sich stirnrunzelnd um. Die Szenerie ähnelte der vor einigen Tagen am Rheintor. Absperrband, Mitarbeiter der Kriminaltechnik, Scheinwerfer, geordnetes Gewusel. »Was ist das eigentlich für ein Tatort? Ich hab noch nie was von einer Mikwe gehört.«

Fink warf einen kurzen Blick auf Schmitzenbachs Zentimeterkrawatte. Heute war nur der Knoten zu sehen, der Rest verschwand unter einem schwarzen Pullover.

»Das ist ein jüdisches Ritualbad«, erklärte Fink. »Religiöse Juden müssen sich vor oder nach bestimmten Ereignissen einer spirituellen Reinigung unterziehen, indem sie in fließendem Wasser untertauchen. Das Becken unten wird vom Rhein gespeist und erfüllt deshalb die Bedingungen. An der Stelle des Historischen Rathauses hier stand einmal ab dem 12. Jahrhundert eine Synagoge.« Er bemerkte Carinas fragenden Blick. »Ich hab mal eine Stadtführung mitgemacht«, sagte er. »Da hab ich viele spannende Sachen erfahren, die ich noch nicht wusste. Solltest du auch mal machen.«

»In Koblenz haben wir auch eine Synagoge«, bemerkte Schmitzenbach. »Im Rauental, neben dem jüdischen Friedhof. Unsere ist sogar in Benutzung. Wir haben eine aktive jüdische Gemeinde mit um die neunhundert Mitgliedern.« Er schaute Fink herausfordernd an. Der hatte aber keine Lust, sich wieder auf einen lokalpatriotischen Wettstreit einzulassen.

»Das wirft jetzt alle bisherigen Theorien über den Haufen«, meinte Schmitzenbach. »Trotz dieses Entschuldigungsbriefes konnten wir ja die Wut auf Niederländer bislang als Tatmotiv nicht ausschließen. Was ist mit dem Oberbürgermeister?«

»Der ist Deutscher, schon immer gewesen«, antwortete Carina.

»Außerdem ist nicht gesagt, dass er tatsächlich das Opfer sein sollte, auch wenn er es so darstellt«, stellte Fink fest. »Den

Wunsch, die Mikwe zu besuchen, hat er gegenüber Herrn Feis erst kurz zuvor geäußert.«

Schmitzenbach betrachtete den eingetüteten Zettel. »›Dies ist eine Tat des Mörderischen Bäckerjungen‹«, las er vor. »Der gleiche Text wie beim ersten Mal.« Er schaute Fink an und schüttelte den Kopf. »Langsam krieg ich Angst vor euch.«

Am folgenden Tag saßen sie in Finks Büro um eine Schachtel Schokoladenkekse herum, die Lutz Schmitzenbach mitgebracht hatte, und erörterten die ersten Ermittlungsergebnisse. Die späte Nachmittagssonne schien durchs Fenster und ließ die junge Grünlilie Schatten von den Ausmaßen einer prähistorischen Urwaldpflanze werfen.

»Wir haben noch nicht herausgefunden, wie der Täter in die Mikwe gelangt ist«, sagte Schmitzenbach. Er trug ein sehr gelbes Hemd, das man in jeder Werbung für den Farbschutz von Colorwaschmittel hätte einsetzen können. »Der Hausmeister, hm, Sigurd Feis«, er überflog seine Notizen, »hat mich auf die Frage, ob er seine Schlüssel in letzter Zeit aus der Hand gegeben hat, beinahe angefallen. Es gab zwar vor Kurzem Wartungsarbeiten am Tatort mit einem externen Handwerker, einem Ewald Münge, aber Feis schwört, dem habe er keinen Schlüssel überlassen, sondern ihm jeden Tag selbst die Tür aufgeschlossen und nach Feierabend wieder abgesperrt. Und nach Abschluss der Arbeiten hat er alles genau kontrolliert, ob irgendwo ein Werkzeug oder Material liegen geblieben ist, und da war nichts.« Er nahm sich ein Plätzchen. »Während dieser Zeit gab es auch keine Führungen in der Mikwe. Das Personal der Stadtbücherei hat hin und wieder einen Mann im Overall oder in einer Latzhose gesehen, hat aber nicht so genau hingeguckt und kann zu der Person keine Angaben machen. Greift zu, Leute.«

»Was ist mit dem Draht und den Nägeln?«, fragte Fink. Er beugte sich vor, war aber nicht so schnell wie Emmerlein, dessen langer Arm nach vorn schoss und den letzten Keks von Finks Lieblingssorte an sich riss.

»Gewöhnlicher grüner Blumendraht, gibt's in jedem Blumencenter, Heimwerkermarkt, Bastelgeschäft und im Supermarkt in der Haushaltswarenabteilung«, antwortete Schmitzenbach. »Nach ersten Erkenntnissen war die Konstruktion schlampig angebracht. Der Nagel mit dem Draht auf der linken Seite steckte noch im Mauerwerk fest. Das andere Ende war nach Ansicht der Kriminaltechnik so lose in der Mauer befestigt, dass Feis es beim ersten Kontakt gleich rausgerissen hat, oder es hatte sich schon vorher gelöst. Wer auch immer die Mikwe betreten hätte, wäre also wahrscheinlich gar nicht durch den Draht zu Fall gebracht worden. Der Herr Feis hat sich anscheinend nur gewaltig erschrocken, als er an seinem linken Bein den aus der Mauer ragenden Draht fühlte.« Er griff nach seiner Kaffeetasse.

»Es gibt für die öffentlichen Gebäude wie auch die Sehenswürdigkeiten mehrere Schlüsselsätze«, gab Fink zu bedenken.

Der Kollege nickte. »Ja, das haben wir schon bei dem Fall am Rheintor abgefragt. Jetzt fragen wir nach, ob dazu auch ein Schlüssel für die Tür der Mikwe gehört.«

»Wie ist es mit Fingerabdrücken?«, fragte Emmerlein.

»Sind noch in der Auswertung. Vermutlich vom Hausmeister und dem Elektriker. Und von Hunderten Schülern auf Schulausflug und anderen Besuchern. Am Draht, den Nägeln und der Folie mit dem Schreiben war nix.« Er hielt sein Gesicht für einen Moment mit geschlossenen Augen in die Sonne und sah müde aus. Da Carina nicht hier war, übernahm Fink ihren Part, ein bisschen Mitleid mit ihm zu haben.

»Für unsere Rheintor-Verdächtigen …«, begann Fink seinen Satz.

»… die ja sowieso ganz wacklige Kandidaten sind«, warf Emmerlein ein.

»… haben sich inzwischen Alibis gefunden«, fuhr Fink fort.

Schmitzenbach seufzte. »Ludwig Koska hatte ein Stelldichein mit dem Papst und einem lebenslustigen Alten, Aaron Rasalla hatte ebenfalls geistlichen Beistand in Gestalt des Abts vom Kloster Maria Laach, für den er ein Wellensittich-Mausoleum entwirft, und der aufgeregte Bäcker – wie heißt der noch? –,

Heiner Möntgerath, hatte zur Zeit des Steinwurfs eine Privataudienz bei Ihrem Oberbürgermeister Schwalm.«

»Ach, was wollte er denn da?«, fragte Emmerlein.

Schmitzenbach zuckte die Schultern und reckte sich. »Es ging um ein Geschäftsmodell, das sie miteinander zu besprechen hatten. Die Befragung der Teilnehmer der Rheintor-Führung und der Stadtführerin hat auch nichts erbracht, keiner hat was gesehen. Und bei dieser Steinfirma Mura hat keiner einen der Verdächtigen auf den Fotos erkannt, die wir denen gezeigt haben.«

Fink erbarmte sich des letzten Plätzchens. »Ist es nicht merkwürdig, dass der Täter seine Vorgehensweise ändert? Erst ein Stein, dann ein Draht. Serientäter bleiben ihrer Tatausführung doch meistens treu. Die Sache mit dem Schreiben vom ›Mörderischen Bäckerjungen‹ ist nicht bekannt gemacht worden, also war es auch kein Nachahmungstäter. Außerdem stimmen die Schreiben und die Klarsichtfolien überein.«

Lutz Schmitzenbach war blass geworden. »Mensch, Fink, kommen Sie mir bloß nicht mit einem Serientäter. Zwei Taten sind noch keine Serie. Das kann ich jetzt echt nicht brauchen.« Er zog ein Papier aus seiner Aktenmappe und überflog es kopfschüttelnd.

»Ist das eine Kopie von dem Entschuldigungsschreiben des ›Mörderischen Bäckerjungen‹, das Sie uns geschickt haben?«, fragte Fink.

»Ja.« Schmitzenbach reichte ihm das Blatt.

Fink las es zum wiederholten Mal. »… in aller Form entschuldigen … Person niederländischer Herkunft … keinesfalls in meiner Absicht … Was ist das denn? Da steht ja was auf der Rückseite. Die kennen wir noch gar nicht.« Er sah den Kollegen vorwurfsvoll an. »Sie haben uns nur die Vorderseite gefaxt. Hier steht: ›Eine Verwechslung dieser Art wird nicht wieder vorkommen. Aufgrund kurzfristig eingetretener Umstände bin ich einem höchst bedauerlichen Irrtum erlegen. Dies ist unprofessionell und braucht Sie nicht zu beunruhigen, da ich mich um eine bessere Vorbereitung bemühen werde. Hochachtungsvoll und mit besten Grüßen, Ihr Mörderischer Bäckerjunge‹.«

Fink sah auf. »Das ist merkwürdig, dass er die Verwechslung so hervorhebt.«

Schmitzenbach schaute aus dem Fenster in den dunkler werdenden Himmel und stand auf. »Na, in dem Punkt hat er ja Besserung gelobt. Wollen wir hoffen, dass er sich so für seine blamable Tatplanung schämt, dass er es dabei bewenden lässt. So, Feierabend. Wieder ein Tag auf dem Weg zum Ruhestand auf einer sandigen Karibikinsel geschafft. Wie ist es, Fink, mein Freund, der Sie noch zwei Jahrzehnte durchhalten müssen: Wollen Sie den Tageszentimeter meiner Krawatte abschneiden?«

33

Evi setzte sich mit einiger Mühe im Bett auf und gähnte. »Ich habe einen Medizinball als Bauch, Sodbrennen und Bruce Lee, der an meiner Bauchdecke Kickboxen übt. Welche Entschuldigung hast du, dich hin und her zu wälzen?«

Fink lächelte im dämmrigen Licht, das durch die Vorhänge fiel. »Ich habe Angst, dass du mich beim nächsten Wadenkrampf aus dem Bett trittst.« Er drehte sich zur Seite und schaute seine Frau an. »Zwei versuchte Tötungsdelikte innerhalb kurzer Zeit, da ist die Nachtruhe dahin.«

»Wie läuft es denn mit den Koblenzern?«

»Ach, das macht Schmitzenbach schon ganz gut. Er geht umsichtig an die Ermittlungen ran und hat alles im Griff, wie's scheint.« Er zog seine Decke zurecht. »Aber für ihn ist es ein Auswärtsspiel, und ich bin schließlich der Mann vor Ort.«

Evi streichelte seinen Arm. »Und du fühlst dich persönlich provoziert.«

»Ich kann mir auf die ganze Sache keinen Reim machen. Ganz offenbar ist es derselbe Täter, aber er arbeitet mit unterschiedlichen Methoden, Orten und Tatwaffen. Es gibt keine erkennbaren Übereinstimmungen bei den Opfern. Selbst die Tatsache, dass die beiden Tatorte nur eingeschränkt zugänglich sind, hilft uns nicht weiter, weil nicht klar ist, wie viele Schlüssel es gibt und wer alles Zugang zu ihnen hat. Und dass der Täter in seinem Entschuldigungsschreiben von einer Verwechslung spricht, rumort auch in mir. Da muss es noch was geben, das ich übersehe. Das ist echt ein verflixter Fall.«

»Mein armer Matz-Schatz«, sagte Evi mitfühlend.

Fink schmunzelte. Den Kosenamen »mein kleiner Piepmatz«, den er seiner Mutter verdankte, hatte er im Laufe seines Erwachsenenlebens auf das harmlosere »Matz« niederringen können. Trotzdem bekam er die Krise, wenn seine Mutter ihn so nannte. Bei Evi dagegen hätte er gar nicht darauf verzichten wollen.

»Soll ich dir einen Lavendeltee machen?«, fragte sie. »Du fällst in einen Dornröschenschlaf und meinst, dein Schloss steht in einem Blumenfeld in der Provence.«

Er lachte. »Lass es uns mit ein bisschen Rückenkraulen versuchen. Weißt du, es macht mich ganz verrückt, dass bei der Besprechung irgendwas gesagt wurde, das mich an was erinnert hat, und ich komme einfach nicht drauf, was es ist.« Er drehte sich auf den Bauch, legte die Arme verschränkt aufs Kissen und den Kopf darauf.

Evi begann, sanft seinen Rücken zu massieren. »Ich hol dir morgen Baldrian aus der Apotheke, damit schlummerst du selbst dann noch, wenn eine schöne kluge Prinzessin kommt, um dich wach zu küssen.«

»Ich hab doch schon eine schöne kluge Prin…« Er rappelte sich hoch. »Apotheke, das ist es! Es ging um die Tatwaffen, Stein und Draht, genau wie bei diesem Kunstwerk, das der Apotheker ausstellt, weißt du noch? Das stand in diesem Zeitungsartikel, den Felix nicht sehen sollte.« Er wurde ganz aufgeregt. »Dieses Kopfschlingenteil. Mit einem Stein und einem Draht.«

»Ruhig, Brauner.« Evi streichelte seine Schulter. »›Kopf in der Schlinge‹ heißt das Werk, ich hab's noch mal nachgelesen. Ich kann mir im Moment zwar nicht vorstellen, welches Motiv der arme Herr Olm haben sollte, die Andernacher Bevölkerung zu dezimieren, aber vielleicht ist er das stille tiefe Wasser, von dem immer die Rede ist. So, und jetzt lass uns Löffelchen liegen und schlafen, bevor Bruce Lee aufwacht und seine nächste Trainingseinheit beginnt.«

34

Die Dame von der Tourist-Information, die laut Schildchen an der Bluse Verena Meier hieß, war in Finks Alter und trug einen steif gesprayten Helm dunkelroter Haare.

»Während der Saison von März bis Oktober rotieren wir hier alle ein bisschen«, sagte sie, während sie auf ihrer Tastatur tippte. »Besonders, wenn mehrere Stadtführer ausfallen. Im vergangenen Jahr hatten wir eine Magen-Darm-Grippe, da war hier die Hölle los. Man will ja auch keine Führung absagen.«

Fink stellte immer wieder fest, dass es auch ein Zuviel an Informationen gab. »Ich hab mal eine Führung für Kinder mitgemacht, mit meinem Sohn, die war sehr spannend«, meinte er.

»Ja, wir haben in den vergangenen Jahren viele neue Konzepte entwickelt.« Sie hielt den Blick suchend auf ihren Bildschirm gerichtet. »Jeden Samstag findet die historische Stadtführung statt. Es gibt auch eine Fackelführung, die finde ich persönlich besonders stimmungsvoll, eine Führung mit dem Nachtwächter, eine zu den verschiedenen Kirchen und eine zum Thema ›Frauenblicke‹. Und noch einige andere, die man auch individuell buchen kann.« Sie schaute freundlich zu ihm auf. »Da würden wir auch etwas Passendes für einen Ausflug der Polizei finden. Vielleicht die Führung zur ›Wehrhaften Stadt‹.«

Fink lächelte. »Ja, das wäre sicher für viele Kollegen interessant. Man lebt oft jahrelang in einer Stadt und weiß gar nicht, was es da für spannende Orte und Geschichten gibt. Vielleicht hilft uns das eines Tages sogar bei der Aufklärung eines Falles.«

Verena Meier strahlte. »Das wäre ja aufregend! Ah, hier hab ich es.« Sie drehte den Bildschirm in seine Richtung. »Jetzt fällt es mir auch wieder ein. Da hatte sich ursprünglich eine Gruppe von Lehrern vom Bertha-von-Suttner-Gymnasium für diesen Termin angesagt. Die haben dann umdisponiert, ich glaube, die konnten sich nicht über die Kosten der Führung einigen, und da gab es auch ein zeitliches Problem. Die haben ihren Ausflug um ein paar Tage vorverlegt und sich den Schlüssel zum Alten Krahn geben lassen, und einer von denen hat die Führung selbst übernommen. So konnten wir für den ursprünglichen Lehrertermin die niederländischen Herrschaften reinnehmen, die mit dem Schiff angekommen waren.« Sie sah ihn mit besorgtem Stirnrunzeln an. »Die armen Leute, wie schrecklich. Ich hoffe, es ist niemand ernsthaft zu Schaden gekommen.«

»Nein, die sind alle mit dem Schrecken und ein paar Schrammen davongekommen.« Fink rieb sich seine kleine Aristokratennase. »Also wäre eigentlich zu der fraglichen Zeit eine Lehrergruppe statt der Holländer am Rheintor gewesen.« Er dachte nach. Sein Blick wanderte zu den Stadtplänen, Prospekten und Reiseführern, die in einem Regal angeboten wurden. Er entdeckte sogar einen Andernach-Krimi mit einem vielversprechenden bunten Cover. Aber eigentlich bogen all diese Eindrücke gleich hinter seinen Augen in den Partykeller des Unterbewusstseins ab. In seinem Bewusstsein liefen gerade die Rädchen heiß. Er rief sich den Text des Entschuldigungsschreibens ins Gedächtnis, das der »Mörderische Bäckerjunge« geschickt hatte: »Eine Verwechslung dieser Art wird nicht wieder vorkommen. Aufgrund kurzfristig eingetretener Umstände bin ich einem höchst bedauerlichen Irrtum erlegen.« Der Tausch der beiden Führungen würde die Verwechslung sauber erklären.

»Wer wusste alles über die Terminverschiebung Bescheid?«, fragte er.

Die Tourismus-Dame zuckte die Schultern. »Unser Chef war zu der Zeit im Urlaub. Aber natürlich wussten es die Lehrer. Die können das allen möglichen Leuten erzählt haben. Und die Stadtführerin. Und ich.« Sie schaute ihn unsicher an. »Es haben mehrere Mitarbeiter Zugang zum Computer, und wir sind schon alle von der Kriminalpolizei befragt worden.«

Fink nickte. Er bedankte sich und trat aus dem Geysir-Zentrum, wo sich die Tourist-Information befand, hinaus. Eine Möwe segelte über die Platanen der Uferpromenade auf der anderen Straßenseite, und dahinter schob sich der Rhein graublau und träge der weit entfernten Nordsee entgegen. Finks Gedanken dagegen strudelten in wilden Wellen herum.

»Grüß Sie, Herr Feis. Wie geht's Ihnen denn? Haben Sie sich von dem Schreck erholt?« Fink hatte den Hausmeister im ersten Stock der Stadtverwaltung gefunden, wo er auf dem Boden kniete und mit einer Zange ohne Rücksicht auf Trommelfelle und Gehörknöchelchen ein Rohr hämmernd bearbeitete. Fink war vor noch nicht allzu langer Zeit hier gewesen, um seine Mutter im »Shopping Queen«-Wahn aus Franz-Hubert Schwalms Büro abzuführen.

Jetzt musste er seine Stimme heben, um sich bemerkbar zu machen.

Feis schaute auf. »Ach, Herr Hauptkommissar.« Er wuchtete sich hoch und setzte dabei geschickt die Verlagerung seiner Körperfülle ein. Aus einem der benachbarten Zimmer ertönte zum Dank für die einsetzende Stille spontaner Applaus. »Ja, ja, es geht schon wieder. Hauptsache, dem Herrn OB ist nichts passiert.«

Fink beschlichen milde Zweifel, ob seine eigenen Leute so selbstlos für sein Wohl eingetreten wären.

Feis zwirbelte an seinem Schnurrbart, dessen Spitzen himmelwärts wiesen. »Der Herr OB hat die Mitarbeiter der Stadtverwaltung zusammengerufen und mir vor allen ein offizielles Lob ausgesprochen.« Der Stolz quoll förmlich aus ihm heraus. »Er will eine Plakette mit meinem Namen und der Inschrift ›Lebensretter von Oberbürgermeister Franz-Hubert Schwalm‹ anfertigen lassen, die neben meinem Büro angebracht wird.« Der Schnauzer erzitterte kurz. »Er will sie selbst anschrauben.«

»Das haben Sie ja auch verdient«, sagte Fink ernsthaft. Er wusste, dass nur motivierte Mitarbeiter gute Mitarbeiter waren.

»Ich weiß nicht.« Sigurd Feis drehte die Rohrzange in seinen kräftigen Händen. »Ich bin ja gar nicht nur wegen dem Herrn OB in die Mikwe gegangen. Da hatte sich für denselben Tag eine Lehrerin angesagt, die hatte vor, mit ihrer Klasse die Mikwe zu besichtigen, und wollte sich vorher schon mal vor Ort über die räumlichen Gegebenheiten informieren. Weil die wohl einen gehbehinderten Schüler hat und sehen wollte, ob der die Stufen schaffen kann.«

Finks Gedanken, die in der Tourist-Information schon lebhaft durch die Wellen der kriminalistischen Möglichkeiten gekrault waren, sprangen jetzt auf ein Surfbrett und schossen regelrecht durch die Fluten auf eine riesige Leuchttafel in seinem Gehirn zu. Auf dieser Tafel blinkte in grellen Buchstaben das Wort »Lehrerin«. Eine Gruppe Lehrer wollte am ersten Tattag das Rheintor besichtigen, als ein Steinbrocken als Tatwaffe benutzt worden war. Eine Lehrerin hatte vor, am zweiten Tattag die Mikwe zu besuchen, wo ein Draht auf sein Opfer wartete. Clemens Olm, der in seiner Apotheke ein Kunstwerk aus einem Steinbrocken und Draht ausstellte, führte dem Vernehmen nach eine Ehe unterhalb des geringstmöglichen Erfolgsnenners. Seine Frau war – bingo! – Lehrerin.

Fink stieß einen halben Kubikmeter Luft aus. Das schrie förmlich nach einem offiziellen Besuch bei Clemens Olm. Da gab es dringenden Klärungsbedarf.

35

Zumeist war Kemal Özgür ein furchtloser junger Mann. Obwohl er von seinem türkischen Vater nicht nur das polizeibekannte herzförmige Muttermal am Hals, sondern auch eine überschaubare, schlanke Statur geerbt hatte, trat er selbst Randalierern von Rübezahlausmaßen gegenüber und scheute sich nicht, eine Horde handgreiflich Streitender im Alleingang zu trennen.

Als er jedoch die Tür des Tattoostudios auf der Hochstraße öffnete, schallte ihm ein so vehementes Geschrei entgegen, dass er erst einmal in der offenen Tür stehen blieb und von dort aus die Lage sondierte.

Ein hünenhafter Mann mit blondem Bürstenschnitt drängte an ihm vorbei ins Freie und erkannte den Polizisten erst, als er schon an ihm vorbei war.

»Ach, schönen Tag, Herr Polizeiobermeister, gut, dass Sie so schnell kommen.« Klaus die Faust, der den ehrbaren Beruf des Rausschmeißers und Geldeintreibers in der »O la la-Bar« ausübte, brachte sich vor der Tür in Sicherheit und deutete nach drinnen. »Da will man sich nichts ahnend ein neues Tattoo gönnen, und dann bricht hier die Hölle los.«

Er zeigte Kemal seinen Unterarm, der mit einer Art Frischhaltefolie abgeklebt war. Der Polizist erkannte darunter das zur Hälfte gestochene Gesicht einer älteren Frau.

»Meine Mama«, erklärte Klaus stolz. »Das will ich ihr an ihrem Geburtstag zeigen. Jetzt muss ich noch mal wiederkommen, weil sich mein Tätowierer nicht mehr konzentrieren konnte. Ich will ja nicht, dass meine Mama am Schluss eine Hexennase oder Bartstoppeln hat. Machen Sie's gut, bis nächstes Mal.« Und beiden war klar, dass dieses nächste Mal vermutlich in der Polizeiinspektion sein würde.

Kemal trat ein und wusste spontan nicht, worüber er sich mehr wundern sollte: Lydia Nose an diesem Ort anzutreffen oder Zeuge eines durchdringenden Keifens zu werden, das sie mit ihrem mageren Körper unmöglich auf anatomisch korrektem Weg erzeugen konnte.

Sie saß auf einem Stuhl und wehrte sich entschieden gegen die Hand eines nicht mehr ganz jungen blonden Mannes im Muskelshirt, die er sanft, aber fest auf ihre Schulter gelegt hatte.

»Nun lassen Sie mich doch los«, fauchte Lydia zappelnd. Ihre grauen Locken waren zerzaust, und ihr Gesicht war von einem Rotton überzogen, den selbst Bäckermeister Heiner Möntgerath im Zustand höchster Empörung nicht zustande gebracht hätte.

Der Mann bemerkte Kemal und winkte ihn heran. »Die Dame ist ein kleines bisschen aufgeregt«, sagte er ruhig, aber laut, um Lydia zu übertönen. »Da scheint es so was wie ein Missverständnis zu geben.« Seine Arme waren mit farbenfrohen Bildern von Papageien, Tukanen und Äffchen zwischen Palmblättern überzogen.

Kemal ging vor Lydias Stuhl in die Hocke. »Ja, Frau Nose, jetzt staune ich aber: Wollen Sie sich ein Tattoo stechen lassen? Respekt, das hätte ich Ihnen ja gar nicht zugetraut. Was soll's denn sein?«

Lydia verstummte und sah ihn misstrauisch an.

Kemal spitzte nachdenklich die Lippen. »Wie wär's mit einem Schmetterling? Den könnte ich mir bei Ihnen gut vorstellen. So ganz hauchfein. Der bringt Ihr Wesen so richtig zur Geltung.«

»Wirklich?«, hauchte sie und schlug züchtig die Augen nieder. »Aber ich wollte mir gar kein Tattoo machen lassen. Ich hätte nur gern ein Autogramm. Vielleicht könnten Sie mit Ihrem Handy auch ein Foto von uns beiden machen.« Sie deutete zu dem Studioinhaber neben sich und beugte sich zu Kemal vor. »Er führt sich auf wie eine Diva«, flüsterte sie. »Ich weiß ja, dass Prominente manchmal ein bisschen zickig sind, aber ich will ja nur eine Unterschrift von ihm, keinen Heiratsantrag.« Sie kicherte mädchenhaft.

Der junge Polizist schob seinen Kopf näher an ihren. »Ich wusste gar nicht, dass dieser Mann berühmt ist«, raunte er.

Lydia nickte aufgeregt. »Das ist Jackie Chan, der Schauspieler, der diese Kampfsportfilme dreht. Ich habe ihn durchs Schaufenster erkannt. Stellen Sie sich vor, Jackie Chan in Andernach!« Sie quietschte leise.

Kemal sah auf. Der blonde Mann erwiderte seinen erstaunten Blick aus blauen europäischen Augen und zuckte die Schultern.

»Ich hab versucht, ihr zu erklären, dass sie sich irrt, da ist sie ziemlich unfreundlich geworden.« Er hatte sie inzwischen losgelassen und sich mit verschränkten Armen an die nächste Wand gelehnt.

»Mensch, Frau Nose, wen Sie hier in Andernach alles treffen.« Kemal stand auf, weil seine Beine anfingen, einzuschlafen. »Erst Schwarzenegger, dann Bruce Willis und jetzt Jackie Chan. Aber der ist doch Chinese, soweit ich weiß. Aus Hongkong. Ich meine, so richtig asiatisch sieht der Herr …« Er schaute fragend.

»Winnie Schmelz«, half der Blonde.

»… also der Herr Schmelz ja nicht aus.«

Lydia warf einen ungnädigen Blick auf den ungerührten Tattoo-Winnie. »Tarnung. Die können sich in Hollywood ja alle möglichen Masken und Verkleidungen machen lassen. Aber mich kann er nicht täuschen.« Sie stand auf und strich ihren grauen Rock glatt.

»Sicher will sich Herr Chan ein Tattoo vom Runden Turm als Andenken an seinen Besuch hier stechen lassen. Wissen Sie was?« Kemal überlegte kurz. »Wir überreden den Herrn, äh, Chan, ein paar Kung-Fu-Übungen für Sie vorzuführen, und dann lassen wir ihn wieder in Ruhe.« Er nickte Winnie aufmunternd zu.

»Ich kann doch gar nicht …«, begann Winnie, aber Kemal stoppte ihn.

»Ja, schon klar, Ihre Filmfirma hat Ihnen verboten, außerhalb des Drehs Kampfsport zu machen.« Er zog hinter Lydias Rücken eine Grimasse, damit Winnie kapierte. »Die Frau Nose ist ja auch schon mit ein paar einfachen Tritten und Stößen zufrieden.«

»Ach so. Ja, gut.« Winnie Schmelz warf einen Blick aus seinem Schaufenster, um sich zu vergewissern, dass ihn niemand beobachtete. Er stellte sich in Positur, hob die Arme und wedelte unter »Hu!«- und »Ha«-Schreien die tropischen Vögel und Affen durch die Luft, ließ einige wilde Tritte nach allen Seiten folgen und vollführte ein paar schreibegleitete Ausfallschritte auf Lydia zu, bevor er seine Darbietung mit einem martialischen Sprung und einem Karatehieb krönte und sich dann mit aneinandergelegten Händen verbeugte.

Lydia klatschte verzückt in die Hände. »Oh, vielen, vielen Dank, Herr Chan, das war großartig. Sie haben es einfach drauf. Danke. Sie sind mein liebster Actionheld.«

Kemal fasste sie sanft am Arm und führte sie aus dem Laden. Im Gehen drehte er sich zu dem schwitzenden, schnaufenden Winnie um und zwinkerte ihm zu. »Na, na, Frau Nose, lassen Sie das mal nicht Bruce und Arnie hören. Ich weiß nicht, ob die das verkraften würden.«

36

»›Kopf in der Schlange‹.« Carina hatte sich zum Schaufenster der Römer-Apotheke vorgebeugt und las das Schild an Clemens Olms Stein-und-Draht-Kunstwerk. »Das klingt wie ein alter Indianermythos.«

»Schlinge, nicht Schlange.« Fink betrachtete die Skulptur, die zwischen übergroßen Aspirinpackungen und einer Pyramide aus Vitaminbrausetabletten stand. Er trat einen Schritt vor unter die Überdachung, denn es hatte angefangen, fein zu nieseln. »Der Titel sagt doch schon einiges über die seelische Verfassung des Künstlers aus, oder?«

»Das würde dich nicht wundern, wenn du Frau Olm kennen würdest«, antwortete Carina. »Die hatte ich in der Schule in Englisch und Religion.«

»So was Ähnliches hat Evi auch gesagt. Muss ja echt ein Drache sein.«

»Einer, der nicht nur Feuer speit, sondern Lava«, bestätigte Carina. »Ich hab keine Ahnung, warum die beiden noch immer zusammen sind.«

»Tja, da gehören immer zwei dazu, einer, der unterbuttert, und einer, der es zulässt«, sagte Fink und war dankbar für sein glückliches Eheleben, das nicht Gesprächsstoff für die halbe Stadt lieferte.

»Jedenfalls hat es einen Grund, dass der Olm immer rumläuft wie unterm Henkersbeil«, meinte Carina.

Die elektrische Schiebetür öffnete sich mit leisem Zischen, als sie die Apotheke betraten. Clemens Olm klärte gerade einen jungen Mann in der Blüte der Pubertät über Risiken und Nebenwirkungen eines Präparates auf, das Pickeln restlos, lautlos und schonungslos den Garaus machen sollte. So hatten die beiden Polizisten Zeit, sich einem weiteren Olm'schen Kunstwerk zu widmen, das neben den Dosen mit Abnehmpulvern stand. Es handelte sich um ein kniehohes, rundes Stück grob behauenen

Holzes mit einer Mulde in der Oberseite. In der Mulde war ein abgerundeter Tuffstein befestigt, und über Stein und Holzblock hinweg zog sich wie ein Schatten ein in schwarzer Farbe gemaltes Beil. Fink las von einem Schildchen ab: »›Trübe Aussichten‹.«

Carina sah Fink an und flüsterte: »Ich krieg 'ne Gänsehaut. Das ist ja wie bei Heinrich VIII. mit seinen sechs geköpften Frauen.«

»Zwei«, antwortete Fink, der die Skulptur nachdenklich betrachtete.

»Zwei was?«, fragte Carina.

»Heinrich VIII. hat nur zwei von seinen sechs Ehefrauen hinrichten lassen, Nummer zwei, Anne Boleyn, und Nummer fünf, Catherine Howard. Für Anne Boleyn hatte er sogar als besonderen Gunstbeweis extra einen Scharfrichter aus Frankreich kommen lassen. Der war zwar teurer, arbeitete aber mit einem äußerst scharfen Schwert statt mit dem abgeranzten Beil.« Fink liebte Dokumentationen über Geschichte und freute sich, wenn er seine dadurch erworbenen Kenntnisse unter das Volk bringen konnte.

»Ah, na danke, das ist doch eine nette Geste«, meinte Carina kopfschüttelnd.

Olm hatte den Jüngling mit Sachverstand und Salbe versorgt. Während eine Mutter mit zwei kleinen Kindern von Olms Kollegin bedient wurde und ein älteres Ehepaar in identischen roten Wanderjacken zur Tür hereinkam, traten Fink und Carina an die Verkaufstheke.

Fink fiel als Erstes auf, dass Clemens Olm keineswegs den geknechteten Eindruck machte, den alle beschrieben hatten. Er stand in einem blütenreinen Kittel und einem ebensolchen Lächeln mit hocherhobenem Kopf hinter dem Tresen und schaute ihnen freundlich entgegen. Er sah zwar nicht so aus, als würde er demnächst ein unterdrücktes Volk mit aufrüttelnden Reden in die Freiheit führen, aber die gestrafften Schultern und der zuversichtliche Blick zeugten durchaus von einem Körnchen Selbstvertrauen, das bereit zum Aufkeimen war.

»Guten Tag, Herr Olm. Ich bin Hauptkommissar Fink, das

ist meine Kollegin Bauer. Wir würden Sie gern zu diesem Kunstwerk da drüben befragen.«

»Sie meinen ›Kopf in der Schlinge‹.« Olm begann zu strahlen. »Das war in der Zeitung.«

»Ja, richtig, da hab ich es auch gesehen.« Fink schätzte die Situation ab. Er befand sich in einer rechtlich heiklen Lage. Sobald er Olm als Beschuldigten vernahm, musste er ihn nach der Strafprozessordnung über seine Rechte belehren. Solange es sich nur um eine informatorische Befragung handelte, war das nicht der Fall. Die Grenzen waren manchmal fließend, die Folgen für eine spätere Gerichtsverwertbarkeit der Aussage jedoch gravierend.

In diesem Moment griff die Vorsehung in Gestalt von Ursula Olm ein. Vom hydraulischen Zischen der Tür begleitet rauschte sie in die Apotheke, vorbei an dem verdutzten älteren Ehepaar, baute sich zwei Meter vor ihrem Mann auf, wies mit weit ausholender Geste auf ihn und sagte laut: »Dieser Mann wollte mich umbringen!«

Der Wasserspender neben der Tür blubberte einmal leise. Draußen bellte ein Hund. Ansonsten herrschte völlige Stille. Alle Anwesenden starrten die kleine, gedrungene Frau mit den hellblonden Haaren an, die anklagend auf ihren Mann zeigte. Die Frau in der roten Jacke zog vorsichtig ein Handy aus der Tasche, um die Kamera mitlaufen zu lassen. Vielleicht würde sie dafür von einigen Fernsehsendern viel Geld bekommen, falls es hier gleich zu medienreifen Szenen kommen sollte.

Carina, die zwischen den älteren Herrschaften und Ursula Olm stand, drehte sich zu der Rentnerin um, nahm ihr sanft, aber bestimmt das Handy aus der Hand und schob sich in einer fließenden Bewegung weiter zur Apothekersgattin, die wie ein Racheengel mit blitzenden Augen im Raum stand. »Ganz ruhig, Frau Olm, wir haben hier alles im Griff.«

Ursula Olm ließ den Arm sinken und reckte stattdessen das Kinn vor. »Dieser Mensch ist ein Krimineller. Er hat versucht, mich zu ermorden. Zwei Mal.«

Fink schaute zu Clemens Olm. »Darüber werden wir jetzt auf der Dienststelle reden. Sie beide kommen bitte mit.«

Olm, bleich, aber gelassen, zog mit bedächtigen Bewegungen seinen Kittel aus und legte ihn auf einem Stuhl ab. Er ging neben Fink her auf die Tür zu, während Carina der um Fernsehruhm und Geldsummen gebrachten Frau ihr Handy zurückgab und Frau Olm zur Seite nahm, um eine körperliche Konfrontation des Ehepaars zu verhindern.

»Zwei Mal«, bekräftigte Ursula Olm, als ihr Mann durch die Tür trat.

Clemens Olm blieb in sehr aufrechter Haltung stehen, drehte sich zu ihr um und sagte zum ersten Mal in seinem Eheleben: »Halt die Klappe, Ursula.«

Und während Ursula Olm von Carina nach draußen eskortiert wurde, starrte sie ihrem Mann sprachlos hinterher.

37

Während die Olms in verschiedene Räume geführt wurden, griff Fink zum Telefon und rief zum wiederholten Mal Lutz Schmitzenbach in Koblenz an. Er hatte die Nummer inzwischen im Kurzwahlspeicher.

Schmitzenbach erschien eine halbe Stunde später, was auf ausnahmsweise erfreuliche Verkehrsverhältnisse auf der B 9 schließen ließ. Entsprechend gut war seine Laune. Er hatte seinen Kollegen Kalle Krämer im Schlepptau, der aussah, als könne er mühelos eine umstürzende Eiche auffangen. Kalle trug trotz der milden Temperaturen einen langen schwarzen Ledermantel, machte einen verschlossenen Eindruck und erinnerte Fink an einen hünenhaften Wrestler namens »The Undertaker«.

Die beiden ließen sich von Fink auf den neuesten Stand bringen, und Schmitzenbach beschloss, die Vernehmung gleich vor Ort in der Polizeiinspektion durchzuführen. Er lud Fink mit der Güte eines volksnahen Monarchen ein, ihr beizuwohnen. Fink wurde das Gefühl nicht los, der Kollege wolle dem Fußvolk zeigen, wie ein Profi die Dinge anpackte.

Sie begannen mit Ursula Olm. Sie saß in einem sportlichen Jeansblazer und mit verschränkten Armen am Tisch und schien sich ihrer Sache vollkommen sicher zu sein.

Schmitzenbach schüttelte ihr die Hand und stellte sich und die anderen vor. »Da haben Sie ja eine schwere Anschuldigung gegen Ihren Mann erhoben«, begann er. »Wie kommen Sie darauf, dass er Sie töten wollte?« Er wirkte locker, aber nicht flapsig und ganz auf seine Gesprächspartnerin konzentriert.

Die hob den Kopf. Dadurch schob sich ihr ausgeprägtes Kinn nach vorn wie eine ausfahrbare Rampe. »Er hasst mich. Schwache, luschige Männer hassen ihre Frauen in achtundneunzig Komma vier Prozent aller Beziehungen, das besagt eine Studie der Fachhochschule Pirmasens.«

»Hat er Ihnen selbst gesagt, dass er Sie hasst?«, fragte Fink.

Schmitzenbach warf ihm einen Seitenblick zu, der wohl besagte, er habe nicht nach Unterstützung verlangt.

»Dass ich nicht lache! Als ob er das fertigbringen würde.« Frau Olm polierte mit höhnischem Grinsen einen der goldenen Knöpfe an ihrer Jacke.

»Also können Sie gar nicht sicher sein, was die Gefühle Ihres Mannes angeht?«, fragte Schmitzenbach.

»Und ob ich das kann. Jemand, der ihn kennt, hat es mir erzählt.«

»Und wer war das?«, fragten Fink und sein Kollege im Chor.

Kalle Krämer, der still wie ein spaßloser Bodyguard in der Ecke stand und Fink insgeheim eine Gänsehaut verursachte, folgte nach einem kurzen Moment. »Ja, wer war das?«

Ursula Olm sah irritiert vom einen zum anderen. Sie zögerte. »Eine Bekannte von mir. Die Mutter einer meiner Schüler. Ines Pisalski. Sie kennt meinen Mann.«

Schmitzenbach hob die Augenbrauen. »Frau Pisalski muss Ihren Mann ziemlich gut kennen, wenn er so intime Dinge mit ihr bespricht. Wie ist das Verhältnis der beiden?«

Ursula Olm errötete. Ihr Kinn stieß noch weiter nach oben. »Sie ist psychologische Therapeutin und Eheberaterin. Mein Mann lässt sich seit einiger Zeit von ihr, na ja, beraten eben.«

»Nur Ihr Mann?«, fragte Fink. »Er ist doch wohl nicht mit sich selbst verheiratet. Sollten Sie da nicht beide hingehen?«

Sie sah ihn kühl an. »Wozu? Mein Mann hat die Probleme, nicht ich.«

Kalle Krämer gab in seiner Ecke eine Art glucksendes Geräusch von sich. Frau Olm warf ihm einen unsicheren Blick zu.

Schmitzenbach sah sie nachdenklich an. »Und Frau Pisalski hat Ihnen von den Gesprächen, die sie im Rahmen ihrer therapeutischen Tätigkeit geführt hat, erzählt?«

»Wusste Ihr Mann das, und war er damit einverstanden?«, fragte Kalle.

Ursula Olm stieß ein zischendes Geräusch durch die Nase aus. »Wohl kaum.«

Die Polizisten sahen einander an. »Was meinen Sie, Herr

Kollege, das klingt mir doch schwer nach einer Verletzung von Privatgeheimnissen«, sagte Schmitzenbach zu Fink.

»Paragraf 203 Strafgesetzbuch«, ergänzte Fink. »Freiheitsstrafe bis zu einem Jahr oder Geldstrafe. Sollte sich herausstellen, dass Sie der Frau Pisalski, na, sagen wir, gut zugeredet haben, ihre Kenntnisse mit Ihnen zu teilen, könnte man eine Anstiftung zu der besagten Straftat in Betracht ziehen.«

Olm nahm eine Farbe an, die man unter Pommes-frites-Liebhabern als »Rot-Weiß« bezeichnete.

»Mein Mann will mich zwei Mal ermorden, und jetzt machen Sie *mich* blöd an? Frau Pisalski ist von ganz allein zu mir gekommen, nachdem sie von dem Mordanschlag in der Mikwe gehört hatte. Sie wusste von ihrem Sohn, dass ich mit der Klasse dorthin wollte, und auch, dass das Lehrerkollegium eigentlich vorgehabt hatte, das Rheintor zu besichtigen, als dort der Anschlag mit dem Stein verübt wurde. Da hat sie eins und eins zusammengezählt. Man muss sich ja nur diese Abscheulichkeit ansehen, die er in der Apotheke ausgestellt hat, das Ding aus Stein und Draht. Das ist doch das reinste Schuldeingeständnis.«

Clemens Olm wurde ordnungsgemäß darüber belehrt, dass er eines versuchten Tötungsdeliktes verdächtig sei, ein Aussageverweigerungsrecht habe und einen Rechtsbeistand hinzuziehen könne. Daraufhin telefonierte er einen wieselartigen kleinen Mann mit Brille herbei, der sich als Dr. Hagen Mitland vorstellte. Er trug eine blau gestreifte Fliege zu einem karierten Hemd und hatte eine große schwarze Aktentasche, die er die ganze Zeit auf seinem Schoß behielt.

»Herr Olm, wie ist das Verhältnis zu Ihrer Frau?« Schmitzenbach lehnte sich zurück und schaute ihn freundlich an.

Der alte Olm aus der Zeit vor dem Zeitungsartikel und der allgemeinen Beachtung seiner Kunstwerke wäre schon längst in dem Eis der bedrohlichen Vorgänge um ihn herum eingebrochen. Der neue Olm legte die Hände bedächtig auf seinem Bauch übereinander und antwortete ruhig: »Miserabel. Ich werde mich scheiden lassen.«

Dr. Mitland zog einen Schreibblock aus seiner Aktentasche, legte beides auf seine Beine und machte sich Notizen.

»Weiß Ihre Frau das schon?«, fragte Fink.

Der Apotheker lächelte, wie es schien, in vorfreudiger Erwartung. »Nein, aber ich hoffe, ich habe bald Gelegenheit, es ihr zu sagen.«

Der Ledermantel quietschte leise, als Kalle sich in seiner Ecke bewegte. Fink brach schon der Schweiß aus, wenn er den Kollegen in seinem warmen Kleidungsstück nur ansah.

»Warum läuft es denn nicht so gut zwischen Ihnen?«, fragte Kalle.

Olms Blick ruhte nachdenklich auf der Deckenlampe. »Meine Frau hat von mir und unserem Leben eine andere Vorstellung als ich. Mehr kulturelle Veranstaltungen, mehr Urlaub auf den Malediven, mehr Initiative von mir. Ich bin eher der Typ Buch und Bergwandern, sie wollte Shopping und Schnorcheln. Ich kann verstehen, dass das irgendwann in Frustration umschlägt.«

Fink bemerkte seinen traurigen Blick und rechnete es ihm hoch an, dass er nicht über seine Frau herzog.

Lutz Schmitzenbach rollte die Schultern, die sich nach dem langen Sitzen verspannt hatten, und verschärfte die Gangart. »Wo waren Sie am Freitag, den 15. Mai, gegen Mittag und am Mittwoch, den 20. Mai, gegen zehn Uhr vormittags?«

Fink registrierte sofort, dass Olm sich versteifte. »Das weiß ich nicht mehr.«

»Woher haben Sie das Material für Ihre Skulptur?«, schoss Kalle hinterher. »Den Stein und den Draht?«

Clemens Olm blinzelte verwirrt. »Für ›Kopf in der Schlinge‹? Der Draht ist normaler Blumendraht aus dem Blumengeschäft. Die Steine habe ich bei der Firma Mura in Plaidt gekauft, die machen am Wochenende immer so eine Art Ausverkauf, da kriegt man die ganz günstig. Das ist eine wunderbare Arbeit, die hat mich zu einem neuen Menschen gemacht. Da kann ich mich auf eine ganz neue Art ausdrücken. Leider hat Ursula das nicht verstanden.« Er seufzte tief und fuhr sich durch das zurückweichende Haar. »Ich hatte gehofft, sie würde sich freuen, dass ich etwas gefunden habe, das mich so erfüllt. Arme Ursula.«

Dr. Hagen Mitland schrieb eifrig. Fink verstand einfach nicht, warum er bisher noch kein einziges Wort zu Olms Schutz gesagt hatte.

»Wie sind Sie denn ins Rheintor und in die Mikwe gekommen?«, setzte Schmitzenbach nach, kaum dass Olm seinen Satz beendet hatte. »Hatten Sie einen Schlüssel?«

Fink stellte fest, dass das wohl eine abgesprochene Taktik zwischen ihm und Kalle war: den Fragenball erst sanft anschubsen und dann mit schnellen Tritten am Laufen halten.

Olm schaute vom einen zum anderen. »Ich war noch nie im Rheintor. Und ich weiß nicht mal, was eine Mikwe ist und wo die sein soll.«

»Haben Sie versucht, Ihre Frau umzubringen?«, fragte Schmitzenbach mit deutlich schärferer Stimme. »Nachdem sie Sie jahrelang beleidigt und lächerlich gemacht hat, wollten Sie es ihr da endlich heimzahlen?«

Olm wurde weiß. »Lieber Himmel, nein. Wie soll ich das denn gemacht haben?«

Kalle Krämer bewegte sich jetzt aus seiner Ecke an den Tisch. »Herr Olm, wo waren Sie zu den fraglichen Zeiten, die wir eben genannt haben und an denen jeweils ein versuchter Mordanschlag verübt wurde?«

Olm war auf seinem Stuhl zurückgewichen und drückte den Rücken gegen die Lehne. So geschockt er auch aussah, so entschlossen klappte er seine mentale Austernschale zu. »Das weiß ich nicht«, presste er hervor.

Schmitzenbach nickte. »Herr Olm, ich nehme Sie vorläufig fest wegen des Verdachts des versuchten Mords in zwei Fällen.«

Olm atmete tief durch, nickte aber. Dr. Mitland beugte sich über seinen Block und kritzelte weiter.

Fink konnte nicht mehr an sich halten. »Wollen Sie dazu nicht mal was sagen?«, fuhr er den Rechtsbeistand etwas heftiger an als beabsichtigt. »Sie sind doch sein Verteidiger.«

Der kleine Mann schaute von seinem Block auf und bedachte

Fink durch die Brillengläser mit einem unwilligen Blick. »Wieso Verteidiger? Ich bin der Steuerberater von Herrn Olm. Ich habe mir hier schon einige wertvolle Stichpunkte machen können bezüglich der anstehenden Scheidung und des Materials für seine Kunstwerke. Das können wir vermutlich zumindest teilweise steuerlich in Abzug bringen.« Er wandte sich an Olm. »Das gilt auch für das Strafverfahren, das Sie erwartet, wenn ich es geschickt anstelle. Machen Sie sich keine Sorgen. Vielleicht kriegen Sie lebenslänglich, aber steuerlich werden Sie dank meiner Hilfe so rein dastehen wie ein unbescholtener Finanzbeamter.«

38

»Sind Sie die Polizei Sie müssen herkommen hier ist Finnja vom Friseursalon Hairy Style in der Stadthausgalerie und Sie müssen bitte kommen weil hier ist eine Kundin die gerade durchdreht ich hab gar nichts gemacht aber sie steht hier und hat so was wie einen Tobsuchtsanfall und wir haben Angst und wissen nicht was wir machen sollen weil die ist echt sauer und wir wissen doch gar nicht warum echt jetzt und wir sind überhaupt nicht schuld kommen Sie schnell sonst demoliert die hier vielleicht noch den Salon so wütend wie die ist.«

Peter Emmerlein hatte die Eingangstür zur Stadthausgalerie noch nicht ganz geöffnet, als ihm schon ein Lärm entgegenschallte, wie ihn nur Frauen auf dem Mount Everest der entbrannten Wut verursachen können. Wenige Meter weiter hatte sich vor einem der Geschäfte eine Menschentraube gebildet, die hauptsächlich aus drängelnden Körpern und gereckten Hälsen zu bestehen schien.

Emmerlein bekam die erste Krise, als er Handys sah, die über die Köpfe gehalten wurden. Er verabscheute Gaffer und Schaulustige von ganzem Herzen, egal, ob sie einen schweren Verkehrsunfall oder einen harmlosen Streit fotografierten. Sie standen im Weg, behinderten Hilfsmaßnahmen, pöbelten Rettungskräfte an und verletzten völlig schamlos die Privatsphäre von Menschen in den Momenten, in denen sie sie am dringendsten brauchten. Er fragte sich oft, ob diese filmenden Idioten sich gefreut hätten, wenn sie selbst als blutüberströmtes Opfer eines Unfalls auf der Straße lägen und fremde Menschen Aufnahmen fürs Internet von ihnen machten, noch ehe sich ein Rettungssanitäter zu ihnen durchkämpfen konnte.

Nicht gerade sanft schob er die Leute zur Seite und betrat den Friseursalon durch die offene Glastür. Hier fand er drei junge Frauen in weißen Hosen und identischen schwarzen T-Shirts mit Firmenlogo vor, die zwischen einem Frisierstuhl und einem großen Spiegel eine Kundin in Schach hielten. Sie trug eine rote Brille und einen modischen, etwas herausgewachsenen Schnitt in ihren weißgrauen Haaren, und Emmerlein stellte fest, dass er sie kannte.

»Na, Frau Robst, wenn der Herr Oberbürgermeister Sie jetzt so sehen würde!« Er trat auf sie zu, hielt aber etwas Abstand, um die Situation nicht durch zu viel Nähe zusätzlich aufzuheizen.

Die vier Frauen schauten zu ihm auf, drei davon sehr erleichtert, Emmi Robst, die Sekretärin von Franz-Hubert Schwalm, außer Atem.

»Jetzt ist sie fällig«, keuchte sie. »Gehen Sie los und nehmen Sie die falsche Schlange fest.« Sie atmete tief durch und zupfte ihre zerknautschte Bluse zurecht. Auch durch die drei Angestellten ging ein kollektives Aufatmen, und sie traten alle ein paar Schritte zurück.

Emmerlein drehte sich zum Publikum um. »So, und Sie gehen jetzt alle weiter, bevor ich Ihre Personalien aufnehme. Und wenn ich nur ein einziges Foto hiervon im Internet finde, gibt's Ärger.«

Er wandte sich an Emmi Robst, die sich vor dem Spiegel die Haare mit den Fingern richtete. »So, Frau Robst, jetzt bin ich sehr gespannt, was dieser Aufstand hier zu bedeuten hat. Und wen soll ich festnehmen?«

»Margit Fink natürlich. Es ist infam, was diese intrigante Person anstellt, um Shopping Queen von Andernach zu werden.«

Emmerlein wusste nicht, was sie meinte, war aber froh, doch mitreden zu können. »Ach, das ist diese Fernsehsendung mit dem Designer, wo fünf Frauen jede Woche aus einer anderen Stadt Klamotten kaufen gehen und die mit dem besten Look gewinnt. Das sieht sich meine Freundin manchmal an und sagt, es müsste mal eine Extrasendung für Rollstuhlfahrerinnen geben. Und da macht die Mutter von unserem Hauptkommissar mit?«

»Wir haben uns beide beworben, aber noch keine Zusage für die Teilnahme bekommen«, erklärte Emmi, nun schon etwas ruhiger. »Aber dieses Biest versucht jetzt schon, meinen möglichen Sieg zu vereiteln. Hier.« Sie hielt ihm ein Foto hin.

Es war eine Großaufnahme von Emmi Robsts Kopf mit ein paar unscharfen Palmen im Hintergrund, offenbar ein Urlaubsfoto. Das allerdings dahin gehend bearbeitet worden war, dass die Frau auf dem Bild einen neongrünen Irokesenschnitt trug. Emmerlein sah Emmi erstaunt an.

»Äh, ich kann das erklären.« Eine der drei Angestellten, eine hübsche Blondine mit reichlich weiblicher Figur, trat mit einem argwöhnischen Seitenblick auf Emmi Robst an ihn heran. Ein zweiter berufsbedingter Blick auf seinen haarlosen Kopf zeigte ihr, dass sie Emmerlein als Kunden nicht würde gewinnen können.

»Vor ein paar Tagen war eine Dame hier und hat uns erzählt, ihre Freundin, die Frau Robst, wäre ja Kundin hier und würde bei ›Shopping Queen‹ mitmachen. Sie hat mir dieses Foto gegeben und gesagt, wenn Frau Robst mit dem Kamerateam käme, um sich während der Sendung frisieren zu lassen, sollten wir ihr diese Frisur machen. Auch wenn sie was anderes sagt. Weil sie würde sich diese Frisur schon ganz lange wünschen. Und als heute die Frau Robst kam, hab ich ihr das Foto gezeigt und gefragt, ob wir, wenn gedreht wird, genau diesen Grünton nehmen sollen oder einen dunkleren, weil ich finde, der hier macht sie blass.« Sie deutete auf das Foto. »Und da ist sie ausgetickt.«

Emmi Robst nahm ihre Handtasche vom Frisiertisch und straffte sich. »Dieses Weib bringe ich hinter Gitter, das können Sie Ihrem Chef schon mal ausrichten.«

Emmerlein stieß hörbar die Luft aus. Nein, Hauptkommissar Carsten Fink war nicht zu beneiden.

Diesmal war Fink sauer. Wirklich, wirklich, wirklich sauer.

Seine Mutter merkte es sofort daran, dass er in voller Uniform an ihrer Haustür stand, inklusive Mütze, Schutzweste, Einsatzgürtel mit Handschellen, Schlagstock, Taschenlampe und Schusswaffe.

Und natürlich an den zusammengepressten Lippen und dem wütenden Funkeln in seinen Augen.

»Ich glaube, jetzt rappelt es bei dir«, sagte er zur Begrüßung.

Margit trat zur Seite und ging in Richtung Küche. »Was meinst du denn, Ma…« Den Rest verschluckte sie. Ein Blick in sein Gesicht sagte ihr, es sei besser, ihren Sohn mit dem ungeliebten Kosenamen aus Kindertagen nicht noch mehr zu reizen.

Er hielt ihr ein Foto dicht vor die Augen. Margit Fink schaute flüchtig darauf, hüstelte und wandte sich ab, um mit nervösen Fingern die Kaffeemaschine zu befüllen. »Ach, das. Setz dich doch, Carsten. Ich hab hier ein paar Puddingteilchen, die magst du doch so gern.«

Er blieb mitten in der Küche stehen, nahm die Handschellen von seinem Gürtel und drehte sie demonstrativ in den Händen. Margit registrierte es mit unsicherem Seitenblick.

»Diese ganze ›Shopping Queen‹-Sache läuft allmählich aus dem Ruder, Mama. Du kannst beim Friseur nicht so ein Foto abgeben und die Angestellten anweisen, sie sollen deine Freundin mit einem gelben Irokesenschnitt verunstalten.«

»Mit einem grünen Irokesenschnitt«, berichtigte Margit, während sie zwei Tassen aus dem Schrank nahm. »Ich meine ja immer noch, dass du ein bisschen farbenblind bist. Weißt du noch, damals, als du …«

»Lenk jetzt nicht ab.« Fink versuchte, die goldgelb gebackenen Teilchen, die seine Mutter appetitlich auf einen Teller drapiert hatte, zu ignorieren. »Was ist denn bloß in dich gefahren? So was kannst du doch nicht machen mit deiner besten Freundin.«

»Pah, beste Freundin!« Sie goss Kaffee ein. Er schwappte ein bisschen über den Tassenrand, und sie griff ärgerlich nach einem Tuch, um ihn wegzuwischen. »Wenn Emmi meine beste Freundin wäre, würde sie mir nicht mit einer eigenen Bewerbung in den Rücken fallen. Jetzt setz dich doch endlich hin, du machst mich ganz kirre, wenn du da so rumstehst.«

Carsten Fink hielt noch immer die Stellung. Er hakte die Handschellen wieder ein und spielte jetzt stattdessen mit dem Pfefferspray. »Sie könnte dich anzeigen. Wegen versuchter Körperverletzung durch die Friseurin in mittelbarer Täterschaft. Paragrafen 223 und 25 StGB.«

»Ach, Junge, jetzt komm mir nicht mit so einem juristischen Zeug.« Margit schob ihm den Teller hin. »Und außerdem bin ich mir ziemlich sicher, dass mich die Emmi nicht anzeigen wird.« Ihr

Blick war eine unvergleichliche Mischung aus Verärgerung und Listigkeit. Sie stützte sich mit einer Hand am Küchentisch ab.

Fink sah seine Mutter neugierig an, nahm nun doch Platz und griff nach dem Gebäck. »Habt ihr euch wieder vertragen?«

»Vertragen?« Sie lachte kurz auf. »Dieses boshafte Weibsstück war in all meinen Lieblingsboutiquen und hat den Verkäuferinnen gesagt, wenn ich an meinem Shoppingtag mit dem Kamerateam zu ihnen komme, sollen sie mir alle Kleidungsstücke in Größe sechsunddreißig geben, weil ich eine Diät gemacht und so toll abgenommen hätte. Ich meine, natürlich habe ich immer noch eine hervorragende Figur, aber nicht mehr in sechsunddreißig. Stell dir vor, da probiere ich so ein Teil an, und wenn ich aus der Umkleidekabine komme, werde ich als Wurst in Pelle gefilmt, bei der alles rausquillt.« Sie gab ein knurrendes Geräusch von sich. »Also, die soll sich mal ganz bedeckt halten.«

Fink legte sich seine nächsten Worte sorgfältig zurecht. Evi hatte ihm geraten, es mit situationsbezogener Psychologie zu versuchen. Sie hatte vermutlich in der Buchhandlung, in der sie arbeitete, einen Ratgeber gelesen.

»Sieh mal, Mama, es ist doch nur eine Fernsehsendung. Und dieser Designer, also dieser Guido Kretschmer …«

»Guido Maria«, verbesserte Margit.

»… der würde doch sicher nicht wollen, dass sich zwei langjährige beste Freundinnen, die sich gegenseitig immer das Herz ausgeschüttet und Freud und Leid miteinander geteilt haben, wegen einer Fernsehshow entzweien.« Wie häufig in Momenten, wenn er etwas Wichtiges sagen wollte, wurde seine Ausdrucksweise ein wenig gestelzt und pathetisch.

Margit schaute ihren Sohn mit verklärtem Blick an. »Ach, Matz, das hast du so schön gesagt«, hauchte sie, um im gleichen lieblichen Tonfall fortzufahren: »Aber wenn dieses fuchsgesichtige Intrigenferkel Emmi nicht endlich Ruhe gibt und mich meinen Sieg vorbereiten lässt, werde ich ihr das Handwerk legen.«

Fink seufzte. Auf psychologische Ratgeber konnte man sich offenkundig auch nicht immer verlassen.

39

»Sagt mal, seid ihr noch ganz bei Trost? Stellt das Radio aus!« Fink war in den Raum getreten. »Was macht das denn für einen Eindruck auf Besucher? Wir sind doch hier nicht auf 'ner Partymeile.«

»Hier läuft kein Radio, Chef«, entgegnete Kemal.

Alles lauschte, und tatsächlich konnten sie jetzt deutlich Musik vernehmen. Fink hatte das merkwürdige Gefühl, seinen guten Anzug tragen zu müssen.

»So was hab ich aber noch nie auf einer Partymeile gehört«, meinte Kemal.

Ein Männerchor ertönte von irgendwo, mehrstimmig und getragen und sehr weihevoll.

»Das kommt von draußen«, sagte eine Kollegin, und alle drängten sich an die Fenster.

Fink versuchte, über den Milchglaseinsatz zu spähen. »Da kriegt anscheinend einer von euch ein Ständchen gebracht. Wer hat Geburtstag?«

Auf dem Gehweg vor der Dienststelle standen acht Männer verschiedenen Alters und sangen den Gefangenenchor aus der Oper »Nabucco«.

»Flieg, Gedanke, auf goldenen Schwihihingen«, tönte es in melodischem An- und Abschwellen. Einige Minuten standen die Polizisten still am Fenster und lauschten versonnen dem Chor der Männerstimmen.

Niemand outete sich zur Geburtstagsfrage, vielleicht aber auch nur, um nicht Gefahr zu laufen, seine gesamten Ersparnisse in Kuchen für die Belegschaft investieren zu müssen.

Der Männergesang wurde lauter und drängender. Nicht mehr lange und die ersten Anrufe von kulturbanausigen Nachbarn würden eingehen. Da sich keiner dazu berufen fühlte, der Sache auf den Grund zu gehen, nahm Fink die musikalischen Dinge selbst in die Hand und ging nach draußen.

Gerade verklang der letzte Ton. Ein zartes Pianissimo entstieg den Männerkehlen dem bewölkten Himmel entgegen. Fink wartete einen Moment, dann ging er auf die Männer zu.

»Ja, meine Herren, es kommt nicht so oft vor, dass die Polizei so eine musikalische Darbietung geboten bekommt. Also herzlichen Dank, wir haben uns sehr darüber gefreut, auch wenn wir den Grund nicht kennen.«

Die zweite Reihe des Ensembles geriet in Bewegung, und dann wurde ein improvisiertes Transparent in Form eines zwischen zwei Besenstielen gespannten Bettlakens entrollt. Fink sah sich der Forderung »Freiheit für Clemens!« in leicht verlaufener grüner Schrift gegenüber.

Ein dünner, sehr junger Mann mit dem ausgemergelten, aber zähen Aussehen eines Marathonläufers trat vor. »Wir haben eine Aussage für Clemens Olm zu machen. Er ist unschuldig«, sagte er.

»UNSCHULDIG«, echote es von den anderen.

Fink konnte Tuscheln hinter den Fenstern der Dienststelle hören.

»Er ist einer von uns«, fuhr der dünne Mann fort. Sommersprossen überzogen sein hageres Gesicht und hatten sogar die Ohrläppchen besiedelt.

»VON UNS«, kam es aus den beiden Reihen.

Finks Miene nahm sich ein Beispiel an dem sich verdüsternden Himmel. Er konnte die Nachbarn hinter ihren Vorhängen lauern spüren und sah förmlich vor sich, wie sie die Nummer der Zeitungsredaktion wählten. »Also gut, zwei von Ihnen kommen jetzt bitte mit mir hinein, der Rest wartet hier. In Ruhe. Von mir aus können Sie noch ein bisschen singen, aber leise.« Auf dem Weg hinein bemerkte er, wie einige grinsende Gesichter hinter den Fenstern im Erdgeschoss verschwanden.

Der Marathonjüngling und ein rundlicher Vierzigjähriger mit breiten Retrokoteletten folgten ihm und saßen wenig später in seinem Büro.

Freddy, der ausgezehrte Sportler, übernahm umstandslos die Führung. Zacky, im blaupalmigen Hawaiihemd, hielt sich nicht nur durch seinen nach hinten geschobenen Stuhl im Hintergrund und fummelte die ganze Zeit eine Sonnenbrille aus der Hemdtasche und wieder hinein.

»Woher kennen Sie Herrn Olm?«, eröffnete Fink die Unterhaltung.

»Der Clemens ist einer von uns«, antwortete Freddy. »Ein Bruder im stummen Leiden.« Er sah Fink an, als sei damit alles gesagt.

Fink wünschte sich nur einmal einen Gesprächspartner, der nicht versuchte, mit seinen nebulösen Andeutungen das Orakel von Delphi nachzuahmen. Oder der bereits nach zwei zusammenhängenden Sätzen schon wieder aufgeladen werden musste. »Um welche Art von stummem Leiden geht es dabei?«

»Um die Unterdrückung«, sagte Freddy.

»Durch Frauen«, brachte sich jetzt auch Zacky ein, von dem Fink zwischenzeitlich in Erfahrung gebracht hatte, dass er eigentlich Zacharias hieß. Er meinte, seine Information nur in verschwörerischem Raunen preisgeben zu können.

Einige Atemzüge lang herrschte Schweigen. Fink ließ es wirken. Er hatte häufig die Erfahrung gemacht, dass nichts so sehr die Leute zum Reden brachte wie ein schönes lastendes Schweigen.

»Wir sind eine Selbsthilfegruppe für unterdrückte Männer«, posaunte Freddy schließlich heraus. »Wir haben schlechte Erfahrungen mit Frauen gemacht, und wir treffen uns und reden darüber.«

»Wir nennen uns ›Freie Männer Koblenz‹«, erklärte Zacky seiner Sonnenbrille, die er auf- und zuklappte.

»Und Herr Olm ist Mitglied bei Ihnen?« Aus Finks Frage klang keine Verwunderung. Kein bisschen.

»Schon seit zwei Jahren ungefähr.« Freddy überschlug den Zeitraum noch einmal in Gedanken und nickte. »Ja, das kommt hin. Am Anfang hat er sich furchtbar schwergetan, darüber zu reden, aber das geht den meisten so.«

»Den meisten«, bestätigte Zacky. Jetzt ließ er seine Brille am Finger von einem Bügel baumeln.

Freddy rutschte auf dem Stuhl herum. Fink registrierte, wie er nach kurzem Ringen eine Entscheidung traf, die ihn auf die vorderste Stuhlkante trieb. »Eigentlich haben wir außerhalb unseres Kreises alle Stillschweigen gelobt. Ich meine, keiner will, dass die Nachbarn erfahren, dass man von seiner eigenen Frau im Keller eingesperrt oder jeden Tag als Idiot mit der Intelligenz einer Gurke bezeichnet wird.« Er lief rot an.

Zacky seufzte dramatisch; es klang fast wie eine Melodie. »Das will keiner.«

»Aber jetzt haben wir gehört, dass der Clemens verhaftet worden ist, wegen Mordversuch, und da müssen wir reden. Er war nämlich bei unserem Gruppentreffen. Also, sonst treffen wir uns meistens abends, aber an dem Freitag gab es einen Notfall. Einer von unseren Jungs hatte eine plötzliche Krise, weil seine Schwiegermutter bei ihm eingezogen war, ohne dass man ihn gefragt hätte, und nun hat er gleich zwei Frauen, die auf ihm herumhacken. Er wollte gar nicht mehr nach Hause gehen nach der Arbeit und hatte sogar schon einmal bei der Bahnhofsmission übernachtet. Er brauchte dringend moralischen Beistand, und darum habe ich alle zusammengerufen, und Clemens kam auch.«

Fink machte sich eine Notiz und fühlte in diesem Moment einen heftigen Anflug von Liebe zu Evi durch sich hindurchströmen.

»Können Sie mir auch etwas über den Mittwoch sagen, an dem der zweite Anschlag stattfand?«

»Eheabschied«, sagte Zacky. Zum ersten Mal lächelte er, wenn auch nur in sich hinein.

»Am Mittwoch waren wir alle beim Gericht«, erklärte Freddy. »Einer von uns hatte Scheidungstermin, und wenn es einer schafft, sich zu befreien, dann ist das für uns alle ein besonderer Tag, und wir gehen mit ihm zusammen zum Termin. Und am Abend vorher haben wir alle in der Kneipe gesessen und Eheabschied gefeiert.«

Fink schüttelte erschüttert den Kopf, während er schrieb. Eine Scheidung war ihm bisher nicht als Anlass zum Feiern erschienen, aber es gab wohl Konstellationen, da konnte man das anders sehen.

»Und der Clemens hatte auch gar keinen Grund mehr, seiner Frau was anzutun.« Jetzt, wo Freddy das Gefühl hatte, das Richtige zu tun, konnte er sich wieder entspannt zurücklehnen. »Er war nämlich wie verwandelt, nachdem er als Künstler mit seinen Skulpturen Anerkennung fand. Wir haben alle gemerkt, dass er viel mehr Selbstvertrauen und Lebensfreude hatte. Er ist auf einmal ganz aufrecht gegangen und nicht mehr so herumgeschlichen wie vorher.«

»Und er hat auch viel mehr gelacht.« Zacky konnte auch ganze Sätze.

»Wir glauben sogar, er wollte sich von Ursula trennen«, sagte Freddy. In seiner Stimme schwang Stolz mit. »Daraus sollten wir lernen, was ein wenig Lob und Anerkennung in einem Menschen bewirken können. Man braucht eigentlich nur ganz wenig, um seine Mitmenschen glücklich zu machen. Wenn jeder ein bisschen gibt, kommt bei jedem ganz viel an.«

»Ganz viel«, bekräftigte Zacky mit der Sonnenbrille in den Haaren nickend.

»Wenn Herr Olm ein Alibi für die fraglichen Zeiten hat, warum hat er uns das nicht gesagt?«, hakte Fink nach. »Es geht ja schließlich um ein Kapitalverbrechen. Ihm droht eine lebenslange Haftstrafe.«

»Es war ihm peinlich, dass er von seiner Frau so schlecht behandelt wird und Mitglied einer Selbsthilfegruppe werden musste«, murmelte Freddy. »Das entspricht ja nicht gerade dem männlichen Selbstverständnis. Ich meine, ein Kerl hat alles im Griff und macht Probleme mit sich selbst aus. Vielleicht ist es ihm ja sogar lieber, dass man ihm einen Mord zutraut, als dass er für ein Weichei gehalten wird, das sich von seiner Frau unterbuttern lässt.«

Fink entließ die beiden und verbrachte den Rest des Tages damit, auch noch die übrigen Mitglieder der Männergruppe zu befragen. Die Antworten klangen alle ähnlich, aber nicht so übereinstimmend, dass man eine Absprache hätte vermuten können. Er rief Lutz Schmitzenbach an und hatte dabei das Gefühl, häufiger mit ihm zu telefonieren als mit Evi. Wenn er nicht aufpasste, würde sich am Ende noch eine Männerfreundschaft daraus entwickeln.

40

Den ersten Stapel Post hatte Michi schon abgearbeitet. Werbung für Zahnersatz in Ungarn. Sie knirschte oft mit den Zähnen, vielleicht würde sie die Behandlung bald nötig haben. Einladung zum zwanzigjährigen Bestehen des Dackelzuchtvereins »Treuer Freund« mit der Bitte um einen Vortrag über die Bedeutung des Dackels in der Historie der Stadt Andernach. Das gehörte ins Büro und nicht an ihre Privatadresse, da war sie kleinlich. Daheim, wo sie sich selbst Asyl gewährte, wollte sie mit so was in Ruhe gelassen werden. *My home is my castle*, hätte Harry Gräflein mit seiner geballten Erfahrung in der britischen Tourismusbranche gesagt. Genau genommen war sie als Kulturbeauftragte für Dackel auch gar nicht zuständig.

Nächster Brief. Werbung für ein Wellnesswochenende in der Eifel für schlappe tausendzweihundert Euro. Oh ja, das wäre schön.

Sie nahm einen Schluck von ihrem Kakao und lehnte sich mit geschlossenen Augen zurück. Massage und Meditation, Bademantel und Brunnenkressemaske, Peeling, Pampelmusensalat und Pediküre. Michi öffnete die Augen. Sie hasste es, sich von jemand anders als ihrem Mann an den Füßen rumfummeln zu lassen. Und überhaupt, als ob sie für so was Zeit hätte. Sie stellte sich das Chaos vor, das ihre Söhne und ihr Mann währenddessen veranstalten würden. Der Erholungseffekt wäre zwei Minuten nach ihrer Heimkehr verpufft. Ein warmer Kakao musste es auch tun, und im Bademantel konnte sie daheim völlig kostenlos herumlaufen.

Es klingelte an der Haustür.

Michi hatte eben die Büroarbeit beenden und sich ihrem Krimi widmen wollen. Sie war ausnahmsweise allein zu Hause und für den Rest des Tages ohne Termin und wollte dieses Fest mit einem eingemauerten Mordopfer begehen. Dann siegte aber doch ihr Pflichtbewusstsein.

Vor der Tür stand Harry Gräflein. Er hielt seine Aktenmappe in der Hand und strahlte Michi an.

»Ach, hallo, Herr Gräflein.« Michi war überrascht und überlegte kurz, ob sie eine Verabredung mit ihm vergessen hatte, konnte aber aus ihrem Gedächtnis nichts Derartiges hervorzaubern.

»Frau Gabriel, heute komme ich mit einer wirklich atemberaubenden Idee zu Ihnen. Ich habe Großes vor mit Andernach.«

»Ja, das befürchte ich«, murmelte Michi, bat ihn herein und führte ihn ins Arbeitszimmer. Sie hatte ein schlechtes Gewissen, weil sie ihn bei ihrer letzten Begegnung an der Burgruine etwas ruppig behandelt hatte. Dafür war sie ihm jetzt ein bisschen Aufmerksamkeit schuldig.

Harry ließ sich vor dem Schreibtisch nieder und begann, eine Mappe mit Fotos vor sich auszubreiten.

»Ich hoffe, es hat diesmal nichts mit toten Menschen zu tun«, bemerkte Michi vorsichtig.

»Nein, natürlich nicht.« Harry sah sie erstaunt an. Der Mann musste ein sehr schwaches Erinnerungsvermögen haben.

»Gut. Freut mich. Dann machen wir ja Fortschritte.« Michi lächelte verbindlich und setzte sich auf den Drehstuhl. Aus der halb geöffneten Schublade lugte die Verpackung einer angebrochenen Tafel weißer Schokolade. Sieh an, Lorenz hatte ihr neues Versteck geplündert.

»Hier, schauen Sie.« Harry schob ihr einige Fotos hin. Sie zeigten verschiedene Orte in den Rheinanlagen. Da war der Kletterbaum, dessen kräftige Äste sich kurz über dem Boden verzweigten und auf dem schon Generationen von Kindern einschließlich ihrer Söhne herumgeklettert waren. Der große Springbrunnen mit seinen Wasserfontänen. Die schattige Platanenallee mit den Sitzbänken, die zum Alten Krahn führte. Michis Anspannung ließ nach. Was konnte Harry hier schon anrichten?

Das Telefon klingelte. Michi warf ihrem Gast einen entschuldigenden Blick zu und nahm den Hörer ab. Harry konnte das Gespräch in großen Teilen mitverfolgen, denn die Stimme der Anruferin wuchs in heftiger Erregung über sich hinaus.

»Ah, Frau Köpf, was kann ich denn für Sie tun?« Michi schaute Harry an und formte mit den Lippen das Wort »Gemeinde«. Am anderen Ende keifte es. »Ja, natürlich weiß ich, dass Sie einen Doppelnamen haben. Also, worum geht's, Frau Köpf-Peter?« Michis Stimme wackelte, aber nur ein klein wenig.

»Wissen Sie, was Ihr Mann gerade macht?«, rief es aus dem Hörer.

Michi schaute auf die Wanduhr. »Um diese Zeit müsste er den alten Herrn Müritz beerdigen.«

»ER ERZÄHLT WITZE!«, schrie Mathilde Köpf-Peter. »Ihr Mann steht hier im Talar auf dem Friedhof, hat Luftschlangen um den Hals und eine rote Nase auf und erzählt Witze. Bei einer Beerdigung! Das ist unfassbar.«

In diesem Moment wurde Harry und Michi ein Klangerlebnis zuteil, das nicht viele Menschen jemals zu hören bekamen. Im Hintergrund begann aus dem Telefon das Glöckchen der Friedhofskapelle zu bimmeln, während ein Blasorchester – Tätäätätää-tätää – einen Karnevalstusch spielte.

»Als Nächstes wirft Ihr Mann vermutlich gleich Konfetti ins offene Grab! Das ist … das ist … unfassbar.«

Michi steckte einen Fingerknöchel in den Mund und biss darauf. »Ja, Frau Köpf-Peter, was soll ich sagen, wenn das der letzte Wunsch von Herrn Müritz war, sollten wir das respektieren, nicht wahr? Er war viele Jahre Vorsitzender der Blauen Funken, und wer so ein richtiger Fassenachtsjeck ist, der will eben auch mit Trömmelchesmusik und Büttenrede beim lieben Gott einziehen. Gehen Sie mal ruhig zurück ans Grab, sonst verpassen Sie die besten Witze, die mein Mann draufhat. Und ein fröhliches ›Annenach Alaaf!‹, Frau Köpf-Peter.«

Michi legte auf und atmete tief durch, bevor sie sich eine Träne aus dem Augenwinkel wischte. Harry schaute sie fassungslos an und sah sich in seinem Urteil über den Geisteszustand von Pfarrer Lorenz Gabriel bestätigt.

»Entschuldigung, Herr Gräflein. Wo waren wir stehen geblieben?«

Harry musste sich kurz sammeln. »Ich habe Ihnen diese Fotos

von den Rheinanlagen mitgebracht. Die Uferpromenade ist ein ganz außergewöhnliches Schmuckstück«, sagte er und deutete auf die Bilder. »Hier, die bunten Blumenbeete. Und da die Enten und Schwäne. Und hier ist auch das Gehege mit den Schäfchen, die da grasen. Was für eine schöne Idee. Viele Kinder kennen Schafe ja nur noch aus den Bilderbüchern.«

»Ja, aus denen, wo die Tiere diese abartigen elektronischen Geräusche machen und Kühe klingen wie Hubschrauber und Enten wie Maschinengewehre. So was haben meine Jungs auch mal geschenkt bekommen.« Sie betrachtete die Fotos. »Sie haben recht, unsere Rheinanlagen sind ein echter Anziehungspunkt. Ein freundlicher erster Eindruck für Gäste, die mit dem Schiff nach Andernach kommen.« Sie hob eines der Bilder hoch. »Was ist denn das da für ein Schild neben der Sonnenuhr? Das ist mir noch nie aufgefallen.« Sie kniff die Augen zusammen. Vielleicht sollte sie doch mal über eine Lesebrille nachdenken. Zumindest erkannte sie aber den großen Pfeil, der auf einen Pfosten montiert war und mit der Aufschrift »Rheinbühne« nach links zeigte. Sie schaute sich die übrigen Fotos noch einmal an und entdeckte jetzt auch auf ihnen ähnliche Schilder. »Wann sind die denn aufgestellt worden? Stand darüber was in der Zeitung?«

»Diese Schilder gibt es noch nicht. Die habe ich mit einem Bildbearbeitungsprogramm in die Fotos gesetzt, um Ihnen einen realistischen Eindruck zu geben, wie es dort aussehen wird.«

Michi betrachtete einen roten Teppich, der virtuell über den Hauptweg der Anlage führte. »Äh, Herr Gräflein, was genau bedeutet ›Rheinbühne‹ in diesem Zusammenhang?« Ihr war klar, dass sie voreilig gedacht hatte, der Innovationsmanager könne seinen Größenwahn nicht auch in dieser heiteren Idylle ausleben.

Harry steckte noch einmal seine Hand in die Aktenmappe. Er hielt inne und schaute Michi erwartungsvoll an, genauso wie Ruben, wenn er ein Geschenk zum Muttertag gebastelt hatte und es kaum erwarten konnte, Michis Reaktion zu sehen. Dann zog Harry mit der Geste eines Zauberers ein weiteres, größeres Foto heraus. Michi erwartete fast ein »Tadaa!« von ihm, das er sich aber verkniff, wenn auch erkennbar nur mit Mühe.

Das Bild zeigte eine imposante Bühne, die in einer Konstruktion aus Holz und Metallstreben über dem Rhein zu schweben schien. Darüber spannte sich eine Bedachung, die sich anscheinend in der Art eines riesigen Cabriodachs zusammenfalten ließ. Das Bühnenbild bestand aus Aufbauten, die eine mittelalterliche Stadt darstellen sollten, mit dem Rheintor in der Mitte, das alle anderen Gebäude im Licht einer riesigen Scheinwerferanlage um das Doppelte überragte. An den Seiten schwebten gigantische Bienen über meterhohen Bienenkörben. Mehrere Personen standen dramatisch ausgeleuchtet auf der Bühne und vollführten ausladende Theatergesten. Auf ansteigenden Sitzreihen verfolgten zahlreiche Zuschauer das Spektakel.

Michi sah zu Harry auf. »Was genau ist das hier?«

»Das ist die Bühne, die wir in den Rheinanlagen für die Aufführungen des Bäckerjungenmusicals bauen werden.« Vor Feierlichkeit blieb Harry beinahe die Luft weg.

Auch Michi hatte Atemnot, aber aus anderen Gründen. Sie wunderte sich in diesem Augenblick eigentlich nur über ihre Gelassenheit. Vermutlich hatte sie inzwischen eine gewisse Harry-Immunität entwickelt. »Wenn ich das richtig verstehe, hat Ihre Idee diesmal zwei Komponenten: ein Musical und eine Bühne, auf der es aufgeführt wird?«

»Genau!« Endlich, endlich verstand sie ihn! »Aber genau genommen ist es Ihre Idee, da will ich ehrlich sein. Sie sollen am Ruhm teilhaben.«

Das löste bei ihr jetzt doch ein heftiges Blinzeln aus. »Das kann ich mir nicht vorstellen.«

»Aber sicher. Bei einem unserer Gespräche erwähnten Sie die See-Festspiele in Bregenz. Diese Idee habe ich aufgegriffen und weitergesponnen.« Er lächelte jovial.

Michi zerrte an der Schublade, knickte ein Drittel der Schokoladentafel ab und stopfte es sich auf einmal in den Mund. Während sie kaute, forderte sie Harry mit einer rotierenden Handbewegung auf, seinen Einfall zu erörtern. Ein kleines masochistisches Teufelchen raunte ihr zu, sich jetzt auch den ganzen Wahnwitz anzuhören.

Harry faltete die Hände auf der Schreibtischplatte und sah Michi ernsthaft an. »Dieser wunderbare Stoff der Bäckerjungensage wird nun schon seit vielen Jahren als Schauspiel aufgeführt. Jetzt sollten wir einen Schritt weiter gehen und die Emotionen des Publikums mit Musik ansprechen. Die Sage in einer neuen Dimension. Spektakuläre Tanzeinlagen, mitreißende Chöre, gefühlvolle Duette.« Er zog ein Blatt unter der Fotomontage hervor. »Ich habe bei den Texten schon ein bisschen vorgearbeitet. ›Wir Bäckerjungen sind niemals bezwungen.‹ Oder der Tanz der Bäckerinnung: ›Wir Bäcker sollen leben, wir wollen euch Brötchen geben.‹ Und dann das bezaubernde Liebesduett ›Wo Bäckerherzen lieben, kann keine Feindschaft sein‹.«

Michi hörte auf zu kauen. »Wie jetzt? Fränzje und Döres haben eine Liebesbeziehung? Wow, das wirft ein ganz neues Licht auf die Geschichte.«

Harry sah sie verwirrt an. »Aber nein. Fränzje liebt ein Mädchen aus dem verfeindeten Linz. Das ist beinahe Shakespeare-Dramatik. Und das alles auf der neuen Rheinbühne vor der im Wasser versinkenden Sonne.«

Michi nickte bedächtig. Es würde sie nicht im Geringsten wundern, wenn sie sich irgendwann im Fernsehen in einer Sendung mit versteckter Kamera wiedererkannte. Und dann fragte sie sich, warum eigentlich immer sie die Spielverderberin sein sollte. Diese undankbare Aufgabe konnte sie auch abgeben. »Tja, Herr Gräflein, ohne Ihren künstlerischen Ambitionen die Anerkennung versagen zu wollen, ich fürchte, Oberbürgermeister Schwalm wird diese Ausgaben sicher nicht absegnen.«

Harry lehnte sich zurück und lächelte sie listig an. »Ach, darüber brauchen Sie sich keine Gedanken zu machen. Herr Schwalm ist sogar ausgesprochen begeistert.«

»Sie haben mit ihm gesprochen?« Das musste man ihm lassen, Harry lernte dazu.

»Ich habe in dem Musical eine Rolle für ihn vorgesehen. Eine Hauptrolle. Der Herr Schwalm soll den einflussreichen, herzensguten Bäckermeister spielen, bei dem die beiden Bäckerjungen arbeiten. Er eilt den aufgeweckten Wachen heldenhaft zu Hilfe.

Soweit ich weiß, übt er schon sein vorläufiges Auftrittslied: ›Ich bin ein freier Bäckersmann, den jeder ehrt und lieb gewann, ich backe grooooße Brötchen.‹«

Michi nickte erneut und hielt Harry den Rest der Schokolade hin. Sie erkannte einen würdigen Gegner, wenn sie ihn vor sich hatte.

Harry brach sich ein Stück ab. »Herr Schwalm hat mir nämlich erzählt, dass er während seiner Israel-Reise auch eine Vorstellung des Musicals ›Anatevka‹ besuchen wird, das kennen Sie sicher.« Er sang mit angenehmer Tenorstimme: »›Wenn ich einmal reich wär …‹. Und da freute er sich sehr, seinen Gastgebern erzählen zu können, dass er selbst in einer Inszenierung mitwirkt.«

Michi überlegte. Abgesehen von der abstrusen Idee mit der Bühne über dem Rhein, für die selbst Schwalm bei aller Selbstliebe die nötigen Millionen nicht zur Verfügung hatte, war ein Bäckerjungenmusical kein schlechter Einfall. Aus dem Stoff ließ sich jede Menge vertonte Dramatik herausholen. Man könnte die ohnehin schon vorhandene Bühne nehmen, die jedes Jahr für die Martinsgeschichte und das Krippenspiel auf dem Marktplatz aufgebaut wurde. Ein Kinderchor mit lauter kleinen Bäckerjungen wäre doch zauberhaft, die ließen sich sicher aus den hiesigen Kindergärten rekrutieren.

»Z… zwei Millionen«, hörte sie Harry gerade sagen. Den Anfang des Satzes hatte sie nicht mitbekommen.

»Sie glauben, wir kriegen zwei Millionen an Einnahmen? Das halte ich dann doch für übertrieben.«

»Nein, Andrew Lloyd Webber will zwei Millionen, wenn er uns das Musical komponiert. Ich habe schon Kontakt mit seinem Management aufgenommen.« Harry leuchtete. »Der Mann hat ›Cats‹, ›Evita‹ und ›Jesus Christ Superstar‹ komponiert, da braucht er natürlich nicht für ein Dankeschön zu arbeiten. Ich warte noch auf die Antwort von Karel Gott, den ich für die Rolle des Linzer Hauptmanns vorgesehen habe.«

Puff, machte die Seifenblase in Michis Kopf. Es wäre ja auch zu schön gewesen, wenn Harry Gräflein diesmal einen nicht nur guten, sondern auch umsetzbaren Vorschlag gehabt hätte.

Sie lehnte sich vor und trommelte leise mit den Fingern auf der Schreibtischplatte.

Harrys Leuchten versank hinter den Felsen einer erneuten Abfuhr. »Nicht machbar?«

Michi schüttelte den Kopf. »Die Idee ist wirklich gut, und in kleinerem Rahmen kann ich mir das absolut vorstellen. Wir haben hier in Andernach einige außerordentlich begabte Sängerinnen und Sänger. Und sogar Komponisten, die für Karneval schon richtige Stimmungshits geschrieben haben. Sehen Sie mal, es wäre doch toll, für ein Andernach-Musical auch einheimische Künstler heranzuziehen.«

Harry stand auf. Wortlos steckte er seine Fotos wieder in die Mappe und wandte sich zum Gehen. Michi folgte ihm. An der Haustür drehte er sich zu ihr um. »Sie denken immer noch in kleinen Brötchen, Frau Gabriel. Dabei sollten Sie die zehnstöckige Torte vor Augen haben.«

Und er verließ Michis Haus mit hocherhobenem Kopf.

41

»Erde an Michi, nehmen Sie sofort Kontakt zur Bodenstation auf.«

Michi lag auf dem Sofa. Lorenz Gabriel knetete die besockten Füße seiner Frau, bemerkte aber an ihrer fehlenden Kitzeligkeit, dass sie nicht bei der Sache war.

»Wo bist du denn gerade mit deinen Gedanken?«

»Bei Harry Gräflein«, antwortete Michi und schob das Kissen unter ihrem Kopf zurecht.

Lorenz ließ sanft ihren großen Zeh kreisen. »So weit ist es mit unserer Ehe schon gekommen? Ich massiere deine erogenen Zonen, und du denkst ausgerechnet an Harry Gräflein?«

Michi lächelte. »Mein Zeh ist keine erogene Zone.«

»Wetten?« Lorenz hob ihren Fuß an und biss durch die Socke hindurch gefühlvoll in das fragliche Körperteil.

»Uh.« Ein angenehmer Schauder sorgte dafür, dass sich auf Michis Armen die Härchen aufstellten.

»Siehst du.« Ihr Mann weitete seine Knettätigkeit auf den anderen Fuß aus. »Was ist mit Harry?«

Michi räkelte sich wohlig. »Ich hab ihn in letzter Zeit ein bisschen ruppig behandelt, glaube ich. Er meint es gut, aber ich kriege echt die Krise bei seinen Vorschlägen. Der Mann ist komplett überambitioniert. Ich kann ihm einfach nicht vermitteln, dass wir für touristische Maßnahmen ein begrenztes Budget haben.«

Die angelehnte Wohnzimmertür knarrte leise, und die rote Katze schlenderte herein. Sie machte neben dem Sofa halt und stieß ihren Kopf fordernd gegen Michis herunterhängende Hand.

»Na, Beelzebub, kommst du deine Streicheleinheiten abholen?« Michi kraulte die weichen Haare auf dem Katzenrücken. »Jedenfalls hab ich mir überlegt, ich sollte dem armen Harry was Gutes tun. Jojo hat doch diesen Termin mit einem Reporter der

Rhein-Zeitung, der über seine Teilnahme mit Rodrigez bei ›Jugend forscht‹ berichten will. Er hat vorgeschlagen, ein paar Fotos im Grünen zu machen, das würde gut zu einem Pflanzenthema passen. Also treffen wir uns an der Schlossruine, Jojo, Rodrigez, der Reporter und ich, und da wollte ich Harry mitnehmen, damit er in seiner Funktion als Innovationsmanager auch etwas dazu sagen kann. Irgendwas in dem Sinn, dass die Stadt Andernach die Arbeit von wissenschaftlich interessierten Jugendlichen mit Spannung verfolgt und unterstützt.«

Lorenz zog die Socke von Michis Fuß und begann, jedem einzelnen ihrer Zehen eine Sondermassage zukommen zu lassen. Michi grummelte wohlig. »Das wird dem guten Harry sicher gefallen«, meinte der Pfarrer.

»Ja, und dem Reporter auch. Harry kann gut mit Leuten. Er hat so was rührend Enthusiastisches, und man hat das Gefühl, er ist ganz bei einem, wenn man mit ihm redet.«

»Soll ich dir was über meine Gefühle erzählen?«, fragte Lorenz.

»Ja, lass mal hören«, murmelte Michi.

42

Als Michis Kinder zur Welt kamen, hatte sie sich geschworen, nichts von den peinlichen Dingen zu tun, die Eltern mit ihren Kindern anstellten, solange die noch zu klein waren, um sich zu wehren. Michis Söhne sollten niemals den Großeltern Weihnachtslieder auf der Blockflöte vorspielen müssen, sie würde auf keinen Fall Schmutzflecken auf der Wange mit Spucke wegreiben, und sie würde anderen Leuten in Gegenwart ihrer Söhne unter keinen Umständen erzählen, wie lange das Töpfchentraining gedauert hatte.

Und tatsächlich hatte sie Mattis nur ein einziges Mal unter Einsatz von Gummibärchen überredet, seinem Vater ein Weihnachtsgedicht vorzutragen, das er im dritten Schuljahr selbst geschrieben hatte und in dem sich »Christkindlein« auf »Meerschwein klein« reimte.

Jetzt gerade musste sie sich aber zurückhalten, um ihrem Sohn Johannes nicht mit ein paar Fingerstrichen die abstehenden Haare zu glätten. Sie wog kurz den Respekt vor jugendlichem Stolz gegen die Aussicht auf ein peinliches Zeitungsfoto mit Strubbelfrisur ab und entschied sich kurz entschlossen für einen Kompromiss. Sie nahm ihm Rodrigez aus der Hand und sagte: »Streich dir mal deinen Wirbel glatt, da kommen ein paar Mädchen.«

Jojo verdrehte die Augen, nuschelte: »Na und?«, und tatschte treffsicher auf die fragliche Stelle über seiner Stirn.

»Jetzt geht's gleich los, Johannes«, flüsterte Harry Gräflein in einer Lautstärke, die Lazarus vermutlich auch ohne göttliche Hilfe aufgeweckt hätte. Warum er versuchte zu flüstern, war nicht ganz klar, denn außer ihnen und dem Zeitungsreporter, der sich nach einem passenden Hintergrund für seine Fotos umsah, war niemand in der Nähe. Aber Harry war völlig außer sich vor Freude, dass Michi ihn mitgenommen hatte und dass er in seiner Funktion als Innovationsmanager einige Worte zu dem Interview beisteuern durfte.

Harry war es auch gewesen, der vorgeschlagen hatte, Jojos »Jugend forscht«-Projekt mit Rodrigez, der Limabohne, an dieser Stelle des Schlossgartens in Szene zu setzen und es womöglich mit der »Essbaren Stadt« zu verbinden. Michi musste ihn wirklich für seinen unerschöpflichen Einfallsreichtum bewundern. Wenn der Mann sich einmal in ein Thema verbissen hatte, gab er nicht so schnell auf.

Sie standen im Schlossgarten, und der Reporter hatte schon einige Fotos mit Jojo und Rodrigez vor dem Bergfried, der Palasmauer und diversen Blumenbeeten geschossen. Jojo hatte die Funktion der Platinen auf den Bohnenblättern und die Wirkung von Stimmen und Stimmungen auf Pflanzen erklärt, die er zusammen mit Rodrigez untersuchte. Michi stand einige Schritte entfernt und schmolz vor Stolz dahin, und wenn sie Harrys verklärten Gesichtsausdruck richtig deutete, ging es ihm ähnlich. »Schön tief einatmen, Herr Gräflein«, meinte sie. »Sie haben das alles ganz prima im Griff.«

Harry lächelte sie aufgeregt an.

Dann war er an der Reihe. Da Michi eine längere Abhandlung befürchtete, setzte sie sich auf die Parkbank neben der Pyramide aus Kanonenkugeln aus dem Dreißigjährigen Krieg. Jojo gesellte sich zu ihr, stellte seinen Rucksack ab und entnahm ihm eine Flasche Wasser. Michi fragte sich, wie Jugendliche früher überlebt hatten, als sie noch ein oder zwei Stunden am Stück ohne Getränkeaufnahme ausgekommen waren.

»Herr Gräflein, was bedeutet dieses Projekt eines Schülers des Bertha-von-Suttner-Gymnasiums für die Stadt Andernach?«

Augenblicklich ging mit Harry eine erstaunliche Veränderung vor. Er hörte auf zu hibbeln, sich an die Brille zu fassen und über seine Haare zu streichen. Er stand aufrecht, beide Füße fest und parallel auf dem Boden und beantwortete freundlich und souverän die Fragen.

»Die Stadt Andernach ist sehr stolz auf die Eigeninitiative und den Forschergeist junger Menschen wie Johannes Gabriel. Projekte wie dieses sind eine Bereicherung für uns alle, denn sie zeigen, dass jeder in der Lage ist, Ideen zu entwickeln und umzusetzen. Und als Innovationsmanager freue ich mich besonders, dass unser überregional erfolgreiches Konzept der ›Essbaren Stadt‹ nicht nur zahlreiche Gäste zu uns bringt, sondern junge Menschen auch auf wissenschaftlichen Gebieten zu besonderen Leistungen inspiriert.«

Dann durfte auch er noch zusammen mit Jojo für ein Foto posieren. Als der Reporter seine Ausrüstung einpackte, nahm Michi Harry noch einmal zur Seite.

»Herr Gräflein, ich weiß, dass Sie schon viele neue Konzepte im Kopf haben. Jetzt sollten wir dem Stadtrat auch mal welche vorstellen. Die sind schon alle sehr neugierig.« Sie lächelte ihn aufmunternd an und versuchte, die Situation positiv darzustellen. Sie hätte auch sagen können, dass man ihm Feuer unter dem Hintern machen würde, wenn er nicht bald mit einer oder besser mehreren realisierbaren Ideen rüberkam.

»Ja, sicher, ich arbeite schon daran.« Harry nickte dem Reporter zum Abschied zu. »So etwas will gut vorbereitet sein, das sollten wir nicht übers Knie brechen. Und dieses schöne Erlebnis heute beflügelt mich zusätzlich.«

Michi hatte das Gefühl, nach all ihren Vorbehalten und Einwänden Harry wirklich etwas Gutes getan zu haben.

43

Fink war noch nicht ganz zur Tür herein, als er schon gegen eine Wand aus Kollegen prallte. Anscheinend hatten sie auf ihn gewartet. Einen Moment lang hatte er die irreale Vorstellung, sie hätten sich zu einer Meuterei zusammengerottet, um ihn seines Postens zu entheben und in einem kleinen Auto ohne Navi an einem einsamen Ort auszusetzen.

Stattdessen hielt ihm Sophia Birre ein Blatt Papier und einen Stift entgegen. »Sie müssen hier unterschreiben, sonst ist er weg.«

Fink schaute in entschlossene Gesichter. Er hätte beim besten Willen nicht erraten können, worum es ging, aber es schien eine wichtige Angelegenheit zu sein, so viel stand fest.

Gefolgt von dem Empfangskomitee, ging er in sein Büro und brachte erst einmal den Schreibtisch zwischen sich und seine Leute. Zu viel Nähe war ihm unheimlich. Sophia legte das Blatt vor ihn hin. »Da unten die gepunktete Linie. Wir haben schon alle unterschrieben.« Tatsächlich befanden sich zahlreiche Namen und namensähnliche Krakel unter einem kurzen Text.

> *Petition zum Verbleib des Hamsters Friedbert*
> *Hiermit bringen wir, die Beamtinnen und Beamten und weitere Mitarbeiter und Besucher der Polizeidienststelle Andernach, unseren Wunsch zum Ausdruck, dass der Hamster Friedbert in den Räumen der oben genannten Dienststelle verbleibt und nicht von seinem Eigentümer, Polizeiobermeister Ulf Kissmich, von hier in eine andere Unterkunft verbracht wird.*

Fink kannte die meisten Namen, die unter diesen Worten standen, wunderte sich aber doch über einige völlig unbekannte und ganz besonders über die nicht zu übersehende rote Unterschrift »Klaus Just (die Faust), Hamsterfan«.

»Äh, Leute, was soll das?« Er wedelte mit dem Papier.

»Der Ulf will seinen Hamster wieder mit nach Hause nehmen«, erklärte Sophia. »Wir wollen den Friedbert aber behalten. Er ist uns allen ans Herz gewachsen, und das Arbeitsklima ist viel besser geworden, seit er hier ist.« Zustimmendes Gemurmel begleitete ihre Aussage.

Fink setzte sich. »Warum will er ihn denn wieder mitnehmen?« Er würde es gegenüber anderen natürlich nicht zugeben, aber auch die Aussicht, die Kaffeemaschine dann wieder an ihrem alten Platz aufstellen zu können, würde für ihn selbst den Verlust von Friedbert nur schwer wettmachen.

»Friedberts Therapeut ist der Ansicht, eine zu lange Entfremdung von seiner gewohnten Umgebung würde ihm nicht guttun«, antwortete David Hemm. Der junge Mann war Fink sehr sympathisch, weil er nicht so aussah, als würde er seinen schlaksigen, groß gewachsenen Körper regelmäßig in eine Muckibude bewegen.

Fink dachte an die vielen guten Gespräche, die er mit Friedbert schon geführt hatte. Der Hamster war ein geduldiger Zuhörer, hatte immer Zeit und nahm die ihm vorgetragenen Probleme vorurteilsfrei und verschwiegen zur Kenntnis.

»Es steht Herrn Kissmich natürlich frei, seinen Hamster jederzeit wieder mitzunehmen«, sagte er. »Schließlich gehört Friedbert ihm und nicht uns, und er bezahlt auch seine Therapeutenrechnung. Aber wenn es, ähm, dem Arbeitsfrieden dient, werde ich mit Herrn Kissmich sprechen.«

Die Gesichter hellten sich auf. Fink schaute dem Trüppchen nach, wie es aus dem Raum ging und Erleichterung zurückließ. Er schüttelte lächelnd den Kopf. Meuterei abgewendet.

Fink machte sich gerade auf den Weg, um Ulf Kissmich zu suchen, als er Peter Emmerlein begegnete. Den dunklen Augenringen und dem schlurfenden Gang nach zu schließen hatte er Nachtdienst gehabt und war auf dem Heimweg.

»Sieht nach 'ner harten Nacht aus, Peter«, sagte Fink. »Gab's viele Einsätze?«

Emmerlein gähnte. »Ging so. Eine Kneipenschlägerei, eine

Beschwerde, weil der Nachbar den Fernseher zu laut laufen hatte, und eine Zwölfjährige, die ihre Eltern wegen Freiheitsberaubung anzeigen wollte, weil sie ihr Hausarrest gegeben hatten.« Er streckte sich. »Und da draußen muss es einen Heimwerker auf Selbstfindungstrip geben. Da war eine ganze Zeit lang ein leises Gehämmer und Gefräse zu hören, irgendwo Richtung Schlossruine.«

»Erzähl das bloß keinem, sonst geht morgen das Gerücht um, in der Ruine würde ein Geist hausen«, meinte Fink lachend. »Hast du auch schon wegen Friedbert unterschrieben?«

Emmerlein war bereits auf dem Weg zur Tür. »Klar, ich steh ganz oben auf der Liste. Ich hoffe, du spielst deine ganze geballte Überzeugungskraft bei Ulf aus, damit Friedbert bleiben kann.«

44

Klaus Möntgerath schob seinen Rollator über den Kies und kicherte boshaft in sich hinein. Er hätte schon vor zwei Stunden zu Hause sein sollen, aber er hatte sich mit seinem Freund festgequatscht. Wer wusste schon, wie lange dazu noch Gelegenheit war, da musste man jede Möglichkeit nutzen. Jetzt war es bereits dunkel, und seine Familie würde sich grün und blau über ihn ärgern und sich Sorgen machen, allen voran sein Enkel Heiner. Sollte er nur. Der regte sich sowieso über alles auf. Klaus war sich sicher, dass Bäckermeister Heiner Möntgerath nicht so wie er achtundneunzig werden würde, wenn er nicht bald lernte, das Leben mit heiterer Gelassenheit anzugehen.

Wenigstens hatte Heiner aufgehört, sich andauernd über das geplatzte Brezelgeschäft mit den Holländern aufzuregen, und das hatte er keinem anderen als seinem lieben Opa Klaus zu verdanken. Auf seinen Rat hin hatte Heiner dem Oberbürgermeister vorgeschlagen, dass der Bäckerjunge, der auf der Brezel abgebildet war, seine Gesichtszüge tragen sollte. Und Franz-Hubert Schwalm hätte sich eher selbst seines Amtes enthoben, als dieses Angebot abzulehnen.

Der Kies knirschte leise, und Klaus blieb stehen, um den lauen Abend zu genießen. Er liebte es, sich im Rollstuhl durch die Stadt schieben zu lassen und hoheitsvoll die Leute zu grüßen. Aber wenn er allein unterwegs war, bot ihm der Rollator größere Bewegungsfreiheit, und für enge Wohnungen und Lokale hatte er in einer Klemmvorrichtung an der Seite auch noch seinen Holzstock mit dem gebogenen Griff eingespannt.

Hier im Schlossgarten dufteten die Heckenrosen, und in einer der hohen Fensterhöhlen der Schlossruine gurrte eine schlaflose Taube. Wie viele Liebespärchen mochten sich im Verlauf der Jahrhunderte hier schon getroffen haben? Klaus überbrückte in der Erinnerung mühelos siebzig Jahre und sah sich selbst, einen jungen, schneidigen Bäcker, mit seiner hübschen aufregenden

Frau, wie sie sich im Schatten des Pulverturms nach einem ungestörten Plätzchen umsahen. Sie wohnten damals kurz nach der Hochzeit noch bei seinen Eltern, und da war nicht viel Raum für Zweisamkeit gewesen.

Klaus horchte auf. Er befand sich in der Nähe der aufgeschichteten Kanonenkugeln, dort, wo der Weg nach unten zum alten Graben führte. Das Moos, mit dem sie überzogen waren, verlieh ihnen eine fast pazifistische Aura. In der Dämmerung flogen hier manchmal Fledermäuse in halsbrecherischer Geschwindigkeit wie kleine Geschosse umher, aber heute Abend waren keine unterwegs. Jetzt meinte er, Geräusche aus dieser Richtung zu hören, ein ungewöhnliches Schaben und Klopfen.

Er wollte sich gerade auf den Weg machen, um den Ursprung des nächtlichen Krachs zu erkunden, als er ein Knirschen über sich hörte. Steine, die unheilvoll aneinanderrieben. Klaus trat mit seinem Rollator ein paar Schritte zurück und sah zur obersten Kanonenkugel der Pyramide hoch. Während er noch hinschaute, bewegte sie sich, schaukelte kurz hin und her, löste sich dann von ihren steinernen Schwestern und polterte mit dumpfen Aufschlägen über die tiefer gelegenen Kugeln nach unten. Dabei nahm sie Fahrt auf, machte immer größere Sprünge und kollerte schließlich rumpelnd zu Boden. Im selben Moment, als sie aufschlug und auf Klaus Möntgerath zurollte, löste sich eine Gestalt von der Pyramide. Ein Mensch sprang dahinter hervor in die dunklen Schatten. Bevor er zwischen Büschen verschwinden konnte, stolperte er und fiel auf die Knie.

Klaus Möntgerath war alt, aber seine Reflexe konnten sich noch sehen lassen. Mit festem Griff, mit dem er sonst nach dem Album mit den alten Erotikfotos seiner Frau griff, zog er seinen Stock vom Rollator, fasste ihn an der Spitze und schlug mit dem gebogenen Griff nach der ausrollenden Kanonenkugel. Nicht umsonst war er sechzig Jahre lang Mitglied des Minigolfvereins gewesen. Nicht vergebens hatte er unzählige Turniere gewonnen. Jetzt machte sich das Training ein weiteres Mal bezahlt.

Da die Kugel sehr schwer war, konnte sein Schlag sie nicht in die Luft befördern. Doch durch das harte Herunterpoltern hatten sich Teile von ihr gelöst, und Technik und Schwung reichten aus, sie auf den knienden Menschen zuzutreiben. Sie traf seinen Fuß, der Mensch im Schatten schrie »Au!«, dann rappelte er sich auf und verschwand den Weg in den Graben hinunter.

Klaus Möntgerath bückte sich und hob ein Blatt Papier in einer Klarsichthülle auf, die sich wohl im Fallen von der Kugel gelöst hatte. Die Schrift darauf konnte er ohne Brille nicht lesen, aber das Teil musste ja wohl eine Bedeutung haben. Er richtete sich schnaufend auf und legte die Hülle in den Korb seines Rollators. Na, wenn er sich jetzt kein Gläschen Küstennebel verdient hatte!

45

Heiner Möntgerath hatte die blau gemusterten Fliesen im Flur seines Hauses an diesem Abend durch sein Herumlaufen sicher schon um einen halben Zentimeter abgenutzt.

»Junge, jetzt bleib doch mal stehen, du kannst einen ja ganz nervös machen«, sagte sein Großvater. Klaus Möntgerath saß neben seiner Frau Lotte auf einer Holzbank und ließ sich von ihr das Knie tätscheln.

»Woran können Sie sich erinnern?« Fink hatte sich einen Stuhl geben lassen, damit er auf Augenhöhe mit dem alten Mann sprechen konnte.

»Oh ja, er kann sich an einiges erinnern, gell, Opa?« Heiners Sarkasmus steigerte sich zugleich mit seiner Lautstärke und der roten Gesichtsfarbe. »Er sollte nämlich ERMORDET werden!«

»Lass gut sein, Hein«, ermahnte ihn Klaus. »Leevje, gibst du mir noch einen?« Er hielt Lotte sein leeres Glas hin, die es mit zittrigen Händen aus einer Flasche mit milchigem Inhalt auffüllte. »Das kann ja mal vorkommen.«

»Ja, logisch, so ein Mord passiert einem ja immer mal wieder.« Heiner war an der Haustür angelangt und schlug mit der flachen Hand dagegen, dass die kleinen Butzenscheiben klirrten.

Fink versuchte, ihn zu ignorieren. »Herr Möntgerath, der Schlossgarten und die Kanonenkugeln werden gerade von der Kriminaltechnik untersucht, und die Kollegen von der Kripo Koblenz kommen gleich auch noch zu Ihnen. Aber erzählen Sie mir schon mal alles, was Ihnen einfällt, solange es noch ganz frisch ist.«

»Mein Opa ist achtundneunzig, an dem ist nichts mehr frisch«, rief Heiner. »Schon gar nicht nach einem Mordversuch. Keine Angst, Opa, gleich kommt der Doktor und gibt dir was zur Beruhigung.« Er tigerte auf dem Rückweg von der Haustür an ihnen vorbei und griff dabei nach der Flasche. »Und es wäre gut, wenn du bei der Befragung nicht mit diesem Zeug abgefüllt wärst. Und ich hab dir schon tausendmal gesagt, du sollst so spät abends nicht allein draußen unterwegs sein. Ich bin echt fassungslos!«

Lotte erhob sich ein bisschen mühsam und mit knackenden Gelenken von der Bank und baute sich vor ihrem Enkel auf. Dann trat sie ihm unerwartet einmal kräftig auf den Fuß und nahm, begleitet von Heiners Klagelaut, die Flasche wieder an sich. »Jetzt stell dich in die Ecke und lass deinen Opa seine Aussage machen. Wenn der Mörder ihn schon nicht erwischt hat, schaffst du den Opa heute noch mit deinem Gehampel.«

Heiner zog sich leise murmelnd neben einen Garderobenspiegel zurück.

»Sie haben gesagt, dass Sie einen Mann gesehen haben, der von der Pyramide weggelaufen ist«, nahm Fink ihr Gespräch wieder auf.

»Erst hab ich so ein Knirschen gehört, dann rollte die Kugel auf mich zu, ein Kerl kam hinter der Pyramide vor, und den hab ich dann abgeschossen«, erzählte Klaus mit unüberhörbarer Genugtuung. »Gelernt ist gelernt. Ich sage nur: sechzig Jahre Minigolf, das zahlt sich aus.«

Lotte rubbelte heftig sein Knie. »Ich bin so stolz auf dich, mein Klausemann.«

Fink sah, dass noch immer die hübsche, lebenslustige Frau in ihr steckte, die vor vielen Jahrzehnten den jungen Klaus Möntgerath mit ihrem kecken Charme um den Finger gewickelt hatte. Gleichzeitig war er aber froh, dass er sich bei seinem letzten Besuch nicht Fotos von Lotte als Nackedei angesehen hatte, die ihr Mann so freizügig jedem zeigte. Ihr jetzt gegenüberzustehen und zu wissen, wie die junge Lotte unbekleidet ausgesehen hatte, hätte ihn vor Scham in dem blauen Fliesenboden versinken lassen.

Fink staunte, wie gut die beiden sehr betagten Herrschaften angesichts der späten Stunde und der jüngsten Ereignisse noch dabei waren. Manche Alte schienen irgendwo verborgene Kraftquellen anzapfen zu können, von denen er nur träumen konnte. »Können Sie den Mann beschreiben? Ich weiß, es war schon dunkel, aber vielleicht ist Ihnen was aufgefallen.«

Klaus legte einen Großteil seiner hohen Stirn in Falten. »Ich meine, ich hätt den schon mal gesehen.«

Fink horchte auf. »Tatsächlich?«

»Also, die Laternen vom Stadtgraben haben ja rübergeleuchtet, da konnte ich schon noch ein bisschen erkennen. Und der ist mir bekannt vorgekommen, ich meine, vom Fernsehen. Aber dann war er ja gleich wieder weg.«

Es klingelte, und Heiner öffnete die Tür für Lutz Schmitzenbach und Kalle Krämer. Im Gesicht von Opa Klaus begannen nun doch die überstandenen Strapazen, der sinkende Pegel von Adrenalin und der steigende vom Küstennebel graue Spuren zu hinterlassen. Als der Arzt eintraf, setzte er der Befragung ein vorläufiges Ende, schickte die Senioren ins Bett und reichte dem Enkel ein Beruhigungsmittel. Von Ruhe und Bett waren die Polizisten in dieser Nacht noch ein paar Stunden entfernt.

46

»Gesägt, gefräst, gefeilt.« Kalle Krämer, Schmitzenbachs Kollege, stand in seinem Ledermantel vor der Pyramide aus Kanonenkugeln, deren Spitze ohne die oberste Kugel jetzt nur noch abgeflacht über ihnen aufragte. »Der hat den Beton, mit dem die Kugeln zusammengehalten werden, zerstückelt. Dabei hat er die halbe obere Kugel gleich mit zerdeppert, darum konnte sie auch nicht mehr richtig rollen, als sie unten ankam. Muss jedenfalls einen Heidenlärm gemacht haben, die Fräserei.«

Fink nickte. »Ja, mein Kollege Peter Emmerlein hat mir nach dem Nachtdienst davon erzählt, dass er den Krach bis zur Dienststelle gehört hat.« Er wies nach rechts, wo in Sichtweite das Polizeigebäude lag. »Es gab auch Beschwerden von Nachbarn. Er hat sogar jemanden rausgeschickt, aber da hatte es schon aufgehört, und keiner konnte sagen, woher der Lärm kam. Klaus Möntgerath hat kurz vor dem Runterfallen der Kugel auch noch mal eine Fräse oder einen Hammer gehört. Wahrscheinlich ist der Täter am Abend zuvor nicht fertig geworden, weil ihn die Streife gestört hat, und hat gestern weitergemacht.«

»Na, hartnäckig scheint der Typ ja zu sein.« Kalle sah sich nach den Mitarbeitern der Kriminaltechnik um, die auf der Pyramide und dem Platz davor nach Spuren suchten.

»Ich fass es ja nicht«, tönte Lutz Schmitzenbach im Näherkommen so laut, dass sich alle kurz nach dem großen, massigen Mann umdrehten. »Ich werde extra Absperrband bestellen müssen mit der Aufschrift ›Tatort Andernach‹. Sie machen mich fertig hier.«

Fink ärgerte sich diesmal fast gar nicht über die Bemerkung. Er konnte Schmitzenbachs Häme nachvollziehen.

»Wo sind wir hier eigentlich?« Der Koblenzer schaute zu den Mauern hinüber.

»Das ist die Stadtburg, auch Schloss genannt. Die gehörte mal dem Kölner Kurfürsten«, antwortete Fink.

»So was haben wir auch«, entgegnete Schmitzenbach prompt.

»Wir haben sogar mehrere von diesen Gemäuern«, fügte Kalle Krämer hinzu. »Das Kurfürstliche Schloss, die Festung Ehrenbreitstein und die Alte Burg. Unseres steht aber alles noch.«

Fink seufzte.

»Es gibt nicht den geringsten Zusammenhang zwischen den Opfern, keine erkennbare Gemeinsamkeit«, erklärte Schmitzenbach. »Unterschiedliches Geschlecht und Alter, unterschiedliche Vorgehensweise, nur diese verdammten Briefe vom ›Mörderischen Bäckerjungen‹, von denen mittlerweile drei in unserem Labor liegen. Mein einziger Trost ist, dass der Kerl bisher noch keinen Erfolg hatte. Besonders geschickt scheint er ja nicht zu sein, und dafür können wir alle dankbar sein.«

»Hoffentlich macht der nie einen Heimwerkerkurs«, ergänzte Kalle.

»Als Tourist bekäme ich es langsam mit der Angst zu tun«, bemerkte Schmitzenbach und sah sich um. »Eine Ferienreise hierher werde ich mir gut überlegen, wenn ich im Ruhestand bin. Ich bin jung, ich will noch nicht mit Steinen erschlagen, von Drähten zu Fall gebracht oder von Kanonenkugeln zermalmt werden.«

Fink nahm seine Mütze ab und fächelte sich Luft zu. In der Nähe knatterte ein Rasenmäher, und der Duft von frisch geschnittenem Gras wehte zu ihnen herüber. »Da hätten Sie als Auswärtiger doch gute Überlebenschancen. Der ›Mörderische Bäckerjunge‹ hat ja geschrieben, er hat es nur auf Andernacher abgesehen, und das holländische Opfer war ein Versehen.«

Kalle kicherte. Bei einem großen Mann im schwarzen Ledermantel, von dem man in der U-Bahn automatisch ein Stück abgerückt wäre, klang das merkwürdig mädchenhaft. »Super, dann könnt ihr das ja als Werbung nutzen: Besuchen Sie Andernach, hier werden nur Einheimische ermordet.«

Kemal Özgür kam unter dem Absperrband durchgetaucht. »Chef, da ist ein junger Mann, der sucht einen gewissen Rodrigez.«

Fink schaute zu der Reihe von Schaulustigen, die sich wie üblich in Tatortnähe gesammelt hatten und hofften, von den ebenfalls anwesenden Reportern befragt und gefilmt zu werden, auch wenn niemand etwas zu sagen hatte. Er sah Michis ältesten Sohn Johannes zwischen ihnen stehen und winken und ging zu ihm.

»Hallo, Herr Hauptkommissar.«

Sofort schwenkte eine aufgeregte Reporterin mit Brille herum, um brisante Informationen aus erster Hand abzugreifen. Deshalb hielt Fink das Absperrband hoch, zog Jojo zu sich und nahm ihn beiseite.

»Haben Sie Rodrigez gefunden?« Er schaute Fink hoffnungsvoll an. Ein Anflug von Verzweiflung stand in seinen Augen. »Ich dachte, Ruben hat ihn wieder genommen, um ›Star Wars‹ mit ihm zu spielen, aber er schwört, er hat ihn nicht. Und dann fiel mir ein, dass ich ihn vorgestern bei dem Zeitungsinterview hier dabeihatte, und da hab ich ihn wohl stehen lassen.«

»Ach, die Pflanze?« Fink erinnerte sich. »Die Bohne, oder?«

»Ja, meine Limabohne. Mit den Platinen.«

»Wo hast du die denn stehen lassen?«

»Wir haben da drüben auf der Bank bei der Pyramide gesessen. Da könnte er sein.«

Eine Idee flipperte durch Finks Kopf, aber sie war so schnell, dass er sie nicht greifen konnte. Er wusste nur, dass sie ein bisschen schräg gewesen war. »Warte hier, ich seh mal nach.«

Tatsächlich fand er die Pflanze, ohne lange suchen zu müssen. Sie war neben der Bank mitsamt Topf in das angrenzende Gebüsch gekippt.

Er kam zu Jojo zurück. »Ja, dein kleiner grüner Kaktus ist tatsächlich da drüben.«

Die Erleichterung war dem Jungen anzusehen. »Oh, wow, Gott sei Dank. Da hätte ich große Unannehmlichkeiten gekriegt, wenn mein Forschungsobjekt abhandengekommen wäre.«

Fink schmunzelte über die gehobene Ausdrucksweise.

»Aber das ist kein Kaktus«, belehrte ihn Jojo.

»Ich weiß. Aber es gibt ein bekanntes Lied von den Comedian Harmonists, das ›Mein kleiner grüner Kaktus‹ heißt.« Er begann die Melodie zu summen.

Jojo nickte bedächtig. »Verstehe. Meine Eltern singen auch immer diese Dinosaurierlieder von früher.«

Solche Sprüche stehen mir also bevor, wenn Felix älter wird, dachte Fink resigniert. »Ich kann dir Rodrigez aber jetzt nicht mitgeben. Das hier ist ein Tatort, da kann ich nicht einfach etwas wegnehmen. Das Teil könnte für den Fall wichtig sein.« Jojo starrte ihn gebannt an. »Die Techniker werden ihn eintüten und auf Fingerabdrücke und so untersuchen. Vielleicht hat der Täter bei seiner Vorbereitung auf der Bank gesessen und deine Bohne versehentlich berührt und umgestoßen. Vielleicht musst du mit deiner Familie zur Dienststelle kommen, damit wir von euch Fingerabdrücke für einen Abgleich nehmen können.«

Jojo kriegte den Mund kaum noch zu. »Das ist voll krass«, hauchte er schließlich nicht mehr ganz so gehoben. »Mattis tickt aus, wenn ich ihm das erzähle.«

Finks Idee schoss wieder vorbei, und diesmal bekam er sie zu fassen. »Hör mal, Johannes, du kannst mir einen Gefallen tun. Wenn du die Bohne zurückhast, dann überprüf doch mal, ob da irgendwelche Stimmen von gestern Nacht aufgezeichnet wurden.«

Jojos Augen wurden groß. Und noch ein bisschen größer, als ihm der ganze Sinn der Bitte aufging. »Boah, Sie meinen«, er senkte die Stimme, »da ist die Schwingung von der Mörderstimme drauf?«

Fink legte einen Finger auf die Lippen. »Ist nur so ein Gedanke«, flüsterte er zurück.

Jojo drehte sich um und galoppierte davon. Fink sah ihm lächelnd nach und war sich sicher, dass bei Michis Söhnen heute die helle Aufregung herrschen würde.

Dann suchte er einen Kriminaltechniker, dem er Rodrigez übergeben konnte.

47

Harry erwachte mit einem euphorischen Gefühl. Heute würde es passieren, da war er sicher. Heute würde Ewald Münge den spektakulärsten Spezialeffekt in der Geschichte des Freilufttheaters zustande bringen.

Am Tag zuvor hatte Harry eine Probe für die Aufführung der Bäckerjungensage besucht und war hingerissen und berührt vom Spieleifer der Laiendarsteller. Wie sie sich hineinknieten und in jede Szene neue Ideen einbrachten! Das musste doch durch eine aufsehenerregende Bühnentechnik unterstrichen werden.

Ewald wartete schon an der Stadtmauer, als Harry seinen Wagen dort parkte. Im ersten Moment erkannte er den Elektromeister gar nicht, denn dieser trug statt der Latzhose einen … äh … Harry sah noch einmal hin, doch, einen Kilt. Darunter schauten sehr dürre, behaarte weiße Beine hervor. Harry war drauf und dran, sich einzureden, dass er sich das alles im Licht- und Schattenspiel der Bäume nur einbildete, aber dann drehte sich Ewald zu ihm und war real.

»Grüß Sie, Herr Münge.« Harry schloss die Autotür mit Bedacht, um Zeit zu gewinnen. »Sie sehen ja richtig fesch aus. Ich wusste nicht, dass beim Bäckerjungenspiel Schotten vorkommen.«

»Dudelsack«, erwiderte Ewald. Er bückte sich, um den Fernauslöser für die Sprengladung aus dem Werkzeugkasten zu holen.

»Ach so.« Harry sah bei Ewalds Bückmanöver schnell weg, weil er den Anblick von Unaussprechlichem fürchtete. »Und kämpfen die Schotten aufseiten der Andernacher oder der Linzer?«

»Nä, ich hab gemeint, ich spiel in einer Dudelsackkapelle.« Ewald richtete sich wieder auf. »Seit ’nem halben Jahr. Meine Frau hat gesagt, wenn ich in Rente gehe, brauche ich ein Hobby, möglichst nicht daheim. Jetzt hab ich zweimal die Woche Dudelsackprobe im Jugendzentrum. Die haben da oft so laute Rockkonzerte und meinen, da kommt das auf unseren Krach auch nicht mehr an.«

Harry fuhr sich heftig durch die Haare. Er hatte die Briten ja schon für ein bisschen eigen gehalten, aber die Leute hier stellten das Inselvolk um Längen in den Schatten. Er lächelte. So viel Skurrilität war schon wieder liebenswert. Dann überfiel ihn die Erinnerung an sein kleines Londoner Missgeschick, und mit einem traurigen Seufzer wandte er sich der Mauer zu.

»Also, dann wollen wir mal. Ich bin guter Dinge, dass es klappen wird. Legen Sie los.« Er zeigte einladend zur Mauer.

Ewald nickte langsam. Um den Moment gebührend zu würdigen, zupfte er seinen gelb und grün karierten Kilt zurecht. Dann besann er sich und hielt Harry den Auslöser hin. »Wollen Sie vielleicht mal?«

Harry war gerührt über diesen Vertrauensbeweis. Eine geradezu kindliche Neugier trieb ihn an, das Kästchen zu nehmen und es richtig krachen zu lassen. Aber bei allem Optimismus brachten ihn die Erfahrungen der vergangenen Versuche dazu, lieber die Finger davonzulassen.

»Ach, Sie sind ja schließlich der Fachmann, übernehmen Sie das lieber.«

Der ältere Mann konzentrierte sich und legte noch einmal Hand an sein dünnes Zöpfchen, um es ordentlich zu richten. Dann drückte er den roten Knopf.

Wummmm!

Harrys Erwartungen wurden übertroffen. Oh ja! In einer übel stinkenden Rauchwolke spritzte ein Stein von der Größe eines Tennisballs aus dem Mauerwerk heraus, beschrieb einen Bogen, dem beide andächtig mit den Augen folgten, und polterte mit einem dumpfen Schlag auf die Windschutzscheibe von Harrys Wagen. Das Sicherheitsglas sprang, hielt aber stand, der Stein prallte davon ab und landete zwischen ein paar jungen Pflänzchen am Fuß der Mauer, nicht ohne vorher das Schild mit der Aufschrift »Mangold« niederzumähen.

Harry starrte zuerst seine Autoscheibe und dann Ewald an.

Der wiederum begutachtete die Mauerstelle, die den Stein mit Hilfe seiner Sprengkünste in die Freiheit entlassen hatte. Was er sah, entlockte ihm ein befriedigtes »Sauber«. Dann lächelte er Harry mit dem Stolz eines frischgebackenen Vaters an und sagte: »Schwefel. Stinkt schön, gell?«

Harry Gräflein hatte geglaubt, durch seine vielfältigen Erlebnisse abgehärtet zu sein, aber jetzt fiel es ihm doch erkennbar schwer, seine innere Mitte wiederzufinden.

»Hat ja diesmal prima geklappt«, resümierte Ewald aufgeräumt, während er seinen Werkzeugkasten zusammenpackte. »Sie wollten ja, dass den Zuschauern was um die Ohren fliegt, gell?«

»Das meinte ich eher symbolisch, mein lieber Herr Münge.« Harry wunderte sich, wie belastbar seine gute Erziehung und seine natürliche Gutmütigkeit waren. Vielleicht hatte er dem armen Ewald die Sache am Anfang einfach nicht richtig erklärt. »Passen Sie auf, es ist ganz einfach: Sie fangen beim Knall an, gehen zum Rauch über und hören auf, bevor die Mauer explodiert.«

Ewald kratzte sich das nackte Knie unterhalb des Kilts. Harry hatte noch nie ein dermaßen haariges Knie gesehen.

»Geht schon«, meinte der Elektriker nach einer Weile.

Harry nahm seine Brille ab, rieb sich die Nasenwurzel und seufzte. »Ich weiß schon: Ist aber teurer.«

48

»Ich hab ihn gesehen, Herr Hauptkommissar.«

Fink blieb stehen, nur fünf Schritte vom Eingang der Polizeiinspektion entfernt. Fünf Schritte, die ihn in Sicherheit gebracht hätten.

»Wen denn, Frau Nose?«

»Den Täter, der die Kanonenkugel abgesägt hat.« Sie hibbelte aufgeregt vor Fink herum.

»Ach, gut, Sie waren es diesmal nicht selbst?«

»Nein, aber ich hab ihn ganz deutlich gesehen, weil ich an dem Abend mit dem Hund meiner Schwester Gassi gegangen bin. Er heißt Bobo.«

»Der Hund oder der Täter?« Fink warf einen Blick zum Eingang. Fünf Schritte!

»Der Hund. Der Täter heißt Günther.«

Finks Geduldsschiffchen kam bei hohem Wellengang heftig ins Wanken. »Sie haben den Täter erkannt?«, fragte er dennoch so freundlich, wie es ihm gerade möglich war.

»Es war dieser Moderator, Günther Jauch. Von der Quizsendung.«

Fink starrte sie an. Dann gönnte er sich einen weiteren Moment des Starrens. »Das ist ja diesmal gar kein Actionheld, Frau Nose«, brachte er schließlich heraus. »Warum haben Sie sich nicht sofort gemeldet?«

»Ich hab mir als Erstes gar nichts dabei gedacht, weil ich ihn nicht direkt an der Schlossruine gesehen hab, sondern an der Bushaltestelle. An dem Abend, an dem der alte Herr beinahe von der Kanonenkugel überrollt worden wäre. Sie hatten doch gesagt, die Prominenten wollten hier in Andernach anonym bleiben.«

Fink nickte bedächtig. »Frau Nose, ich werde mir diesen Hinweis merken. Am besten, Sie gehen nach Hause und schreiben genau auf, was Sie gesehen haben.«

Lydia Nose eilte eifrig von dannen. Ja, das würde sie tun. Und als Erstes würde sie aufschreiben, dass der Moderator gehinkt hatte.

49

»Ich glaube immer noch, dass der Ulf Kissmich uns abzockt.« Sophia Birre zog einen Zehn-Euro-Schein aus ihrem Geldbeutel und steckte ihn in den Umschlag, den Peter Emmerlein ihr hinhielt. »So viel hab ich ja nicht mal gegeben, als wir beim letzten Mal für das Geschenk zur Beförderung gesammelt haben.«

Fink faltete einen blauen Zwanziger auseinander, den er dem Zehner in den Umschlag folgen lassen wollte. Emmerlein hielt ihn aber außerhalb von Finks Reichweite und begutachtete interessiert Sophias Ohrstecker.

»Sag mal, Sophia, wo hast du denn den tollen Schmuck her? Silber mit Türkisen, zwanziger Jahre.« Er beugte sich näher zu ihrem Ohr. »Mit kleinen Karneolperlen. Willst du die verkaufen?«

»Nein, die will ich behalten. Hat mir mein Mann gerade erst zum Hochzeitstag geschenkt. Er ist leider leer ausgegangen, weil ich mein Geld ja in Hamster investieren muss.« Sie bedeutete Emmerlein, für Fink den Umschlag zu öffnen.

Fink versenkte seinen Schein. »Dsungarische Zuchtzwerghamster werden auf dem Markt teuer gehandelt, sagt der Kollege Kissmich. Und wenn er uns Friedbert großzügigerweise überlässt, hat er einen Anspruch auf angemessenen Ersatz. Außerdem, jeder von uns führt mit Friedbert regelmäßig Therapiegespräche. Überlegt euch mal, was euch so eine Sitzung draußen kosten würde.«

Als er wieder allein war, fiel Finks Blick auf den großen Papierblock, der ihm als Schreibtischunterlage diente. Zwischen Strichmännchen, die er beim Telefonieren malte, und Paragrafennummern aus einem exotischen Gesetz, die er hatte nachschlagen wollen, stand dort ein »Zack Knuff Bumm«, das er in einem Moment heftiger Wut ins Papier gedrückt hatte. Außerdem stand das Wort »Gemeinsamkeiten« am oberen Rand. Gab es wirklich keine Gemeinsamkeiten zwischen den drei Opfern der Mordanschläge? Ein Steinwurf vom Rheintor in eine Gruppe niederländischer Touristen mit Griet de Vries, einer rundlichen Dame im frühen Rentenalter, ein Stolperdraht im Judenbad, der beinahe Hausmeister Feis zu Fall gebracht hätte, einen kräftigen Mann Mitte vierzig, und schließlich eine abgesägte steinerne Kanonenkugel aus dem Schlossgarten, die den sehr betagten Klaus Möntgerath aber nicht von den Beinen hatte holen können. Fink ließ den Blick aus dem Fenster schweifen. Zwischen den Bäumen konnte er den Pulverturm der Stadtburg erkennen. Nein, die Opfer selbst wiesen keine erkennbaren Gemeinsamkeiten auf. Fink schrieb die Worte »Bekennerbrief« und »Mörderischer Bäckerjunge« auf. In dem Schreiben des »Mörderischen Bäckerjungen« hatte gestanden, er wolle nur Einheimische treffen. Und Schmitzenbachs Kollege Kalle Krämer hatte ironisch gesagt, wenn das so wäre, müssten sich Touristen keine Sorgen machen, Opfer zu werden.

Fink lehnte sich zurück und schloss die Augen. Seine Gedanken wirbelten umher, fassten sich an den Händen, lösten sich wieder und formierten sich neu.

Sein Telefon klingelte.

»Chef, ich hab hier einen Johannes Gabriel am Telefon, der Sie sprechen will.«

»Danke, Herr Özgür, stellen Sie ihn durch.«

Es knackte, dann meldete sich Jojo. »Hallo, Herr Fink, wir haben Rodrigez jetzt zurückbekommen, und ich hab die Daten ausgewertet, wie Sie vorgeschlagen haben, und da sind vom Tatabend tatsächlich Stimmenkurven drauf.«

Fink setzte sich auf. »Von Leuten, die du kennst?«

»Nee, leider negativ. Aber die müssen ganz in der Nähe gewesen sein, Rodrigez hat nämlich nicht so eine große Reichweite. Wenn ich eine Referenzstimme hätte, könnte ich die abgleichen, aber eine einzelne Kurve ohne Gegenstück kann ich natürlich nicht zuordnen. Das ist wie bei Fingerabdrücken. Tut mir leid.«

Fink war ein wenig enttäuscht, obwohl er zu sich sagte, er habe das Ganze ohnehin nur für eine Spielerei gehalten. Aber, Mensch, das wäre es doch gewesen! »Schade. Trotzdem danke,

Jojo. Das ist ein tolles Projekt, wer weiß, was du alles daraus machen kannst.«

Er legte auf und begann, Galgenmännchen um die Worte »Mörderischer Bäckerjunge« zu malen.

50

Bevor Harry das Holzportal öffnen und eintreten konnte, strömte eine Horde Jugendlicher aus der Christuskirche auf den Vorplatz. Sie lachten und alberten miteinander herum, und die meisten zückten nach zwei Stunden Konfirmandenunterricht und damit verbundener Abstinenz suchtmäßig ihre Handys aus der Hosentasche. Umgeben von einigen schnatternden Mädchen wurde auch Pfarrer Lorenz Gabriel herausgespült. Er trug Jeans und ein weißes Shirt, und Harry musste genau hinschauen, um ihn unter den Halbwüchsigen auszumachen.

Sie hatten sich vor einiger Zeit in der Stadt beim Einkaufen kennengelernt. Michi hatte sie miteinander bekannt gemacht, und Harry hatte den Eindruck von einem Mann, der es verpasst hatte, von seiner Pubertät rechtzeitig Abschied zu nehmen, und für sein geistliches Amt erheblich zu lässig war.

Jetzt hatte Lorenz ihn erspäht und kam zu ihm geschlendert. »Hallo, Herr Gräflein. Wollen Sie sich die Kirche ansehen? Lohnt sich, ist ein schönes altes Gotteshaus.«

Harry schaute an der frisch renovierten Tuffsteinfassade empor zu den beiden großen Spitzbogenfenstern. »Ja, das ist ein eindrucksvolles Gebäude, obwohl es im Vergleich zu anderen Kirchen so schlicht wirkt und trotzdem so einladend.«

Lorenz sah ihn überrascht an. »Ja, das finde ich auch. Die Kirche wurde Ende des 13. Jahrhunderts erbaut als Klosterkirche des Minoritenordens.« Er klopfte gegen einen der Steine, wie er einem braven Pferd den Hals getätschelt hätte. »Das ist ein Bettelorden, und darum ist der Kirchenbau auch eher schlicht gestaltet. Später hieß die Kirche Sankt Nikolauskirche und diente als Begräbnisstätte für angesehene Adels- und Bürgerfamilien.«

»Aber jetzt ist das doch eine protestantische Kirche, oder?«, fragte Harry.

»Ja, nachdem die Klöster durch Napoleon aufgelöst wurden, hat Friedrich Wilhelm IV. die Kirche der evangelischen Gemeinde geschenkt. Vorher diente sie eine Zeit lang als Pferdestall, Gefängnis, Lagerhalle und Kaserne.« Lorenz sah Harrys Gesichtsausdruck wohl an, dass er bei ihm nicht mit detaillierten Geschichtskenntnissen gerechnet hatte. Er grinste. »Ich finde solche Sachen total spannend. Im Innenraum wurden unter dem Putz noch ganz alte Wandmalereien entdeckt. Wenn man die anschaut, ist es, als ob man dem Maler über siebenhundert Jahre hinweg die Hand schüttelt.«

Tatsächlich hatte Harry dem jugendlich wirkenden Pfarrer so viel Tiefsinnigkeit nicht zugetraut. Vielleicht war das ein gutes Omen für sein eigentliches Anliegen. »Ich würde gern etwas mit Ihnen besprechen«, begann er. »Es ist ein bisschen … heikel, könnte man sagen.«

»Kein Problem, dann kommen Sie am besten mit ins Pfarrhaus, da können wir bei einem Käffchen ungestört quatschen.«

Harry zögerte. »Ich möchte eigentlich nicht, dass Ihre Frau von unserem Gespräch erfährt.«

»Nö, alles gut, Michi hat einen Termin in der Schule. Mattis hat anscheinend irgendwas mit dem Schulskelett angestellt.« Er lachte und ging Harry voran.

Zu Hause brachte er seinem Gast einen Kaffee ins Wohnzimmer. Um einen Platz für die Tassen zu finden, musste er Rodrigez vom Tisch auf die Fensterbank verbannen.

»Den haben wir heute erst von der Polizei wiederbekommen.« Lorenz schüttelte sich ein Sofakissen zurecht, um seinen Arm darauf abzulegen. »Wir mussten alle unsere Fingerabdrücke abgeben wegen dieser Ermittlungen, die da gerade laufen. Mensch, ist echt irre, wie viel Spaß wir mit dem Grünzeug schon hatten. Um was geht's denn bei Ihnen?«

Harry betrachtete gedankenverloren die Pflanze. »Wie? Ach so. Also, das ist ein bisschen knifflig.« Er räusperte sich. »Es geht um ein Wunder.« Seine Stimme war sehr leise geworden.

Lorenz hielt im Trinken inne und sah ihn über den Tassenrand hinweg an. »Sie haben ein Wunder erlebt?«

»Noch nicht.« Harry schob sich auf seinem Sessel vor. »Was ich meine, also, es könnte ja eines geben. Ein Wunder. Wenn eine

Heiligenfigur anfinge zu weinen, der heilige Johannes Nepomuk an der Bahnunterführung zum Beispiel, stellen Sie sich vor, wie viel Menschen da kämen, um es anzusehen.«

»Jaaaa.« Lorenz griff sich in seine ohnehin verstrubbelten Haare. »Ich bin als evangelischer Pfarrer ja nicht der Fachmann für Wunder. Das ist ja so ein Katholikending. Haben Sie den alten Nepomuk denn selbst weinen gesehen?«

Harrys Gesicht nahm in unglaublicher Geschwindigkeit das Möntgerath-Rot an. »Als ich die Figur neulich gesehen habe, hatte ich das Gefühl, sie könnte bald losheulen. Irgendwie hat sie mich traurig angesehen. Und ich bin fast sicher, dass ich Tränen gesehen habe. In ihren Augen.«

»Soweit ich weiß, ist der Vatikan ganz schön pingelig mit der Untersuchung und Anerkennung von Wundern«, gab Lorenz zu bedenken. »Das ist ein aufwendiges Verfahren, das Jahre dauert. Und da kommen dann Typen, die die Statue unter die Lupe nehmen und ganz genau prüfen, ob das Wunder nicht doch natürliche Ursachen hat. Regenwasser oder Kondenswasser oder so.« Er beugte sich vor und sah Harry eindringlich an. »Dieses Wunder, von dem Sie sprechen, *hätte* doch natürliche Ursachen, oder?«

»Möglicherweise habe ich mich auch geirrt«, murmelte der Innovationsmanager. »Es war ein feuchter Tag. Am besten, Sie erwähnen die Sache Ihrer Frau gegenüber gar nicht.«

Als er ging, beschloss er, das Stück Schlauch und die Aquariumpumpe, die er in einem Laden in Bonn gekauft hatte, stillschweigend zu entsorgen.

51

»Ist das die Taube, die wir eben im Vogelrevier gesehen haben, Papa?«

Felix beobachtete gespannt, wie der schön gefleckte Gepard mühelos beschleunigte und hinter dem Stück Fleisch herjagte, das mit einer Seilwinde über sein Gehege gezogen wurde.

»Nein, die haben hier anderes Fleisch, das sie verfüttern«, antwortete Fink.

Ehrlich gesagt hatte er sich das auch jedes Mal gefragt, wenn er mit seiner Familie den Neuwieder Zoo besuchte. Es war der größte in Rheinland-Pfalz mit tausenddreihundert Tieren und hundertsiebzig verschiedenen Arten.

Die Tierfütterung war das große Highlight im Zoo, und sie beobachteten mit vielen anderen Besuchern, wie der Gepard schließlich mit einem kraftvollen Sprung das Fleisch hinunterholte. Ob es zu Lebzeiten tatsächlich eine Taube gewesen war, wollte Fink gar nicht wissen.

Fink mochte neben den wendigen Seelöwen besonders die Grauen Riesenkängurus, von denen der Zoo die größte Herde außerhalb Australiens besaß. Evi zog es eher zur Anlage mit den Humboldtpinguinen, deren Watschelgang sie an ihren Onkel Samuel erinnerte. Da der Zoo sich über ein weitläufiges, hügeliges Gelände erstreckte, hatte Finks Frau wegen ihres Kugelbauchs einen Kaffeeklatsch mit ihren Freundinnen dem Ausflug vorgezogen und ihre Männer allein losziehen lassen. Das war Fink ganz recht, denn er wollte die Gelegenheit nutzen, um mit seinem Sohn ein möglicherweise heikles Gespräch zu führen.

»Wenn dein neues Geschwisterchen da ist, wird das für uns alle eine ganz spannende Zeit«, begann er vorsichtig. Sie schlenderten durch das neue, modern ausgestattete Exotarium, Felix' Lieblingsplatz im Zoo. Während Fink, dessen Herz sowieso mehr für pelzige Tiere schlug, in der schwülen Wärme schon nach wenigen Terrarien ins Schwitzen kam, konnte sein sechsjähriger Sohn mit allerhand erstaunlichem Wissen über Echsen, Schlangen und Spinnen aufwarten.

»Es dauert noch eine ganze Weile, bis du mit ihm spielen kannst, aber dann wird es sich ganz doll freuen, einen großen Bruder zu haben. Wie findest du es denn, dass du einen Bruder kriegst oder eine Schwester?« Fink befürchtete insgeheim, sein Sohn würde sich lieber eine Vogelspinne wünschen.

»Find ich gut«, antwortete Felix stattdessen, während er unter den Steinen und Ästen eines Terrariums die Viper suchte. »Mit dem spiele ich dann jeden Tag Schule und gebe ihm Hausaufgaben. Ich hab schon meine große Tafel aufgestellt, die Oma mir geschenkt hat.«

Fink grinste. Felix war selbst noch nicht in der Schule und plante schon die pädagogische Betreuung seines Geschwisterchens. Das würde sich seine Spielzeit mit dem Bruder wohl auch anders vorstellen.

Anschließend aßen sie noch ein Eis in der Fußgängerzone der Deichstadt rund um den Luisenplatz. Auf dem gelb-weißen Schloss der Fürsten zu Wied wehte eine Fahne, vielleicht hieß das, dass der Hausherr zu Hause war.

»Papa, was ist das da?«, fragte Felix.

Fink schaute zu der mannshohen Figur, die in der Nähe stand. Sie war in grellen Farben bemalt.

»Das ist ein Pfau, der seine Schwanzfedern zu einem Rad aufgestellt hat. Der ist das Wappentier von Neuwied.«

Felix bohrte seinen Löffel in das Bananeneis. »Davon gibt es hier ganz viele.«

Fink schüttete Zucker in seinen Kaffee. »Ja, hab ich auch schon gemerkt, die stehen in der ganzen Stadt verteilt. Und jeder ist anders angemalt, hast du gesehen? Sie haben unterschiedliche Muster und Farben.«

Felix hob den Kopf, taxierte den Pfau mit konzentriertem Blick und sah seiner Mutter in diesem Moment so ähnlich, dass Fink lächeln musste. »Ja, aber es sind trotzdem alles Pfauen«, stellte er fest und zog das gelbe Schirmchen aus seinem Eis. »Das bring ich Mama mit.«

Fink schaute seinen Sohn überrascht an. Irgendetwas von dem, was er gesagt hatte, klopfte an das Fach in Finks Gehirn, in dem er seine Gedanken zu den Mordanschlägen abgelegt hatte. Ein Gedanke, der ihm selbst auch schon so ähnlich gekommen war. Vielleicht musste er die Pfauen in diesem Fall suchen.

52

Heute war Sprudeltag.

Biologiestudent Kai Fechter sollte diesmal niemanden zum gelb-orange blühenden Kappenmohn an der Stadtmauer, den noch im Wachstum begriffenen Zierkürbissen beim Läufkreuz oder den Hopfenpflanzen gegenüber der Polizeiinspektion, aus denen einmal Andernacher Bier gebraut werden konnte, führen. Heute betreute er die Besuchergruppen, die sich ein Naturschauspiel gönnen und die Geysirfontäne sehen wollten.

Während er seine blaue Windjacke mit dem Geysirlogo, einer schlanken, hoch aufsprudelnden Fontäne, überzog, trudelten die Gäste nach und nach im Foyer des Geysir-Zentrums ein. Einige Familien mit Kindern, ein paar rüstige Senioren und drei junge indische Nonnen hatten in der vergangenen Stunde das Zentrum besichtigt und waren im ruckelnden Aufzug imaginär viertausend Meter ins Erdinnere gefahren – eigentlich nur ins nächste Stockwerk, aber anschaulich an Bildern aus dem Erdinneren vorbei –, um hier aus der Sicht eines Kohlenstoffdioxid-Moleküls den Weg von der Magma bis zur Erdoberfläche zu verfolgen.

Vor allem die Kinder hatten viel Spaß an den interaktiven Stationen gehabt, wo sie den Bohrer bei verschiedenen Gesteinsarten ansetzen und Kohlenstoffbläschen blubbern lassen konnten.

Nachdem die meisten noch im Museumsshop einen Reiseführer, einen Andernacher Kühlschrankmagneten oder den schwarzen Kaffeebecher erworben hatten, der beim Befüllen mit heißer Flüssigkeit die Sehenswürdigkeiten der Stadt sichtbar werden ließ, und sich in der Kaffeebar einen cremigen Cappuccino und eins von den leckeren Croissants mit Marmelade gegönnt hatten, führte Kai die Gruppe über die Straße zur Anlegestelle des kleinen Schiffs. Obwohl es vor einer Stunde noch genieselt hatte und jetzt bewölkt war, blieben einige Leute oben an Deck, um während der fünfzehnminütigen Fahrt zum Geysir die idyllische Landschaft des Mittelrheins an sich vorbeiziehen zu lassen. Die

Nonnen lehnten sich kichernd gegen die Reling. Die Senioren machten die Fahrt offenbar nicht zum ersten Mal, denn Kai sah, dass sie Schirme dabeihatten. Clever.

Kai schaute zum hellgrauen Himmel und beobachtete die Bäume am Ufer, deren Äste sich sacht wiegten. Oha, bei Wind wurde die Sache immer lustig, denn dann wehte ein feiner bis kräftiger Sprühnebel von der aufsteigenden Geysirfontäne auf die Besucher hinunter. Sein Blick wanderte zu dem kleinen Mädchen auf dem Arm einer jungen Asiatin. Kleinkinder sprangen entweder restlos begeistert in der feuchten Erfrischung herum oder traten kreischend die Flucht an. Kai lächelte. Seine Laune war bestens. Er hatte sich heute schon mehrfach mit Anna, der Biologiestudentin aus Bonn mit den wahnsinnig grünen Augen, per WhatsApp unterhalten. Für Samstag hatten sie ein Date verabredet, und er konnte es jetzt schon kaum abwarten.

Kai griff zum Mikrofon. »Wir fahren jetzt zum höchsten Kaltwassergeysir der Welt im Naturschutzgebiet Namedyer Werth. Die erste Bohrung wurde 1903 durchgeführt, nachdem im alten Rheinarm das Aufsteigen von Gasblasen beobachtet worden war. Ab 1904 wurde der Geysir genutzt, um Kohlensäure und Mineralwasser zu gewinnen. Nachdem der Brunnen beschädigt worden war, war er nicht mehr rentabel und wurde 1957 stillgelegt.«

Ein kleiner rothaariger Junge im Grundschulalter hatte sich vor Kai postiert und hörte ihm aufmerksam zu, was mehr war, als man von manchen anderen Teilnehmern der Fahrt behaupten konnte. Einige der anderen Kinder zankten sich und nutzten weidlich die antiautoritäre Haltung ihrer Eltern aus. Die Nonnen fotografierten sich gegenseitig.

»Im Jahr 2001 wurden dann neue Bohrungen unternommen, und der Geysir konnte unter bestimmten Auflagen für die Nutzung des Naturschutzgebiets wieder aktiviert werden.« Kai wusste aus Erfahrung, dass er sich bei Zahlen und Fakten auf das Wesentliche beschränken musste, sonst drifteten ihm die Leute weg.

Das Schiff drosselte das Tempo, beschrieb einen eleganten Bogen und legte an dem langen Steg an, der zum Geysir führte.

Die kleine Herde stieg aus und trabte hinter Kai her. Hin und wieder blieb er stehen und wartete, bis auch die Bummler aufgeschlossen hatten.

Nach zweihundertfünfzig Metern waren sie bei ihrem Ziel angekommen. Das Becken mit dem Bohrloch, das sich inmitten einer von Steinen umgebenen Erhebung befand, war an sich noch nicht besonders spektakulär. Kai wusste aber, dass er gleich so manche Ohs und Ahs auslösen würde.

»Sie haben ja schon im Geysir-Zentrum einiges über die Funktionsweise eines Kaltwassergeysirs erfahren«, begann er. Es fing wieder an zu nieseln. Feine Tröpfchen setzten sich auf seine Nase. Kai würde sich ein bisschen beeilen müssen. Er griff in ein kleines Fach in der Umrandung des Beckens und holte eine Flasche hervor. »Was passiert, wenn ich diese Flasche Mineralwasser schüttle und dann aufdrehe?« Er schaute einen kleinen Jungen mit abstehenden Ohren an.

»Dann zischt das Wasser raus«, antwortete der grinsend. »Das darf ich aber nicht machen, sonst schimpft meine Mama. Die sagt, das ist wie bei Papa, viel Geblubber und nix dahinter.« Die Eltern des mitteilungsfreudigen Jungen sahen einander mit gequältem Lächeln an und zogen sich unter allgemeinem Gekicher mit ihrem Kind in den Hintergrund zurück.

Kai unterdrückte ein Schmunzeln. »Genau.« Weiteres Kichern. Er reichte die Flasche einer der Nonnen und bat sie, kräftig zu schütteln. Sie kam der Aufforderung begeistert und unter den Anfeuerungsrufen ihrer Mitschwestern nach. Als Kai die Flasche wieder an sich nahm und sie am lang ausgestreckten Arm aufdrehte, schoss erwartungsgemäß eine kleine Fontäne zischend heraus. Sein Publikum klatschte. Kai lächelte. Nette Leute heute, gut drauf. »In der Flasche befinden sich Wasser und das Gas Kohlenstoffdioxid. Das Gas möchte die Flasche gern verlassen. Solange sie geschlossen ist, kommt es aber nicht raus, und darum herrscht in der Flasche ein größerer Druck als draußen. Sobald man die Flasche öffnet, lässt der Druck mit einem Schlag nach, die Gasblasen schießen nach oben und reißen das Wasser mit sich.«

Das Nieseln verstärkte sich. Mist. Erste Schirme wurden geöffnet, die Leute wurden unruhig. Er fing an, schneller zu sprechen.

»Hier unter uns gibt es ebenfalls Kohlenstoffdioxid, das ist vulkanischen Ursprungs und stammt hauptsächlich von der Magmakammer unter dem Laacher See. Von dort fließt es unterirdisch bis hierher. Hier kann es durch Ritzen im Gestein aufsteigen und trifft dabei auf Grundwasser. Dieses mit dem Gas angereicherte Wasser sammelt sich in unserem Bohrbrunnen«, er zeigte zu dem Metallrohr, das im Inneren des Beckens aus dem Boden ragte, »und wenn der Druck groß genug ist, schießt es nach oben. Der Ausbruch wiederholt sich ungefähr alle hundertzehn bis hundertzwanzig Minuten. Wir unterstützen den Druckaufbau ein wenig von hier oben.« Er trat zu einem Rohr, an dem ein Ventilgriff angebracht war. »Das Wasser ist circa zwanzig Grad warm. Man kann es trinken, ich werde nachher etwas in einem Eimer auffangen, und Sie können mal probieren, wenn Sie wollen. Es ist aber sehr salzig und wirkt in größeren Mengen abführend, also sollten Sie nur einen kleinen Schluck nehmen. Auf dem Schiff gibt es nur zwei Toiletten, das könnte sonst knapp werden. Und weil wir hier in einem Naturschutzgebiet sind, sollten Sie sich auch nicht in die Büsche schlagen.«

»Wieso?«, rief ein älterer Herr mit Glatze und neongrünem Anorak. »Ist doch auch alles Natur.«

Unter dem allgemeinen Gelächter drehte Kai mit beiden Händen das Ventil auf. »Sie werden gleich ein Brodeln hören, das dem Ausbruch vorausgeht, und wenn wir Glück haben, schafft der Geysir heute einen Sprung von sechzig Metern. Achtung, jetzt kann es gleich feucht werden.« Er wischte sich einen Regentropfen aus dem Gesicht.

Während sich die Besucher erwartungsvoll dem Brunnen zuwandten, fiel Kai auf, dass sich der Ventilgriff nass und ein bisschen schmierig anfühlte. Die Nässe kam vom Regen, aber den leicht klebrigen Schmierfilm konnte er sich nicht erklären.

Aus dem Erdinneren klang jetzt ein dumpfes Gurgeln zu ihnen empor. Die Leute brachten ihre Kameras in Position. Ein

Gasstrahl entwich mit lautem Zischen. Als die Wassersäule an die Oberfläche trat, erst noch niedrig und blubbernd, bemerkte Kai einige kleine Säckchen, die zwischen den Steinen am Rand des Beckens festgeklemmt schienen. Jetzt drängte die Wasserfontäne mit zunehmender Kraft nach oben. Unter ohrenbetäubendem Brausen schoss sie in den Himmel, die Leute riefen, zeigten auf die steigende Wassersäule und filmten.

Bevor Kai sich weitere Gedanken um die merkwürdigen Säckchen machen konnte, verspürte er plötzlich ein Kribbeln in seinen Händen. Er schaute erstaunt auf seine schlanken Finger. Dann begann auch die Haut in seinem Gesicht zu prickeln. Erst war das Gefühl nur ein wenig unangenehm, dann setzte der Schmerz ein. Während die Fontäne vor ihm zischend und schäumend weiter emporstieg, brach ihm am ganzen Körper kalter Schweiß aus.

Kai atmete schnell und flach. Eine Welle von Übelkeit überrollte ihn. Seine Zunge wurde taub. Er torkelte zu den Umrandungssteinen. Er versuchte noch, sich festzuhalten, aber seine Beine knickten unter ihm weg. Sein Blut schien plötzlich aus Eiswasser zu bestehen.

Im selben Moment, als er neben dem hochschießenden Geysir vornüber ins Becken kippte, begann der Wasserstrahl, sich rot zu färben. Das rote Wasser wurde nach oben gerissen, immer höher, eine blutige Fontäne, die vom Wind zu einem feinen Nebel zerstreut wurde.

Die Menschen starrten den Strahl an und filmten wie im Rausch. Alle dachten an einen neuen Showeffekt. Der Vater, der seinem kleinen Sohn vorhin den peinlichen Auftritt zu verdanken gehabt hatte, sagte zu seiner Frau, so eine Touristeneinlage könnte er gerade in einem Naturschutzgebiet nicht gutheißen, schließlich wären sie nicht in Las Vegas.

Erst als sie den im schäumenden Wasser treibenden jungen Mann entdeckten und sich der rote Nebel auf ihre Kleider und Gesichter herabsenkte, fingen die ersten Besucher an zu schreien.

Sie schrien, aber das Rauschen des Geysirs übertönte sie.

53

»Ich habe gerade noch mal mit seinen Eltern telefoniert«, sagte Fink. »Der junge Mann liegt im Krankenhaus, es geht aber aufwärts mit ihm. Da sind ein paar Dutzend Schutzengel Sonderschicht geflogen. Der Regen hat das Zeug, das auf den Ventilgriff aufgebracht war, so weit abgewaschen, dass die Dosis nicht mehr tödlich war.« Er biss von seiner Bratwurst ab. »Wissen Sie schon, was es war?«

Fink war zur Besprechung im Polizeipräsidium am Koblenzer Moselring zu spät gekommen – der übliche Stau nach einem Auffahrunfall auf der B 9.

Jetzt saß er mit Lutz Schmitzenbach auf einer Bank am Deutschen Eck, und der Koblenzer nutzte die Pause, um Fink auf den neuesten Stand zu bringen. Dabei verspeisten sie einträchtig ein schnelles Mittagessen. Fink hatte aufgrund einschlägiger Erfahrung auf Senf verzichtet. Sein Kollege nicht, aber der trug ja auch keine Uniform.

»Blauer Eisenhut«, nuschelte Schmitzenbach. »Aconitum napellus. Eine der giftigsten Pflanzen in Europa. Aus der Familie der Hahnenfußgewächse. Kontaktgift.« Der letzte Happen verschwand unfallfrei in seinem Mund.

»Welches Labor muss man denn überfallen, um da dranzukommen?« Fink betrachtete betrübt den letzten Rest seines Brötchens. »Vielleicht lässt sich darüber der Täter ermitteln.«

»Von wegen. Das ist eine dekorative Blume, die in jedem beliebigen Park, Blumenbeet oder Garten wächst. Man muss das Gift nicht mal aufwendig gewinnen, weil alles an dem feinen Pflänzchen hochgiftig ist. Stängel, Blätter, Blüten, alles. Würde mich nicht wundern, wenn die hier auch irgendwo zu finden ist.« Er deutete auf die Blumenkübel in der Nähe.

Fink sah sich um. Wie üblich wimmelte das Deutsche Eck in Koblenz von Touristen. An der künstlich aufgeschütteten Landzunge mündete die Mosel in den Rhein, und der Zusammenfluss des blauen Moselwassers und der oft grünlich dunklen Rheinfluten war ein besonderer Anblick.

Über ihnen knatterten bunte Fahnen im Wind. Fink drehte sich um und betrachtete das riesige Reiterstandbild von Kaiser Wilhelm I., das auf einem gewaltigen Sockel vierzehn Meter über ihnen aufragte, imposante siebenunddreißig Meter insgesamt. Eine Klasse ausgelassener Schüler kletterte auf dem Sockel herum. Sie schauten zu dem helmtragenden Potentaten in seinem wehenden Mantel über der Generalsuniform auf und riefen sich Witze über die geflügelte weibliche Figur zu, die mit Lorbeerkranz und Reichskrone neben dem Bronzepferd einherschritt.

Das ursprüngliche Standbild von 1897, das an die Reichsgründung sechsundzwanzig Jahre zuvor erinnern sollte, war Ende des Zweiten Weltkriegs von einer amerikanischen Granate zerstört worden. Danach hatte der Sockel lange leer gestanden, bis Anfang der neunziger Jahre Spenden die Errichtung einer Nachbildung ermöglicht hatten.

»Wir können von Glück sagen, dass dieses Gift nur am Ventil war und nicht in den Geysir eingebracht worden ist.« Schmitzenbach schaute nachdenklich zur klassizistischen gelben Fassade der Festung Ehrenbreitstein hinauf, die, von den Preußen zu Beginn des 19. Jahrhunderts errichtet, auf einem Felshang über der Stadt thronte. »Ein paar Besucher haben zwar einen Schock bekommen, als die rote Flüssigkeit auf sie runterregnete, das war aber bloß Wasser mit Lebensmittelfarbe. Die hatte der Täter in kleinen Beuteln rund um das Bohrloch platziert, und als die Fontäne hochschoss, hat sich die Farbe im Wasser verteilt. Der Kerl hat einen Sinn für Dramatik. Das Bekennerschreiben vom ›Mörderischen Bäckerjungen‹ haben wir dann auch noch gefunden. Das war zwischen ein paar Steine geklemmt worden.« Er bemerkte, dass Fink das Denkmal betrachtete. »So was haben Sie nicht in Andernach, das müssen Sie jetzt schon zugeben«, sagte Schmitzenbach triumphierend.

Fink verschwieg ihm, dass es in den Andernacher Rheinanlagen sehr wohl eine – wenn auch ganz kleine – Landzunge gab, die von der Bevölkerung scherzhaft »kleines Deutsches Eck« genannt wurde. Aber nicht einmal Oberbürgermeister Schwalm hatte es bisher geschafft, dort ein Standbild von sich errichten zu lassen.

»Das Gelände um den Geysir ist umzäunt und für Publikum nicht zugänglich«, sagte Schmitzenbach. »Eigentlich kommt man nur mit dem Boot dorthin. Aber es gibt natürlich Wartungswege und Tore im Zaun für das Personal, da sind wir gerade dran. Ist alles nicht unüberwindlich.« Er streckte die Beine aus. »Schon wieder eine andere Methode, stimmt's?«

»Sieht so aus«, bestätigte Fink. »Ein Steinwurf, ein gespannter Draht, eine rollende Kanonenkugel und jetzt das Gift.«

»Und vermutlich gibt es auch keine Gemeinsamkeiten mit den anderen Opfern.«

»Mit den Opfern nicht. Eine Touristin, ein Hausmeister, ein alter Mann und ein Student. Keinerlei erkennbare Verbindung.« Fink schaute nach oben, wo die Gondeln der Seilbahn zur Festung Ehrenbreitstein schwebten. Die Seilbahn war 2011 zur Bundesgartenschau gebaut worden und konnte mit ihren achtzehn Kabinen siebentausendsechshundert Personen in der Stunde befördern. Das Schlangestehen an schönen Tagen nahmen viele Gäste für die besondere Fahrt gern in Kauf. Fink meinte, gerade die Gondel mit dem Glasboden vorbeiziehen zu sehen.

»Ich denke, es hat was mit den Tatorten zu tun«, sagte er.

Der Kollege warf seine Papierserviette in den nächsten Mülleimer und drehte sich zu Fink um. »Was verbindet diese Orte? Rheintor, Judenbad, Schlossruine und Geysir?«

»Es sind alles Sehenswürdigkeiten der Stadt.« Fink dachte an das Gespräch mit seinem Sohn über die Pfauenfiguren in Neuwied. Die waren alle unterschiedlich bemalt, aber es waren alles Pfauen. »Ich glaube nicht, dass das Zufall ist. Da steckt ein System dahinter.«

»Hm.« Schmitzenbach spielte an seinem Krawattenknoten. »Und was will der Täter damit bezwecken? Soll da keiner mehr hingehen?«

Fink massierte seine kleine, elegante Nase. »Vielleicht genau das Gegenteil. Sie wissen doch, wie heiß viele Leute darauf sind, Tatorte zu besichtigen.«

»Na, Fink, das ist aber ein bisschen weit hergeholt.« Schmitzenbach stand auf und streckte sich. »Solch rabiate Methoden haben Sie nun auch wieder nicht nötig, um Touristen nach Andernach zu holen.«

Fink schüttelte leise lächelnd den Kopf und folgte ihm. Er war sich sicher, dass es etwas zu bedeuten hatte.

54

Jojos Zunge ragte ein wenig zwischen den Lippen hervor, während er konzentriert auf seinen Laptop sah. Er verfolgte eine hügelige Linie, die sich dunkelgrün über den Bildschirm schob und mit einer hellgelben Welle abwechselte. Jojo klickte auf der Tastatur zu einem anderen Diagramm, auf dem die hügelige grüne Linie ebenfalls zu sehen war, aber nur kurz über das Bild huschte und wieder verschwand.

»Was machst'n da?« Mattis kam mit einem Apfel in der Hand ins Zimmer und setzte sich auf Jojos Bett. »Meinst du, du findest noch was Neues?« Es biss krachend in den Apfel. »Das hast du dir doch alles schon angesehen. Da sind ein paar neue Linien von der Zeit, in der du den armen Rodrigez im Schlosspark einsam und allein ausgesetzt hast, aber du kannst sie keinem zuordnen.«

Johannes lehnte sich auf seinem Schreibtischstuhl zurück. »Ich hab ihn nicht ausgesetzt. Und jetzt hab ich auch eine Übereinstimmung.«

Mattis sprang auf und trat zu seinem Bruder.

»Da fängt die Aufzeichnung an. Während des Interviews war Rodrigez noch abgeschaltet. Dann hab ich ihn neben der Bank stehen lassen, und nachts ist er umgefallen, und dabei hat er sich wohl aktiviert. Ich vermute, der Täter ist gegen die Bank gestoßen oder hat ein Werkzeug abgelegt, mit dem er die Kanonenkugel absägen wollte. Hier.« Er deutete mit dem Finger auf die eingeblendete Uhrzeit dreiundzwanzig Uhr neun am unteren Bildrand. Das Bild war schwarz, zeigte aber hin und wieder hellgraue Flächen, die wieder verschwanden. Dann tauchte plötzlich die kurze dunkelgrüne Linie auf.

»Der alte Aeternus hat gesagt, als er die Kugel mit seinem Stock weggeschossen hat, hätte er den Täter irgendwie getroffen, und der hätte geschrien oder gestöhnt oder so. Das ist die Linie hier, schätze ich.«

»Weiß ich ja.« Mattis biss noch einmal von seinem Apfel ab.

»Das haben wir uns doch schon angesehen, aber wir haben nirgends sonst dieses grüne Gebuckel.«

Jojo drehte sich zu ihm um, ein triumphierendes Grinsen im Gesicht. »Nicht so pessimistisch, mein Bester.« Er drückte eine Taste, und die hügelige dunkelgrüne Linie erschien erneut, diesmal mit einem anderen Datum. Darüber zuckelte eine orangefarbene Linie in kleinen Wellen dahin.

Mattis beugte sich vor. »Boah, das ist ja die gleiche. Alter, ist das krass.« Er sah sich das Datum an. »Das war am Freitag nach dem Kugelanschlag. Da war Rodrigez von der Polizei zurück und wieder hier im Haus. Mensch, das würde ja heißen, der Täter war auch hier. Hier bei uns. Ist das abgefahren. Wem gehört die andere Linie?«

Jojo strich sich über den Arm, dessen Härchen sich aufgestellt hatten. »Das ist die von Papa. Und der war am Freitag daheim«, sagte er.

Sie sahen sich an, mit aufgerissenen Augen und stockendem Atem. Dann stürmten sie gemeinsam aus dem Zimmer und riefen gleichzeitig auf dem Weg die Treppe hinunter: »Paaapaa!«

55

Fink spürte seine Zehen nicht mehr. Möglicherweise hatte er noch Kontakt zu seinem rechten kleinen Zeh, aber er war nicht sicher. Wenn Felix im Sommer in die Schule kam, würden diese winzigen Kindergarten-Stühlchen sicher das Letzte sein, was Fink vermisste.

Er versuchte, seine langen Beine etwas seitlich zu platzieren, ohne dabei bunte Kartonstücke, Kleber, Perlchen und Glitzerfolie vom Tisch zu stoßen. Als sich unerwartet eine Hand von oben auf seine Schulter legte, wollte er im ersten Verteidigungsreflex nach einer gelben Bastelschere greifen, aber die war zum Schutz der kleinen Finger, die sie sonst benutzten, so stumpf, dass Fink eher mit seinem Blick ein Papier hätte durchbohren können als mit dieser Schere.

»Na, das macht uns doch allen einen Riesenspaß«, flötete Rosemarie Nill, die Leiterin des Kindergartens. Sie stand hinter Fink und lächelte aufmunternd auf ihn und die anderen Eltern hinab. In diesem Moment wurde Fink schlagartig klar, dass all diese Bastelaktionen auf Zwergenstühlchen nur dazu dienten, Eltern in eine demütigende Stellung zu zwingen und dadurch Rosemarie Nill eine alle überragende Position zu verschaffen. Sie trug heute einen grauen Hosenrock zu einer braunen Bluse und einem beigen, zotteligen Kleidungsstück, das Fink sich gut als Bettvorleger im Zelt von Dschingis Khan vorstellen konnte. Gott musste nach der Erschaffung der Welt sämtliche Erdtöne, die er übrig hatte, in die Obhut von Rosemaries Kleiderschrank gegeben haben.

»Gott sei Dank ist das die letzte Schultüte, die ich basteln muss«, flüsterte Michi Gabriel ihm zu. Sie versuchte, farbige Papierschnipsel von ihren klebrigen Fingern zu zuppeln. »Jojo stand damals total auf Tintenfische und konnte sich nicht entscheiden, ob ein Wrestler oder ein Oktopus auf seiner Tüte sein sollte. Am Schluss wurde er mit einer Tüte eingeschult, auf der ein Tintenfisch einen Wrestler im Schwitzkasten hält.« Sie griff nach einem Lineal, das sofort an ihrer Hand kleben blieb. Es sah aus wie ein Zaubertrick. »Bei Mattis war das einfacher. Er wollte einen funktionierenden Vulkan.«

»Und das war einfach? Verdammt!« Fink hatte gerade Luke Skywalker die Nase abgeschnitten.

»Schwarz angemalte Tüte, rotes und oranges Krepppapier als Verschluss und eine kleine Lichterkette mit Batterie von innen oben an den Rand geklebt. Fertig ist der Vulkan.« Sie schaute sich suchend um. »Wo sind eigentlich unsere Kinder, denen wir beim Basteln helfen sollten? Hier sitzen seit einer Stunde nur noch Erwachsene.«

»Ha!«, sagte Fink triumphierend. Er hatte die plastische Chirurgie revolutioniert, indem er Lukes Nase durch ein übrig gebliebenes Ohr ersetzte. »Genau das habe ich Evi prophezeit. Sie ist bei der Schwangerschaftsgymnastik. Welche Ausrede hat Ihr Mann?«

»Der besucht den alten Aeternus Möntgerath.«

»Geht's dem nicht gut?« Fink erinnerte sich daran, dass Pfarrer Gabriel schon mehrfach zum vermeintlich Sterbenden gerufen worden war.

Michi lachte. »Nachdem er den Attentäter in die Flucht geschlagen hat, hält er sich jetzt endgültig für unsterblich. Nö, der will nur mit seiner Heldentat angeben, und Lorenz hat sich angesichts der Alternative nicht lange bitten lassen.« Sie deutete über die verstreuten Bastelutensilien.

Fink hob den Blick zum Fenster. »Was ist eigentlich da draußen los?« Ihm war im Hof des Kindergartens ein Gewusel von Menschen aufgefallen. Erst hatte er gedacht, die Kinder hätten sich zu Sandkasten und Rutsche abgesetzt, als sie ihre verklebten Eltern schnöde im Stich ließen, aber als er genauer hinschaute, erkannte er Oberbürgermeister Schwalm, der vor einem roten Holzhäuschen mit einem Pinsel in der erhobenen Hand von einem Fotografen abgelichtet wurde.

»Schwalm hat das neue Spielhäuschen gestiftet, das jetzt eingeweiht worden ist«, antwortete Michi.

Sie sahen durch das Fenster, wie Schwalm nach Beendigung des Pressetermins den Räumen des Kindergartens zustrebte. Kurz darauf stand er vor den Basteltischen und blickte wohlwollend auf die versammelte Elternschaft hinab.

»Ein schönes Bild, meine Damen und Herren. Unsere wertvollste Arbeit ist die für unsere Kinder.« Er rieb sich beim Anblick des überall hervorquellenden Bastelleims unwillkürlich die Fingerspitzen. Rosemarie Nill tänzelte aufgeregt um ihn herum.

Dann bemerkte er Michi. »Ach, Frau Gabriel, das ist gut, dass ich Sie hier treffe. Wenn Sie den Günther Jauch das nächste Mal sehen, dann sagen Sie ihm doch bitte, er soll mir meinen Schlüsselbund zurückgeben. Er hatte ihn ja jetzt lange genug.« Er kicherte fröhlich, was seinen Bauch unter dem teuren Sakko zum Sambatanzen brachte.

Fink schnellte von seinem Stühlchen hoch. Er bemerkte nicht einmal die Tackernadel, die er sich gerade in den Finger geschossen hatte.

»Wen meinen Sie damit?«

Franz-Hubert Schwalm trat einen Schritt zurück und lächelte unsicher. »Na, unser neuer Innovationsmanager, Harry Gräflein, der sieht diesem Moderator ein bisschen ähnlich. Und damit er sich hier einarbeiten kann und Zutritt zu allen Sehenswürdigkeiten hat, also der Herr Gräflein, hab ich ihm vor einiger Zeit meinen Schlüsselbund geliehen, aber irgendwann brauch ich den auch mal zurück.«

In Finks Kopf rasten die Gedanken. Das durfte doch nicht wahr sein. Lydia Nose wollte am Tag des Kanonenkugelanschlags den Moderator am Tatort gesehen haben. »Aber wir haben Ihre Sekretärin gefragt, ob es außer den Schlüsseln des Hausmeisters noch welche gibt, und sie wusste nichts davon.«

»Na ja, nein, den Schlüsselbund hat mir der Herr Schneider zum Abschied geschenkt. Das war der frühere Hausmeister, der Vorgänger von unserem Sigurd Feis. Ich erinnere mich noch, dass das eine sehr schöne, ergreifende Szene war, als der Schneider an seinem letzten Arbeitstag in mein Büro kam und mir die Schlüssel feierlich überreichte. Er gibt sie jetzt zurück in die

Hände des Stadtvaters, hat er gesagt.« Schwalm zog tatsächlich ein Taschentuch aus der Hosentasche und schnäuzte sich. »Es war ein sehr bewegender Moment.«

Auch Fink war sehr bewegt, aber mehr im Sinne körperlicher Aktivität. Er bahnte sich einen Weg nach draußen und ließ mehrere verdutzte Menschen und einen halb fertigen Luke Skywalker mit Ohrennase zurück.

56

Kemal Özgür war durchtrainiert, aber er hatte große Mühe, sich von Jojo und Mattis auf dem Weg zum Kindergarten nicht abhängen zu lassen. Vollgepumpt mit Adrenalin fegten die Jungen den Gehweg entlang, sprangen über kleine Hunde und Bordsteine, umrundeten Werbetafeln und rempelten sich schließlich gegenseitig durch das offene Tor des Kindergartens. In Höhe der Rutsche stießen sie in vollem Lauf mit Carsten Fink zusammen.

»Harry ist der Täter!«, schrie Mattis. »Harry Gräflein!« Er hüpfte vor lauter überschüssiger Energie auf und ab.

»Rodrigez hat seine Stimme aufgefangen«, japste Jojo, die Hände auf den Knien. »Die gleiche grüne Linie beim Attentat auf den alten Möntgerath und an dem Tag, als Harry Gräflein bei uns daheim mit Papa geredet hat. Genau die gleiche.«

»Rodrigez hat ihn überführt!« Mattis' Stimme war kurz vor dem Überschlag.

Fink fühlte sich ein bisschen schwindlig. »Seid ihr sicher?«

»Total«, antwortete Jojo. »Überführt mit Hilfe der Wissenschaft.«

Fink sah Kemal an, der zu ihnen aufgeschlossen hatte. Die Gerichtsverwertbarkeit der Aufzeichnungen einer Limabohne mochte zweifelhaft sein, aber es passte alles so unglaublich schön zusammen.

»So genau hab ich nicht kapiert, was die beiden mir auf der Dienststelle erklärt haben«, sagte Kemal. »Ist es so wichtig, wie es sich anhört?«

Fink strahlte überirdisch. »Heute ist der Tag, an dem Lutz Schmitzenbach mitsamt seiner Zentimeterkrawatte in denEntenteich springt«, frohlockte er.

Harry Gräfleins Gesichtsausdruck wechselte in rascher Abfolge von Überraschung über Panik zu tiefer Erleichterung. Sein Aufatmen war aber nichts im Vergleich zu dem grenzenlosen Überschwang, den Fink empfand, als er Harrys Reaktion beobachtete.

»Dem Himmel sei Dank«, sagte Harry inbrünstig. Sein Blick ging von Fink zu Kemal und wieder zurück. »Mir waren langsam die Ideen ausgegangen. Als Nächstes hatte ich vor, jemanden vom Runden Turm zu stoßen, aber ich habe ein wenig Höhenangst, und der Turm ist sechsundfünfzig Meter hoch. Ich nehme an, ich soll jetzt mitkommen?«

Fink meinte, angesichts der grau melierten Haare, der schmalrandigen Brille und der schlaksigen Haltung tatsächlich eine gewisse Ähnlichkeit mit dem Fernsehmoderator zu erkennen. Harry Gräflein saß im Vernehmungsraum des Polizeipräsidiums Koblenz und sah Fink, Schmitzenbach und Kalle Krämer aufmerksam der Reihe nach an. Fink musste unwillkürlich an einen übereifrigen Welpen in der Hundeschule denken.

Lutz Schmitzenbach hatte die Arme auf den Tisch gelegt und schaute Harry an. »Rheintor, Judenbad, Kanonenkugelpyramide im Schlosspark und Geysir. Geht das alles auf Ihr Konto, Herr Gräflein?«

Fink merkte, dass er unnatürlich flach atmete. Vier versuchte Tötungsdelikte, Wochen voller Verunsicherung und Angst in der Andernacher Bevölkerung, von seiner eigenen Frustration gar nicht zu reden, und jetzt saß die Aufklärung auf dem Stuhl vor ihnen? Zusätzlich zur flachen Atmung drückte Fink unter seinem Sitz zwanghaft beide Daumen.

Neben Harry saß Rechtsanwalt Dr. Rüdiger Flaach und starrte seinen Mandanten die ganze Zeit von der Seite an. Offenbar konnte er nicht glauben, dass dieser freundliche, unauffällige Mann mit den guten Manieren und dem höflichen Auftreten sich an vier schweren Straftaten versucht haben sollte. Obwohl seine langjährige Tätigkeit als Strafverteidiger Dr. Flaach eigentlich davon hätte überzeugt haben müssen, dass Aussehen und Verhalten eines Menschen nicht immer Rückschlüsse auf seine kriminelle Energie zuließen. Er hatte sich ausführlich mit Harry beraten, ihn aber nicht von einer Aussage abbringen können.

Harry schaute nervös vom einen zum anderen und schluckte. Fink hatte aber nicht den Eindruck, dass er von Reue geplagt wurde, sondern eher eine Art künstlerischer Aufregung verspürte, sich mit seinem Werk der Publikumskritik zu stellen.

»Ich wurde von der Stadt Andernach beauftragt, mit neuen Ideen und Konzepten den Tourismus zu beleben, und ich habe mir viel Mühe gegeben, dieses Vertrauen zu rechtfertigen«, sagte Harry.

»Echt jetzt, Sie wurden angestellt, um Leute umzubringen?« Kalle Krämer hatte den warmen Temperaturen Tribut gezollt und trug statt des langen Ledermantels eine kurze lederne Bikerjacke.

»Herr Gräflein hatte sich von seiner Aufgabe falsche Vorstellungen gemacht«, teilte Dr. Flaach mit. »Er hat sich redlich bemüht, den Anforderungen, die an ihn gestellt wurden, gerecht zu werden, und erst als niemand seine Arbeit angemessen würdigen wollte, hat er zu diesen ungewöhnlichen Mitteln gegriffen.«

Harry nickte ihm freundlich zu. »Danke, Herr Dr. Flaach. Ich habe ja ständig versucht, Frau Gabriel davon zu überzeugen, dass man großzügig in ein Projekt investieren muss, damit es Früchte trägt. Da sind auch ganz neue Wege gefragt, da muss man herkömmliche Pfade verlassen und den Gästen etwas ganz Neues bieten. Das hat sie einfach nicht verstehen wollen, die arme Frau Gabriel. Dabei ist sie eigentlich eine liebenswerte, kluge Person.« Er nahm seine Brille ab und rieb sich die Nasenwurzel.

Schmitzenbach wechselte Blicke mit Fink und Kalle. »Und da dachten Sie, mit ein paar ordentlichen Morden könnten Sie Gäste anlocken? Irgendwie ist mir die Logik hinter diesem Gedanken nicht klar.«

Harrys Augen leuchteten auf. »Aber sicher. Sehen Sie, ich habe vorher in London gearbeitet, und da sind Führungen zu den Schauplätzen der Morde von Jack the Ripper unglaublich beliebt. Die locken jedes Jahr Unmengen von Besuchern an. Und zum Abschluss der Führungen werden die Gäste noch zu diversen stimmungsvollen Pubs mit viktorianischer Atmosphäre gebracht, da gibt es eine Kooperation mit der Gastronomie.« Er schlug die Beine übereinander und setzte eine weltmännische Miene auf. »Und da dachte ich mir, das ist auch eine großartige Tourismusidee für Andernach. Und sie kostet die Stadt so gut wie gar nichts, da hätte sogar Frau Gabriel begeistert zugestimmt. Ich hatte es sorgfältig ausgearbeitet: Man nimmt eine Andernacher Identifikationsfigur wie den Bäckerjungen und kombiniert sie mit den Sehenswürdigkeiten der Stadt und dem Gruselfaktor Mord. Stellen Sie sich mal die Werbeflyer vor: ›Sehen Sie die Mordschauplätze des Mörderischen Bäckerjungen! Eine Führung mit wohligen Schauern und Abschluss in der Mörderkneipe‹.«

Fink konnte nur mit Mühe ein triumphierendes Quietschen unterdrücken. Die Bekennerschreiben des »Mörderischen Bäckerjungen« waren bisher unter Verschluss gehalten worden, und nur der echte Täter konnte von dem Namen wissen, den er sich in den Schreiben gegeben hatte. Oberbürgermeister Schwalm hatte als einziger Außenstehende das Schreiben in der Mikwe gelesen und war auf absolute Verschwiegenheit eingeschworen worden. Und er hatte recht gehabt. Das verbindende Glied waren tatsächlich die Tatorte gewesen.

Während Harrys Ausführungen wackelte sein Bein in regelmäßigen Abständen. Fink vermutete, dass Dr. Flaach ihn durch Tritte gegen das Schienbein verzweifelt zum Schweigen bringen wollte. Da das nicht fruchtete, griff der Verteidiger nun ein.

»Als Herr Gräflein in London tätig war, gab es einen Zwischenfall, der ihn in seinem Selbstwertgefühl schwer erschüttert hat. Deshalb sucht er in seiner jetzigen Tätigkeit unbedingt nach Anerkennung. Dieses Trauma hat womöglich eine Unzurechnungsfähigkeit herbeigeführt.«

»So, was war das denn?«, fragte Kalle Krämer.

Harry senkte den Kopf. »Es war nur ein kleines Missgeschick, und ich spreche nicht gern darüber.« Er schaute mit einem Seufzer auf. »Ich sollte einen Termin zur Einweihung eines Kindergartens mit dem Buckingham Palace abstimmen. Es gab da ein winziges Missverständnis wegen des Straßennamens, die heißen da ja auch alle Nelsonsquare und Nelsonstreet und Nelsonplace, und das Wetter hat auch nicht mitgespielt, es kommt dann ja auch immer alles zusammen, nicht wahr? Jedenfalls stand die Queen im strömenden Regen mit zwanzig Fernsehteams nicht vor dem Kindergarten, sondern vor einem Klohäuschen. Dem Nelsonbuilding.«

»Oh Mann«, sagte Schmitzenbach. »Da wird sie *not amused* gewesen sein.«

Harry schüttelte den gesenkten Kopf.

Fink schaltete sich ein. »Was war denn mit dem anderen Schreiben? Nach dem Mordversuch an der Holländerin.«

Harry sah ihn an, Erstaunen über Finks Unverständnis im Blick. »Ich musste doch klarstellen, dass nur Andernacher von den Taten betroffen sind und dass Gäste von auswärts keine Angst haben müssen, sonst kommen die doch nicht. Ich habe auch schon Schilder entworfen, die an den Schauplätzen angebracht werden und die Touristen auf die Tatorte hinweisen. Und an einem kriminellen Stadtführer arbeite ich gerade. Und wenn diese Sache erst angelaufen wäre, hätte man sicher auch über meine anderen Vorschläge noch einmal nachgedacht. Diese Bodyfarm im Schlossgarten würde schließlich auch Ihrer Polizeiarbeit zugutekommen.«

»Wie sind Sie denn an das Gift gekommen, das Sie am Geysir verwendet haben?«, wollte Schmitzenbach wissen.

»Der Blaue Eisenhut wächst in meinem Garten. Jede Menge davon. Ich habe ihn vorsichtig eingekocht und damit das Ventil bestrichen. Alles mit Handschuhen natürlich. Da war noch alles trocken, der Regen kam erst später. Man kann als Innovationsmanager hier überall so herrlich in der freien Natur arbeiten. Den Stein für die Aktion am Rheintor hab ich zum Beispiel bei einer inspirierenden Wanderung rund um den Laacher See gefunden.«

Auf eine bizarre Art verstand Fink die Logik hinter Harrys Gedanken. Er wusste nicht, ob das ein gutes Zeichen war.

Vielleicht war er schon zu lange im Dienst.

57

Rhein-Zeitung, 1. August 2017
Mit der Bohne zum Erfolg. Andernacher Schüler siegt bei »Jugend forscht«.
Mit einem außergewöhnlichen Projekt hat Johannes Gabriel aus Andernach die Regionalausscheidung des Wissenschaftswettbewerbs »Jugend forscht, Schüler experimentieren« gewonnen und gleichzeitig geholfen, eine Verbrechensserie aufzuklären. Der vierzehnjährige Schüler des Bertha-von-Suttner-Gymnasiums konnte mit Hilfe einer Limabohne beweisen, dass Pflanzen auf Emotionen in der menschlichen Stimme reagieren.
»Jeder Mensch hat ein eigenes Stimmprofil, das als elektrische Schwingung von der Pflanze aufgenommen wird«, erklärte Johannes. »Die Pflanze reagiert dann auf die Gefühle des Sprechers.«
Außergewöhnlich ist nicht nur der Sieg des jungen Wissenschaftlers, sondern auch die Tatsache, dass sein »Forschungsassistent«, die Limabohne »Rodrigez«, zufällig die Stimmwellen des Täters aufzeichnete, der für vier Mordanschläge in Andernach verantwortlich gemacht wird.
»Dieses Beweismittel wird bei der gerichtlichen Untersuchung vermutlich nicht anerkannt werden«, sagte Hauptkommissar Carsten Fink von der Polizeiinspektion Andernach. »Vielleicht lässt sich aber für die Zukunft daraus ein Hilfsmittel für die Aufklärung von Verbrechen entwickeln.«

Evi legte den Artikel auf den Küchentisch und lächelte Michi an. »Glückwunsch an Jojo und seine stolzen Eltern. Wird man ihm jetzt vor der Schule ein Denkmal setzen?«

Michi lachte. »Da sind sie noch damit beschäftigt, die Akte mit seinen Verfehlungen zu schreddern.«

Fink stellte ihr einen Kaffeebecher hin und setzte sich zu den beiden Frauen. »Haben Sie sich schon von dem Harry-Schock erholt? Sie hatten ja von allen den engsten Kontakt zu ihm.«

Michi schaute nachdenklich in ihren Becher. »Da fällt mir echt nichts mehr ein. Er war ja schon ein bisschen schräg drauf, aber er war so eifrig und bemüht und so hingebungsvoll bei der Sache. Aber wisst ihr, was verrückt ist?« Sie trank einen Schluck. »Die Holländer buchen seit der Sache am Rheintor wie verrückt Hotelzimmer und Stadtführungen, weil Griet de Vries ihr Erlebnis im Internet gepostet hat. Und die Uni Bonn ist nach der Berichterstattung über den zweiten Mordversuch auf unsere Mikwe aufmerksam geworden und hat Oberbürgermeister Schwalm Geld für ein Forschungsprojekt zugesagt.«

»Und wie geht es dem alten Möntgerath?«, fragte Evi und versuchte, ihre stattliche Babykugel zwischen Stuhl und Tisch in eine bequemere Position zu bringen.

»Der ist mindestens um zehn Jahre jünger geworden, seit er in allen möglichen Fernsehsendungen aufgetreten ist.«

Fink griff sich einen der letzten Kekse, die in einer Holzschale auf dem Tisch lagen. »Der Clemens Olm hat nach seiner Entlassung aus der U-Haft fast alle seine Skulpturen verkauft und wurde in einer Kunstzeitschrift porträtiert, hab ich gehört. Und er hat die Scheidung eingereicht.«

»Und habt ihr das Interview gesehen, das der ›elektrische Ewald‹ im Fernsehen gegeben hat?«, fragte Michi. »›Ich war ganz nah dran am Ripper vom Rhein‹, hat er gesagt. Er war fein rausgeputzt und hatte sich sogar das Zöpfchen abschneiden lassen. Jetzt hat er die Auftragsbücher voll, vermutlich alles Leute, die seine Arbeitsweise nicht kennen.«

Sie schwiegen einen Moment und dachten über das seltsame Wirken von Harry Gräflein nach.

»Die Frau Nose hat für ihren Tipp einen Blumenstrauß verdient«, meinte Evi.

Fink lächelte. »Kemal hat bei Ebay eine Autogrammkarte von Bruce Willis für sie ersteigert. Lydia Nose ist vor Freude gehüpft wie ein Graues Riesenkänguru im Neuwieder Zoo.«

»Wusstet ihr, dass im nächsten Jahr ein Bäckerjungenmusical aufgeführt werden soll?«, fragte Michi. »Nicht mit Rheinbühne und so. Aber als Projekt am Bertha-von-Suttner-Gymnasium. Mattis spielt einen schneidigen Hauptmann der Stadtwache.«

Fink lachte. »Mal sehen, vielleicht wird da ein Showtalent entdeckt.«

»Apropos Show. Was ist eigentlich aus Ihrer Mutter und der Teilnahme bei ›Shopping Queen‹ geworden?«

Evi kicherte, und Fink rieb sich schmunzelnd die Nase. »Ein Wunder ist geschehen: Ihre ehemals beste Freundin Emmi ist ihre neue beste Freundin, nachdem beide abgelehnt wurden. Jetzt lästern sie gemeinsam über Frau Mathilde Köpf-Peter von der evangelischen Gemeinde, die stattdessen als Kandidatin ausgewählt wurde.«

Michi nickte. »So was verbindet.« Sie nahm sich den vorletzten Keks.

»Wie geht's denn dem Ludwig Koska?«, fragte Evi.

Michi schüttelte lachend den Kopf. »Der alte Schlawiner, lässt sich jahrelang als armer verlassener Ehemann von mir Asyl gewähren und ist die ganze Zeit dicke mit dem Ex-Liebhaber seiner Ex-Frau befreundet. Ich hab ihm natürlich gesagt, er kann trotzdem bleiben. Der gehört ja schon zur Familie, und beim Bändigen meiner Kinder ist er unbezahlbar. Sagt mal, wisst ihr inzwischen, ob Felix ein Brüderchen oder ein Schwesterchen kriegt?«

Fink lächelte ein bisschen verlegen. »Nein, das kleine Strampelchen hält sein Geschlecht geheim und macht es spannend.«

»Der Fall ist gelöst, Schatz.« Evi griff nach ihrer Umhängetasche, die am Stuhl hing, und zog ein Stück Papier daraus hervor. »Heute Morgen hat sich das Baby beim Ultraschall zu erkennen gegeben. Willst du's wissen?«

Sie hielt ihrem Mann das Ultraschallbild hin. Fink zögerte einen Moment. Dann griff er danach und faltete es langsam auseinander.

Und begann über das ganze Gesicht rosa zu strahlen.

Nachwort

Diese Geschichte ist ein humorvoller Krimi, in dem ich die Polizeiarbeit zugunsten der Komödie auf denkbar unrealistische Weise darstelle. Die echten Einsatzkräfte von Polizei, Feuerwehr und medizinischen Diensten gehen jeden Tag an ihre körperlichen und seelischen Grenzen, um Leben zu retten, Eigentum zu schützen und Gefahren für uns alle abzuwenden. Dafür verdienen sie Unterstützung und Respekt.

GERLINDE DAL MOLIN
Finks verflixte Fälle
EIFEL KRIMI
emons: